苏童作品系列

苏童

CAVALRY
SU TONG

骑兵

上海文艺出版社

目录

骑兵 - 1

白雪猪头 - 21

手 - 35

水鬼 - 55

古巴刀 - 67

独立纵队 - 79

西窗 - 93

回力牌球鞋 - 105

沿铁路行走一公里 - 119

像天使一样美丽 - 135

犯罪现场 - 149

木壳收音机 - 163

灰呢绒鸭舌帽 - 177

狐狸 - 187

一个礼拜天的早晨 - 199

小莫 - 211

纸 - 225

伞 - 241

人民的鱼 - 257

哭泣的耳朵 - 275

骑兵

我表弟左林是个罗圈腿，这意味着他无论如何努力，腿部以及膝盖是无法合拢的。我姨父左礼生将这不幸归咎于左林幼时对一匹木马的迷恋，也不知道有没有科学根据。那是一匹从街道幼儿园淘汰下来的木马，苦命的大姨当时还健在，是幼儿园的保育员。她利用关系，花五毛钱为儿子买下了这件庞大的礼物。她知道这礼物对丈夫也有益，有了木马，左礼生就不用天天趴在床上给儿子当马骑了。那匹木马我小时候也见过，却无缘一试，左林不让别人骑。我记得马身蓝色的油漆已经剥落，马头两侧的手柄经过无数个孩子的抓捏，很像一对活生生的光滑而油腻的马耳朵。左林从早到晚骑在木马上摇晃，他在木马上吃饭，看连环画，有时候困了，就抱着马头睡着了，左林就是那么自私，宁肯抱着木马睡，也不让别人骑。

左林九岁那年冬天，我大姨在幼儿园门口出了车祸，她双手提着孩子们的两个尿桶在结冰的街上走，结果被煤店运煤的卡车撞了。就隔了一夜，好端端的大姨像一只惊鸟似的飞走，飞走再也不回来了，也应了大姨讲的鬼故事里的圈套，任何东西都会变成魔鬼，任何魔鬼都擅长变戏法，最后不知是尿桶魔鬼还是煤渣魔鬼变了这个恶毒的戏法，把大姨自己变没了。据我母亲他们回忆，给大姨办丧事的时候他们便发现左林的腿不对劲，他不会跪。他跪着的时候两个膝盖井水不犯河水，并不拢，人好像盘腿坐在地上。大家当时处在混乱与哀恸之中，有人上去搬弄过左林的腿，弄了几下，没用，也就算了，那样的场合谁还顾得上讨论左林的腿形问题呢？过了很长时间左礼生带左林去看骨科医生，他扒下儿子的裤子问医生，我儿子不会是罗圈腿吧？医生说，就是罗圈腿呀。左礼生急了，在医院里等着医生手到病除，医生却告诉他，你儿子的腿形矫正不过来了，也没有必要矫正，不碍什么事，只不过走路难看一点。左礼生对医生的话是信任的，同时也不盲从，他认定儿子的腿与木马有关，回家后就把那匹木马当柴火劈了。左林那天的尖叫声引来了半条街的邻居，孩子们面对那匹被毁的木马心情复杂，一方面感到可惜，一方面忍不住地幸灾乐祸，而大人们对左礼生的劝慰引起了他更大的愤怒，骑马骑马，左礼生挥舞着柴刀说，骑马骑出个罗圈腿，我劝你们以后别让孩子骑马，木马也别骑！

左林是个罗圈腿。我们香椿树街上的孩子崇拜胳膊上有老虎刺青的三霸，崇拜断了一根食指的阿荣，甚至崇拜练拳击的豁嘴丰收，却没有人瞧得起我表弟左林。大家认为左林走路不仅是难看，而且可笑，他站立的时候两条腿似乎永远准备夹一件什么东西，如果他确实是骑在一匹马上，我们会敬仰他，可惜他不是在内蒙古的大草原上，我们香椿树街除了几条狗、几只猫，还有王德基家不顾卫生禁令擅自养的一群鸡，连一头小毛驴也不产，连地头蛇三霸也无马可骑，他左林能骑什么呢？左林唯一可骑的是我大姨留下来的旧自行车，他借助黄昏暮色的掩护，在街上偷偷地骑车玩，总有人无事生非，斜刺里插出来拽住他的自行车。下来下来，我骑车，你来追！有人特别喜欢出左林的洋相。有人喜欢看左林出洋相。他们互相挤眉弄眼，目光的焦点对准了左林的腿。左林弯着腿站在人们的视线里，他那两个可怜的膝盖似乎在艰难地喘息着，就像牢笼里的困兽在喘息，然后左林奔跑起来，他徒劳地向劫车人高喊道，停住，给我停住！他的两只膝盖也依次发出了嘶哑的呼喊声，黄昏的香椿树街两侧响起了一片笑声——为什么左林一奔跑大家就发笑呢，说起来你不会相信的，左林的膝盖在奔跑时会发出声音，它们会尖叫，它们甚至还会哭泣。

　　如果左林是一棵树就好了，树永远不需要立正，随便怎么长得歪歪斜斜的，都无人在意。可左林不是树，是人就会听到立正的命令，这命令对绝大多数人是容易执行的，人人都能立正，我表弟左林却立不正。

　　左林不喜欢体育课，不喜欢团体操，不喜欢军训，可我们的学生时代几乎就忙着做那些事了。平心而论好多教师或领队在处理左林的特殊情况时能够特殊处理，别人立正时由他一直稍息着，有的干脆就将他从整齐的队列中剔除出来了，但也有人天生多疑，吹毛求疵，比如我们学校的体育教师，他误解了左林那种故作轻松的微笑，始终怀疑左林是以调皮的站姿逃避着什么，发泄着什么，对抗着什么。他曾经把左林从操场拉到了厕所里，让左林褪下裤子，亲手检查了他的膝盖，在分外安静的环境中，体育教师也惊愕地听见了左林膝盖的声音。你的膝盖在吱吱地响！体育教师蹲在地上用两根手指敲打左林的双腿，他受惊似的瞪着左林，你的膝盖怎么会响的呢？

　　左林的嘴角上流露出一丝得意之色，一种不恰当的表现欲使他把双腿交叉起来，人像一根麻花一样站在体育教师面前，他没说话，但眼神分明是在向体育教师炫耀着什么，于是体育教师清晰地听见左林膝盖发出了尖叫声，一种浊重的带有金属碎裂的尖叫声。

　　怎么叫起来了？别这么站！体育教师一定被左林的膝盖吓着了，他开始慌乱地替左林摆弄站姿，他说，快别这样，小心拧断了腿！

　　左林记得很清楚，他是如何依靠自己的膝盖震慑一个粗暴蛮横的成年男子的，这种机会并不是太多，左林因此感到莫名的宽慰，他好像局外人似的欣赏着对方脸上丰富的表情变化，从惊吓到尴尬，从尴尬到悲悯，左林咬着手指偷偷地笑。后来体育教师叹了口气说，是站不直，冤枉你了，可是……可是你这腿，以后不能当兵啦。左林满不在乎地拉好了裤子，拉好裤子后又解下，对着小便池撒尿，他说，谁稀罕当兵！他侧过脸偷窥着体育教师，体育教师是当过兵的，他的军裤在左林眼前

骑兵　5

放射着沉重的绿色的光芒,绿军裤下隐约可见一个体型标准的男人健壮而笔直的下肢线条。那个瞬间左林耳边响起了很多人和他开过的一个玩笑,左林,你以后可以当骑兵。那些人心情各异,却为他的腿设计了同一个美妙的未来,包括街上的地头蛇三霸,他也这么安慰过他——腿弯怎么了,好骑兵腿都是弯的,左林,你以后当骑兵去!

我以后当骑兵。左林站在小便池前左顾右盼,他开始嘟囔起来。某种处境逼迫他思考着什么。厕所的地面中午时被冲洗过,现在半干半湿的,秋天的阳光从排窗里投进来,左林突然发现那块不规则的光影和地上的水渍尿痕混在一起,形状酷似一匹奔马。我骑马。他说。我当骑兵。

体育教师离开后左林仍然留在厕所里,他瞪着厕所的地面,他看见奔马状的水渍在阳光的辐射下开始膨胀,开始起伏,开始向上跳,向上跳,然后那件神奇的事情便发生了,他听见外面的女贞树丛里响起了一阵细碎但异常悦耳的马蹄声,他抬起头向厕所窗外张望,清晰地看见一匹白色的长鬃骏马从树影中向操场奔驰而去。

是一块宣传橱窗挡住了左林的视线,当他追到宣传橱窗后面,白马不见了,马消失的速度比它的到来更加迅捷,最后的马蹄声也被一种嘈杂的刺耳的声浪淹没了。左林看见的依然是学校的灰土操场,操场上尘土飞扬,九月干燥的阳光映照着排练国庆团体操的队列,广播喇叭里一个女声重复着口令,一二,打开……三四,收拢。操场上排成花环形状的人群按照口令模仿花朵的绽放。那匹白马不见了。左林躲在宣传橱窗后心神不定,他怀疑是自己看花了眼,学校里永远也不会跑来一匹马的。但左林不甘心放弃一个奇迹,他耐心地等待着,向每一个发出可疑声息的方向张望。奇迹却没有再次出现,他看见的只是一座类似军营的学校,一半安静,一半喧闹,安静与喧闹尖锐地对峙着。一只金黄色的蜻蜓撞击着玻璃橱窗,一页作业纸在低空中飞了一会儿,落在花坛上。那不是左林等待的奇迹。白马不见了。左林很失望,他不愿意再回到操场上去,在排练接近尾声的时候他独自离开了学校。

按理说左林经过传达室应该是猫着腰匆匆而过的,但左林想再次证实一下来访的白马到底是一次奇迹还是一种幻觉,他敲传达室的玻璃窗,问里面那个老门卫,有没有一匹白马跑到我们学校来?老头说,什么马跑到我们学校来了?左林说,一匹白马,你有没有看见一匹马跑到我们学校来?老头这回听清楚了,他暴怒的反应令左林不知所措,一定是误以为左林戏弄他眼神不好,老头抓过一把扫帚向窗户外扔了出来,我没看见白马,就看见你这头黑驴!

好多人对左林怀着炽热的仇恨,左林下意识地夺门而逃,他是突然想起来老头患有眼疾的,一只眼睛时常用一块纱布蒙着,有时分不清谁是教员谁是学生。他记得老头从传达室里追了出来,老头咒骂他的声音先是愤慨,而后充满了意外的惊喜,他说,好呀,左礼生的儿子!你也配笑话我,我看不清别人看得清你这头小黑驴,你跑呀,跑呀,长着个罗圈腿,你他妈的还想跑多快？

　　侮辱对于左林是司空见惯的，左林很少为受辱而生气，但他很好奇，为什么别人用了这么多的智慧和词汇来形容他的步态。有人说他走路像撒着尿，一路走一路撒，有人打赌说铁匠家的大黄狗能从他的腿裆里穿过去，有人形容得温和，说他像南极洲的企鹅，有的就令左林记仇了，春耕就这么说过他，像一个刚刚被日本鬼子强奸过的妇女！左林在黄昏的街道上奔跑，他的膝盖照例发出了无声的尖叫。左林听不见自己的膝盖的叫声，他纳闷老头为什么把他称为黑驴，隐约记起来在一部战争电影里看见过一个村妇骑着驴子到敌占区去，驴背上驮着两只花包裹，里面装的是地雷。但驴子的模样在他的记忆中有点模糊，左林在一路奔跑的时候看见的仍然是一匹白马，这回他清醒地意识到那是一匹虚拟的马，因此马奔跑的速度近乎疯狂，他看见自己骑在那匹疯马的马背上，从狭窄的人来人往的香椿树街上疾驰而过，所有的人都驻足观望，左林的嘴里发出了驭手雄壮的吆喝，驾，驾，驾，他对准前方的一辆自行车做了个挥鞭的动作，而后他像一匹马或者像一个骑兵一样在黄昏的街道上奔驰起来。

　　那年秋天左林按照他想象中的骑兵那样在马背上生活。我母亲去他家送鸡汤，看见他把一堆棉被放在三张椅子上，人坐在棉被上晃着腿，肩膀一耸一耸的。我母亲说左林你搞什么名堂，被子会让你磨坏的。左林从来不向别人解释他古怪的行为，他坐在那匹虚拟的马上把一锅鸡汤都喝完了。我母亲说，喝鸡汤还抖腿呀，看汤都洒了，左林你都那么大了，怎么还玩小孩子的把戏呢？我母亲回家后一直在哀叹没娘疼的孩子不容易长大，更让她担心的是左林坚定的旁若无人的表情，那表情在宣告，我玩的就是小孩子的把戏，不要你管。那年秋天左林独来独往，心中怀着一个灼热而令人费解的秘密。连我都觉察出左林对骑兵生活的疯狂的妄想，我看见过他骑在学校的围墙上，就像骑在马上，一只手威武地指向空中。左林的举止让大家为之担忧，他们都提醒左礼生注意儿子的心智发育问题，左礼生却不乐意听这些，他说，左林就是腿骨头歪了，大脑没长歪，他脾气怪，是让人欺负的，再说他立志要当骑兵有什么不好？瞎子学算命，罗圈当骑兵，那是造化！

由于香椿树街地处南方，除了动物园养着几匹光吃不跑的斑马，你甚至找不到可以替代的牲畜，左林的骑兵生涯的难度大家可想而知。左林为他的马而时刻焦虑着。他无法慢慢地走路，他一走路就听见踢踏踢踏的马蹄声，这声音逼着他以驭手的速度一路小跑，可是他清楚胯下的马并不存在。他从家里找到了一把镰刀，拆下木柄挂在腰上试一试，有点像一把马刀。马刀马靴马鞭都可以用别的替代，独独最重要的马却很难寻觅，整整一个秋天左林做着马的梦，他在学校的厕所附近等待奇迹，但白马再也没有来。然后是一个雨后的清晨来临了，左林醒来发现宿醉的父亲正躺在他的身下，在梦里他爬到了父亲的背上，在梦里他像一个骑兵跃马一样跃到了父亲的背上。那个瞬间左林很惶惑也很惊喜,他轻轻地在父亲背上颠了几下,左礼生宽厚的后背柔软而坚实,让他联想起一匹好马的马背。左林是多么留恋父亲的后背,可是他听见父亲在睡梦中咕哝了一声,起来,小便去。左林就去小便了,一种奇妙的快感仓促间结束了,它不会再来。左林深知他再也不能跃到父亲的后背上去了。

大家都说创作讲究灵感,我表弟左林也是从一次意外中汲取灵感的,就是从那个雨过天晴的日子开始,左林着手从人中间物色他的马。

左林在纸盒厂附近拦马,第一个拦住的是小安,他让小安弯下腰,做他的马。小安是个精明的孩子,怎么肯做左林的马,推开左林就溜了,回过头还威胁道,左林你给我小心点,明天我让三霸来打你。左林说,三霸算老几,明天我让我表哥来打三霸!左林退回到墙影下,继续在街上来往的人群里物色他的目标。他成功地拦住了纸盒厂张会计八岁的儿子,这次他吸取了教训,用了智慧,他说,怎么没有人跟你玩?我来跟你玩,我们玩个好玩的游戏吧。张会计的儿子上了当,可是当他发现左林其实是把他变成一匹马在街道上骑着玩的时候,他就不干了,他怎么推搡左林左林也不下来,小男孩就哭叫起来了。纸盒厂的好多女工都从窗户里向他们探头张望,左林不得不放开小男孩从纸盒厂转移。只骑了五六米远就终止了骑马练习,左林不甘心,他怏怏地环顾四周,忽然觉得这条热闹的街道其实很荒凉。

香椿树街上行人无数,每一个行人其实都可以当他的马,他们好像一匹一匹马从左林面前奔驰而过,却没有一匹马愿意停下来让他跃上马背。火车隆隆地驶过了香椿树街,火车是世界上跑得最快的铁骏马,那么多人骑过它,离得这么近,左林却从来没有上过火车。左林向火车车厢里一些模糊的人脸挥手,那些人一闪而过,火车也像一匹骏马一样一闪而过。在秋天苍白的阳光里,左林感受到了某种深深的孤独。

　　左林沮丧地来到了铁路桥桥洞,他看见傻子光春胖墩墩的身影在桥洞里左右摇晃着,他在水泥墙上磨一把锁。左林说,傻子,你磨锁干什么?傻子光春说,你不知道锁里面的芯子是铜的?把铜芯子取出来呀。左林说,傻子就是傻子,你花那么大力气磨那点铜?有个屁用,收购站不收的。傻子光春说,不送收购站,我跟货郎换洋画片的。左林说,你简直是世界上最傻的傻子,你不会从家里找吗,听说你奶奶以前是个地主婆,别说是铜了,没准她还有金子呢。傻子光春说,我们家什么也没有,我奶奶喜欢藏东西,家里找不到铜了,我奶奶把她箱子上那把铜锁藏起来了,货郎说那样的大铜锁能换十五张,水浒一百零八将,我再有三十多张就收齐啦。左林鄙夷地从鼻孔里哼了一声,这么大的人了,还收洋画片。但与此同时左林听见桥洞里开始回荡着马蹄杂沓的声音,那声音来自于傻子的脚下,左林的心跳得厉害。在幽暗的光线里傻子光春呈现出令人欣喜的马的气象,傻子的黑色塑料凉鞋像两片现代化的马掌,傻子修长的骨节突出的双腿比马还要粗壮,傻子浑圆结实的后背是多么理想的马背,而傻子蓬乱的不加修剪的头发似乎模拟着马鬃的形状。左林的呼吸急促起来。他的迷离的眼神透露了一个狂热的心思,傻子光春,多好的一匹马!傻子光春,你就是我的马!

仅仅是在一瞬间,左林的眼前降落下一块小小的草原,还有一匹马。左林像一个驭手向他的马走过去,他忍不住地摸了摸傻子光春的脖子,那脖子很光滑,而且有点油腻,但左林还是感觉到了他想象中的柔软浓密的白色马鬃,傻子光春对左林的举动有点惊讶,他推开左林的手,你为什么摸我脖子?左林凝视着傻子光春,他的手固执地伸过来,在傻子光春的后背上抚摸了一下,他的手告诉他,这是在香椿树街上能找到的最宽厚最安全的马背。但傻子光春怕痒痒,他一边躲闪一边咯咯地笑起来了,他说,左林你疯啦?我又不是女的,你为什么要摸我脖子?左林看了看经过桥洞的行人,竖起一根手指示意他别嚷嚷,他对傻子光春说,我们做个游戏,你当马,我当骑兵,你不会吃亏的,如果你做得好,我马上送你一把铜锁,如果你天天做我的马,我把我的一百零八将洋画片都送给你!

桥洞听见了左林的承诺,当时从两个孩子头顶上经过的一列货车也听见了左林的承诺,却都是没有记性没有嘴巴的东西,没有一个人可以为此作证,傻子光春不放心,他提出要和左林勾指起誓,左林犹疑了一会儿答应了,他说,平时看你傻,要东西的时候怎么不傻了呢?后来他们就隆重地勾了手指。

属于铁路部门的贮木场是左林练习骑术的主要场地。从香椿树街到贮木场去要穿过三条肠状小巷,一个化学品仓库,还有一口池塘。别人不去那里。别人不去的地方是左林的乐园。左林用他父亲的一双高帮雨靴替代骑兵们的马靴,马鞭相对容易一些,左林一开始用的是一条麻绳,但麻绳看起来太粗笨,不像一条马鞭,更重要的是傻子光春怕疼,总是埋怨麻绳抽起来太疼,左林只好换了一条废电线,废电线当马鞭用,傻子光春不怎么抗议了,但它不能发出那种响亮的清脆的啪啪之声,这是左林的一大遗憾。

也可以沿着铁路走到贮木场去。贮木场其实就坐落在铁路路坡下面,很大的一片地方,用铁丝网和木棍草草地围着,除了铁路货运部的人偶尔开着卡车来装运木材,此地永远是安静的。曾经有个高大的长着鱼泡眼的老人看守过这里的木材,后来看不见那老人了,或许是去世了,或许是回乡下养老去了。贮木场的大门锁了起来,但门的两个部分好像闹不团结,都赌气似的歪着,留下一个空隙,正好可容闯入者侧身通过。左林和傻子光春就是从门缝里钻进去的。

看门人的小屋空空荡荡的,透过破碎的窗玻璃能够看见一个脸盆架和半片床板立在满地废纸和煤渣中间,无人居住的屋子看上去都很脏,似乎隐藏着某个阴谋。左林对所有看门人都怀着某种怨恨,包括贮木场的老头。他有个模糊的印象,老头也曾经像别人一样吓唬过他,不知在什么时候什么地方,他也曾模仿过自己走路的模样。左林头一次来贮木场的时候就说服傻子光春，一人在小屋里拉了一泡屎，这让左林感到报复的快乐，但是这个唐突的行为也给他们自己带来了不利，两个人后来走过小屋时，都忍着不向窗户里看，一看就看见了那两堆东西，苍蝇绕着它们飞，更不利的是小屋本来可以作为他们的休息室的，现在却搬了石头砸自己的脚，不好进去了。

秋日的阳光照耀着贮木场的木材和杂草，不远处的铁路上时而有列车轻盈地驶过，车上的旅客如果向南侧路坡下张望，他们会有幸见到左林最辉煌的那段骑兵生涯，他的马是另一个少年，他的马场虽不正规，却是全封闭的无人干扰的，马和骑手当时明显地处于艰难的训练阶段，而贮木场里的一堆堆陈年的圆木和沥青泡过的枕木充当着沉默的观众。

不准偷懒，你再把腰弯低一点，再低一点，左林说，你这么弓着背，哪像一匹马，你像一头长颈鹿！

弯不下来了，再弯我就没法跑了。傻子光春说，你还说我偷懒？你不信，不信我们换一下试试？

慢点，慢点，我要掉下来了。左林说，这哪像个骑兵，像骑驴。

一会儿要快一会儿要慢，我累死了。傻子光春说，我不跑了，休息，休息休息。

不准休息，才跑了一圈你又偷懒。左林高高地举起了他的电线马鞭，练习的不顺利使他控制不了自己的火气，啪的一声，他听见傻子光春尖叫了一声，傻子光春惊恐地回过头，小罗圈，你真用鞭子抽我？你抽那么狠？傻子光春起初仍然以马的姿势驮着左林,突然意识到什么,猛地就把左林从背上掀下去了,一只手使劲地往后背上摸,却摸不到,傻子突然哭起来,说,出血了,一定出血了!

左林跌坐在地上,他知道傻子怕疼,不该抽鞭子的,可是后悔也来不及了,他站起来查看傻子的后背,一边安慰他说,没事,只起了一道红印,划破了一点点皮。左林怀着歉意在傻子光春的伤处比划了一下,没想到傻子推开了左林,傻子空洞的眼睛里燃烧着觉醒的怒火,这怒火使他吼叫起来,我要抽还你一鞭!

傻子光春夺下了左林手里的电线,左林起初一边躲闪一边还用语言威胁对方,很快发现那已经不起作用,傻子就是傻子,他冲动起来就只认唯一一件事,抽还你一鞭!抽还你一鞭!左林能够想象傻子的蛮力会使那一鞭变得多么可怕,所以他只好拼命向大门那里跑,这个情景描述起来似乎有点可笑,一匹马挥着马鞭追逐着骑兵,而骑兵落荒而逃,尽管可笑,但这是一个事实,左林后来脸色煞白地从贮木场逃了出来,他的马不依不饶地在后面追赶他!

傍晚时分绍兴奶奶拉着傻子光春闯进了左林家。他们确实是闯进来的,如果他们事先敲门了,或者绍兴奶奶不是那么沉得住气,先骂几句发个警报什么的,左林是有时间从窗户里逃避这场灾难的。可是左林和父亲两个人吃着饭,只听见门吱嘎一声,绍兴奶奶的声音就像霹雳在身后炸起来了。

左礼生,你还吃得下饭?又吃米饭又吃馒头,你们不怕噎着?

左礼生茫然的表情很快转化为阴郁的怒火,他看了看绍兴奶奶祖孙俩,一只大手敏捷地捉住了左林的手,别动,他对儿子说,你跑我打断你的腿!

绍兴奶奶对事件的描述虽然有添油加醋的成分,但总体上是事实,事实简洁明了,他让傻子当他的马,他答应给傻子一套水浒一百零八将的洋画片,结果傻子一张画片也没得到,后背上却挨了一鞭子。你看看,你那好儿子下的毒手,绍兴奶奶把傻子的衣服撩了起来,看看,看看,皮都烂了,左礼生,平时看你是个忠厚老实的人,我还张罗着给你说媒呢,是不是,你怎么教育了个禽兽不如的儿子出来,别人欺负他,他就来欺负我家傻子,你们家的祖坟要冒黑烟的呀!

左林说,我不是故意抽他的,我不是故意的——这句话没说完,左礼生刮了儿子一巴掌,下半句话咽回去了。左礼生说,给我跪在那里,现在没你说话的份,你去把你的一百零八将拿出来给他。左林就跪在地上了。他看见绍兴奶奶还撩着傻子的衣服,展示傻子背上的鞭痕,突然觉得不公平,便在一边嚷了一句,他也要打我——这句话同样没有说完,左礼生过来刮了儿子第二个耳光,他说,你给我去拿你的画片,马上去拿。左林说,你让我跪的。左礼生说,先去拿,拿给他了再跪,你要跪一晚上呢,有你跪的。左林不动,仍然端正地跪着。左礼生踢了儿子一脚,紧接着他意识到了什么,他看见左林的眼睛里突然涌出了泪光。怎么回事，你没有一百零八将的画片了？你舅舅给你的画片呢？左林转过脸看着墙壁说，都送光了，林冲鲁智深李逵，那些好的都给东风拿去了，春耕打我，我让东风去打他的。左礼生焦急之中顾不上别的了，追问道，那剩下的呢，一百零八将，有一百零八张呢！左林似乎感觉到父亲的巴掌将再次来袭，预先用手捂住了脸，他就那么捂着脸交代了画片的去向，其他都给郁勇抢走了，他说他当我的保护人。

左林记得父亲举起了拳头，值得庆幸的是傻子光春突然爆发的哭声救了他，绝望的傻子哭起来就像一个三岁的孩子，左礼生被那样沙哑而稚气的哭声吓着了，他丢下儿子向傻子光春走过去，他摸着傻子的脑袋，傻子晃了晃脑袋，把左礼生的手晃开了，继续张着大嘴，绝望地哭。左礼生手足无措地看着绍兴奶奶，他说，我要打死他，绍兴奶奶，我让左林给气晕了，事情弄到这一步，该怎么罚他，该怎么罚我，你老人家说句话吧。绍兴奶奶向左礼生翻了个白眼，似乎要说出什么刻毒的话来，突然却急火攻心，喉咙里涌上一口痰，就是这一口痰的停顿，让绍兴奶奶想起了事件之外的许多事件，绍兴奶奶一下子悲上心头，捂着胸，叫了一句，我们祖孙俩的命怎么这样苦呀——竟然也哭起来了。

绍兴奶奶和傻子光春一个尖锐一个粗哑的哭声在左家回荡了大约三分钟，三分钟后左礼生恢复了理智，他作出了一个非常合理而公正的决定，他把左林推到傻子光春面前，一只手按住了左林的背部。光春，现在轮到你骑他了！只有这个办法才能解决问题，左礼生一只手按住儿子，一只手去扶傻子上马。傻子光春止住了哭声，看得出来他对左礼生的方案很感兴趣，只是不敢贸然行事，他用眼神向绍兴奶奶征求意见，绍兴奶奶却沉浸在几十年的悲伤中了，她在左家的藤椅上坐了下来，闭着眼睛，一口口地吐气，吸气。傻子光春听从了自己的意愿，他骑到左林背上的时候有点羞涩，还要马鞭呢，他说，左林把马鞭放在抽屉里的。左礼生说，好的，给你拿马鞭。左礼生从抽屉里果然找到了那条废电线，他把电线递给傻子的时候看了看左林，左林弯着腰驮着傻子，他的矮小的发育不良的身体在微微摇晃，他的干瘦的双腿也战抖着，呈现出一个悲壮的半圆形，左礼生很想看见儿子的脸，却看不见，左林低着头把傻子光春驮在背上，他的脸埋在灯光的阴影里。

傻子光春一会儿便快乐起来了，他咧着嘴笑，似乎对他的角色转变充满了信心和期望。他说，左叔叔，我能把他骑到街上去吗？

左礼生迟疑地看了看藤椅上的绍兴奶奶，绍兴奶奶睁开了眼睛，她犀利而坚硬的目光使左礼生有点慌乱，左礼生嘿地一笑，说，当然能骑到街上去，左林骑你也是在外面嘛。

先是三个人来到了夜色初降的香椿树街上，后来绍兴奶奶也出来了。四个人，其中包括一个骑兵，一匹"马"，两个观众兼裁判，他们在刚刚亮起的路灯下以混乱的队形和速度由东向西行进。路人们和一些邻居都看见了这支队伍，孩子们之间的骑兵游戏并不让人吃惊，人们好奇的是为什么左林和傻子光春的这场游戏由左礼生和绍兴奶奶陪伴着,他们居然不加制止。他们问绍兴奶奶,绍兴奶奶,你为什么让光春骑在左林背上呀?绍兴奶奶觉得人家问得没道理,她气呼呼地不理睬人家,倒是左礼生,自己给自己一路打着圆场,说,孩子闹着玩,让他们闹着玩去。

左礼生一直紧跟着儿子和傻子光春,他关注的是儿子的腿,以及儿子的膝盖,正如预料的那样,左礼生很快听见儿子的膝盖发出了呻吟的声音,儿子没有哭,但他的膝盖开始哭泣了,那声音是努力压抑着的,却像碎玻璃一样溅开来刺痛了左礼生的心,左礼生感到了那种难以承受的刺痛,他向傻子光春赔着笑脸,说,怎么样,出了气了吧,街上人多,还有汽车,要不要先下来,让他给你再道个歉。傻子光春却骑得正得意,他说,不行,他骑我骑了很多次了,他骑我骑得比这久多了。左礼生转过脸看绍兴奶奶,绍兴奶奶偏不回应他的信号,只是看管着孙子手里的电线。不许用鞭子,骑就骑了,不能用鞭子抽人。她说着忽然加强了语气,旧社会的恶霸地主才用鞭子抽人呢。左礼生无奈地说,那就再骑一会儿吧。

左林的膝盖却开始尖叫了,左礼生听见了那尖叫声,他相信绍兴奶奶和傻子都忽略了左林膝盖的声音,左林的膝盖快碎裂了,左林的膝盖快爆炸了,他们听不见那可怕的声音。他们听不见。左礼生在万箭穿心的情况下急中生智,他果断地拉住了骑兵和马,不由分说地把傻子光春架到了自己的背上,给你换一匹大马骑,左礼生说,骑大马最舒服了。快,叔叔让你骑大马!

绍兴奶奶反应过来以后试图去拦马,她摆着手说,礼生这可使不得,孩子的事情,你大人不该夹进去,你这让我的脸往哪儿放?绍兴奶奶命令孙子下马,但傻子光春一定发现骑左礼生这匹大马舒服多了畅快多了,他不肯下马,于是骑兵和他的马在香椿树街上一路奔驰起来,骑马啦,骑马啦!左礼生和傻子光春的欢呼声一个低沉一个高亢,骑兵和马都在疾速奔驰中发出了狂热的呼啸声,骑马啦,骑马啦,骑马啦!

我表弟左林记得那天夜里空中飘着些小雨,昏暗的路灯光下有一些昆虫在飞舞,他坐在地上,看着傻子光春骄傲地骑在父亲背上,他像一个真正的骑兵,手执马鞭,身体直立,策马向前飞奔。他看见骑兵和马融为一体,渐渐消失在香椿树街的夜色中,就像他梦想过的骑兵和马消失在草原上。

左林哭了。左林一哭他的膝盖也跟着哭了,膝盖一哭左林就哭得更伤心了。在极度的虚弱和疼痛中他再次看见了马,马从铁路上下来,不只一匹马,是一群马向他驰骋而来,群马穿越黑暗的雨中的城市,无数马蹄发出惊雷似的巨响,他依稀闻见细雨中充满了青草和马的气味,整条街道回荡着马的嘶鸣声,后来他感到马群来到了他身边,他感觉到谁的手,不知道是谁的手,把他扶到了马背上,他骑上了一匹真正的白色的顿河马,他骑在马上,像一枝箭射向黑暗的夜空。

(2003年)

白雪猪头

我母亲买不到猪头肉,她凌晨就提着篮子去肉铺排队,可是她买不到猪头肉。人们明明看见肉联厂的小货车运来了八只猪头,八只猪头都冒着新鲜生猪特有的热气,我母亲排在第六位。肉联厂的运输工把八只猪头两个两个拎进去的时候,她点着食指,数得很清楚,可是等肉铺的门打开了,我母亲却看见柜台上只放着四个小号的猪头,另外四只大的不见了。她和排在第五位的绍兴奶奶都有点紧张,绍兴奶奶说,怎么不见了?我母亲踮着脚向张云兰的脚下看,看见的是张云兰的紫红色的胶鞋。会不会在下面,我母亲说,一共八只呢,还有四只大的,让她藏起来了?柜台里的张云兰一定听见了我母亲的声音,那只紫红色的胶鞋突然抬起来,把什么东西踢到更隐蔽的地方去了。

　　我母亲断定那是一只大猪头。

　　从绍兴奶奶那里开始猪头就售空了,绍兴奶奶用她慈祥的目光谴责着张云兰,这是没有用的。卖光了。张云兰说,猪头多紧张呀,绍兴奶奶你来晚了,早来一步就有你一只。

绍兴奶奶端详着张云兰，从对方的表情上看事情并没有回旋的余地，赔笑脸也是没有用的，绍兴奶奶便沉下脸来，眼睛向柜台里面瞄，她说，有我一只的，我看好了。你看好的？在哪儿呀？张云兰丰满的身体光明磊落地后退一步，绍兴奶奶花白的脑袋顺势越过油腻的柜面，向下面看，看见的仍然是张云兰的长筒胶鞋，紫红色闪烁着紫红色热烈而怠慢的光芒。绍兴奶奶，你这大把年纪，眼神还这么好？张云兰突然咯咯地笑起来，抬起胳膊用她的袖套擦了擦嘴角上的一个热疮，她说，你的眼睛会拐弯的？

柜台内外都有人跟着笑，人群的哄笑声显得干涩零乱，倒不一定是对幽默的回应，主要是表明一种必要的立场。绍兴奶奶很窘，她指着张云兰的嘴角说，嘴上生疮啦！这么来一句也算是出了点气，绍兴奶奶走到割冷冻肉的老孙那里，割了四两肉，嘟嘟嚷嚷地挤出了肉铺。

我母亲却倔，她把手里的篮子扔在柜台上，人很严峻地站在张云兰面前。我数过的，一共来了八只。我母亲说，还有四只，还有四只拿出来！

四只什么？你让我拿四只什么出来？张云兰说。

四只猪头！拿出来，不像话！我告诉你，我看好的。

什么猪头不像话你看好的？你这个人说外国话的，我怎么听不懂？

拿出来，你不拿我自己进来拿了。我母亲以为正义在她一边，她看着张云兰负隅顽抗的样子，火气更大了，人就有点冲

白雪猪头

动，推推这人，拨拨那人，可是也不知是肉铺里人太多，或者干脆就是人家故意挡着我母亲的去路，她怎么也无法进入柜台里侧，她听见张云兰冷笑的声音，你算老几呀，自己进来拿，谁批准你进来了？

开始有人来拉我母亲的手，说，算了，大家都知道猪头紧张，睁一眼闭一眼算了，忍一忍，下次再买了，何必得罪了她呢？我母亲站在人堆里，白着脸说，他们肉铺不像话呀，这猪头难道比燕窝鱼翅还金贵，藏着掖着，排了好几次都买不到，都让他们自己带回家了！张云兰在柜台那一边说，猪头是不金贵，不金贵你偏偏盯着它，买不到还寻死觅活呢。说我们带回家了？你有证据？

我母亲急于去柜台里面搜寻证据，可是她突然发现从肉铺的店堂四周冒出了许多手和胳膊，也不知道都是谁的，它们有的礼貌，松软地拉住她，有的手却很不礼貌了，铁钳似的将我母亲的胳膊一把钳住，好像防止她去行凶杀人。一些纷乱的男女混杂的声音此起彼伏地响起来，少数声音息事宁人，大多数声音却立场鲜明，表示他们站在张云兰的一边。这个女人太过分了，大家都买不到猪头，谁也没说什么，偏偏她就特殊，又吵又闹！那些人的手拽着我母亲，眼睛都是看着张云兰的，他们的眼神明确地告诉她，云兰云兰，我们站在你的一边。

我母亲乱了方寸，她努力地甩开了那些树杈般讨厌的手，你们这些人，立场到哪里去了？她说，拍她的马屁，你们天天有猪头拿呀？拍马屁得来的猪头，吃了让你们拉肚子！我母亲这种态度明显是不明智的，打击面太广，言辞火爆流于尖刻，那些人纷纷离开了我母亲，忿忿地向她翻白眼，有的人则是冷笑着回头瞥她一眼，充满了歧视：这种女人，别跟她一般见识。只有见喜的母亲旗帜鲜明地站在我母亲身边，她向我母亲耳语了几句，竟然就让她冷静下来了，见喜的母亲说了些什么呢？她说，你不要较真的，张云兰记仇，得罪谁也不能得罪她，我跟你一样，有五个孩子，都是长身体的年龄，要吃肉的，家里这么多嘴要吃肉，怎么去得罪她呢？告诉你，我天天跟居委会吵，就是不敢跟张云兰吵。我母亲是让人说到了痛处，她黯然地站在肉铺里想起了我们家的铁锅，那只铁锅长年少沾油腻荤腥，极易生锈。她想起我们家的厨房油盐酱醋用得多么快，而黄酒瓶永远是满的，不做鱼肉，用什么黄酒呢？我母亲想起我们兄弟姐妹五人吃肉的馋相，我大哥仗着他是挣了工资的人，一大锅猪头肉他要吃去半锅，我二哥三哥比筷子，筷子快肚子便沾光，我姐姐倒是懂事的，男孩吃肉的时候她负责监督裁判，自己最多吃一两片猪耳朵，可是腾出她一个人的肚子是杯水车薪，没什么用处的，我二哥和三哥没肉吃的时候关系还算融洽，遇到红烧猪头肉上桌的日子，他们像一匹狼遇到一头虎，吃着吃着就打起来，我母亲想起猪肉与儿女们的关系不在于一朝一夕，赌气赌不得，口气就有点软了。她对见喜的母亲说，我也不是存心跟她过不去，我答应孩子的，今天做肉给他们吃，现在好了，排到手里的猪头飞了，让我做什么给他们吃？见喜的母亲指了指老孙那里，说，买点冷冻肉算了嘛。我母亲转过头去，茫然地看着柜台上的冷冻肉，那肉不好，她说，又贵又不好吃，还没有油水！猪肉这么紧张，我母亲还挑剔，见喜的母亲也不知道说什么好了，她转过身去站到队伍里，趁我母亲不注意，也向她翻了个白眼。

肉铺里人越来越多了，我母亲孤立地站在人堆里，她篮子里的一棵白菜不知被谁撞到了地上，白菜差点绊了她自己的脚。我母亲后来弯着腰拍打着人家的一条条腿，嘴里嚷嚷着，让一让让一让呀，我的白菜，我的白菜。我母亲好不容易把白菜捡了起来，篮子里的白菜让她看见了一条自尊的退路，不吃猪头肉也饿不死人的！她最后向柜台里的张云兰喊了一声，带着那棵白菜昂然地走出了肉铺。

我们街上不公平的事情很多，还是说猪头吧，有的人到了八点钟太阳升到了宝光塔上才去肉铺，却提着猪头从肉铺里出来了。比如我们家隔壁的小兵，那天八点钟我母亲看见小兵肩上扛着一只猪头往他家里走，尽管天底下的猪头长相雷同，我母亲还是一眼认出来，那就是清晨时分的肉铺失踪的猪头之一。

小兵家没什么了不起的，他父亲在绸布店，母亲在杂货店，不过是商业战线，可商业战线就是一条实惠的战线，一个手里管着棉布，一个手里管着白糖，都是紧俏的凭票供应的东西，我母亲不是笨人，用不着问小兵就知道个究竟了。她不甘心，尾随着小兵，好像不经意地问，你妈妈让你去拿的猪头，在张云兰那里拿的吧？小兵说，是，要腌起来，过年吃的。我母亲的一只手突然控制不住地伸了出去，捏了捏猪的两片肥大的耳朵。她叹了口气，说，好，好，多大的一只大猪头啊！

我母亲平时善于与女邻居相处，她手巧，会裁剪，也会缝纫，小兵的母亲经常求上门来，挟着她丈夫从绸布店弄来的零头布，让我母亲缝这个缝那个的，我母亲有求必应，她甚至为小兵家缝过围裙、鞋垫。当然女邻居也给予了一定的回报，主要是赠送各种票证。我们家对白糖的需求倒不是太大，吃白糖一是吃不起，二是吃了不长肉，小兵的母亲给的糖票，让我母亲转手送给别人做了人情，煤票很好，草纸票也好，留着自己用。最好的是布票，那些布票为我母亲带来了多少价廉物美的卡其布、劳动布和花布，雪中送炭，帮了我家的大忙，我们家那么多人，到了过年的时候，几乎不花钱，每人都有新衣服新裤子穿，这种体面主要归功于我母亲，不可否认的是，里面也有小兵父母的功劳。

那天夜里我母亲带了一只假领子到小兵家去了。假领子本来是为我父亲缝的，现在出于某种更迫切的需要，我母亲把崭新的一个假领子送给小兵的母亲，让她丈夫戴去了。我父亲对这件事情自然很不情愿，可是他知道一只假领子担负着重大的使命，也只好眼睁睁地看着我母亲把它卷在了报纸里。

醉翁之意不在酒，在哪儿？我母亲与女邻居的灯下夜谈很快便切入了正题，猪头与张云兰。张云兰与猪头。我母亲的陈述多少有点闪烁其词，可是人家很快弄清楚了她的意思，她是要小兵的母亲去向张云兰打招呼，早晨的事情不是故意和她作对，都怪孩子嘴巴馋，逼她逼急了，伤着她了务必不要往心里去，不要记仇——我母亲说到这里突然又有点冲动，她说，我得罪她也就得罪了，我吃不吃猪肉都没关系的，可谁让我生下那么多男孩，肚子一个比一个大，要吃肉要吃肉，吃肉吃肉吃肉，她那把割肉刀，我得罪不起呀！

小兵的母亲完全赞同我母亲的意见，她认为在我们香椿树街上张云兰和新鲜猪肉其实是画等号的，得罪了张云兰便得罪了新鲜猪肉，得罪了新鲜猪肉便得罪了孩子们的肚子，犯不上的。谈话之间小兵的母亲一直用同情的眼光注视着我母亲，好像注视一个莽撞的闯了大祸的孩子。她是个聪明的女人，情急之下就想出了一个将功赎罪的方法，她说，张云兰也有四个孩子呢，整天嚷嚷她家孩子穿裤子像咬雪糕，裤腿一咬一大口，今年能穿的明年就短了，你给她家的孩子做几条裤子嘛！我母亲下意识地撇起嘴来，说，我哪能这么犯贱呢，人家不把我当盘菜，我还替她做裤子？不让人笑话？女人最了解女人，小兵的母亲说，为了孩子的肚子，你就别管你的面子了，你做好了裤子我给送去，保证你有好处，你不想想，马上要过年了，这么和她僵下去，你还指望有什么东西端给孩子们吃呀，我告诉你，张云兰那把刀是长眼睛的，你吃了她的亏都没地方去告她的状。

女邻居最后那番话把我母亲说动了心。我母亲说，是呀，家里养着这些孩子，腰杆也硬不起来，还有什么资格讲面子？

你替我捎个口信给张云兰好了，让她把料子拿来，以后她儿女的衣服不用去买，我来做好了。

凡事都是趁热打铁的好，尤其在春节即将临近的时候。小兵的母亲第二天回家的时候带了一捆藏青色的布到我家来，她也捎来了张云兰的口信，张云兰的口信之一概括起来有点像毛主席的语录，既往不咎，治病救人，口信之二则温暖了我母亲的心，她说，以后想吃什么，再也不用起早贪黑排什么队了，隔天跟她打个招呼，第二天落了早市只管去肉铺拿。只管去拿！

此后的一个星期也许是我母亲一生中最忙碌的日子。其他的家庭主妇也忙，可她们是忙自己的家务和年货，我母亲却是为张云兰忙。张云兰提供的一捆布要求做五条长裤子，都是男裤，长短不一，尺寸被写在一张油腻腻的纸上，那张纸让我母亲贴在缝纫机上方的墙上，我们看着那张纸会联想起张云兰家的四个男孩一个男人的腿，十条腿都比我们的长，一定是骨头汤喝多了吧。我母亲看到那张纸却唉声叹气的，她埋怨张云兰的布太少，要裁出五条裤子来，难于上青天。

我母亲有时候会夸大裁剪的难度，只是为了向大家证明她的手艺是很精湛的。后来她熬夜熬了一个晚上，还是把五条裤子一片一片地摞在缝纫机上，像一块柔软的青色的梯田。然后我们迎来了缝纫机恼人的粗笨的歌声，我母亲下班回家便坐到缝纫机前，苦了我姐姐，什么事情都交给她做了，我姐姐噘着

白雪猪头 29

嘴抗议，做那么多裤子，都是别人的，我的裤子呢，弟弟他们的裤子呢？我母亲说，自己的裤子急什么，过年还有几天呢，反正不会让你们穿旧裤子过年的。我姐姐有时候不知趣，唠叨起来没完，她说，你为人民服务也不能乱服务，张云兰那么势利，那么讨厌的人，你还为她做裤子！我母亲一下就火了，她说，你给我闭上你的嘴，这么大个女孩子一点事情也不懂，我在为谁忙？为张云兰忙？我在为你们的肚子忙呀！

时间紧迫，只好挑灯夜战。我们在睡梦中听见缝纫机应和着窗外的北风在歌唱，其声音有时流畅，有时迟疑，有时热情奔放，有时哀怨不已。我依稀听见我母亲和父亲在深夜的对话。我母亲在缝纫机前说，眼珠子都要掉出来了！我父亲在床上说，掉出来才好。我母亲说，这天怎么冷成这样呢，手快冻僵了。我父亲说，冻僵了才好，让你去拍那种人的马屁！

埋怨归埋怨，我母亲仍然保质保量地完成了张云兰的五条裤子，她把五条裤子交给小兵的母亲，小兵的母亲为我母亲着想，她说，你自己交给她去，说说话，以前的疙瘩不就一下子解开了嘛。我母亲摆着手说，前几天才在肉铺吵的架，这一下白脸一下红脸的戏，让我怎么唱得出来？你这中间人还是做到底吧。我母亲把五条裤子强扔在小兵家里，逃一样地逃回到家里。

家里的缝纫机上又堆起了一座布的山丘，那是为我们兄弟姐妹准备的布料。我母亲在上班前夕为她忠实的缝纫机加了点菜油，我看见她蹲在缝纫机前，不时地瞥一眼上面的蓝色的灰色的卡其布，还有一种红底白格子的花布，然后她为自己发出了一声简短而精确的感叹，劳碌命呀！

而小兵的母亲后来一定很后悔充当了我母亲和张云兰的中间人。整个事情的结局出乎她的意料，当然也让我母亲哭笑不得，你猜怎么样了？张云兰从肉铺调到东风卤菜店去了！早不调晚不调，她偏偏在我母亲做好了那五条裤子以后调走了！

我记得小兵的母亲到我家来通报这个消息时哭丧着个脸。都怪我不好，多事，女邻居快哭出来了，你忙成那样，还让你一口气做了五条裤子，可是我也实在想不通，张云兰在香椿树街做了这么多年，怎么偏偏就在这节骨眼上调动了，气死我了！我母亲也气，她的脸都发白了，但是她如果再说什么难听的话，让小兵的母亲把脸往哪儿放呢？人家也是好心。事到如今我母亲只好反过来安慰女邻居，她说，没什么，没什么的，不就是熬几个夜费一点线么，调走就调走好了，只当是学雷锋做好事了。

很少有人会尝到我母亲吞咽的苦果，受到愚弄的岂止是我母亲那双勤劳的手，我们家的缝纫机也受愚弄了，它白白地为一个势利的女人吱吱嘎嘎工作了好几天，我们兄弟姐妹五人的肠胃也受愚弄了，原来我们都指望张云兰提供最新鲜的肉、最肥的鸡和最嫩的鸭子呢，不仅如此，我们家的篮子、坛子和缸也受愚弄了，它们闲置了这么久，正准备大显身手腌这腌那呢，突然有人宣告，一切机会都丧失了，你们这些东西，还是给我空在那儿吧。

我们对于春节菜肴所有美好的想象，最终像个肥皂泡似的破灭了。我母亲明显带有一种幻灭的怀疑，她对我们说，今年过年没东西吃，吃白菜，吃萝卜，谁要吃好的，四点钟给我起床，自己拿篮子去排队！

我们怎么也想不通，我母亲给张云兰做了这么多裤子，反而要让我们过一个革命化的艰苦朴素的春节！

除夕前那天夜里下了一场大雪，我记得我是让我三哥从床上拉起来的，那时候天色还早，我父母亲和其他人都没起床，因为急于到外面去玩雪，我和我三哥都没有顾上穿袜子。我们趿拉着棉鞋，一个带了一把瓦刀，一个抓着一把煤铲，计划在我们家门前堆一个香椿树街最大的雪人。我们在拉门闩的时候感觉到外面什么东西在轻轻撞着门，门打开了，我们几乎吓了一跳，有个裹红围巾穿男式工作棉袄的女人正站在我们家门前，女人的手里提着两只猪头，左手一只，右手一只，都是我们从来没见过的大猪头，更加令人印象深刻的是女人的围巾和棉袄上落满了一层白色的雪花，两只大猪头的耳朵和脑袋上也覆盖着白雪，看上去风尘仆仆。

那时候我和三哥都还小，不买菜也不社交，不认识张云兰，我三哥问她，猪头是我们家的吗？外面的女人看见我三哥要进去喊大人，一把拽住了他，她说，别叫你妈，让她睡好了，她很辛苦的。然后我们看见她一身寒气地挤进门来，把两只猪头放在了地上。她说，你妈妈等会儿起来，告诉她张云兰来过了。你们记不住我的名字也没有关系，她看见猪头就会知道，我来过了。

我们不认识张云兰，我们认为她放下猪头后应该快点离开，不能影响我们堆雪人。可是那个女人有点奇怪，她不知怎么注意到了我们的脚，大惊小怪地说，下雪的天，不能光着脚，要感冒发烧的。管管闲事也罢了，她的眼睛突然一亮，变戏法似的从棉袄口袋里掏出了一双袜子，是新的尼龙袜，商标还粘在上面。你是小五吧？她示意我把脚抬起来，我知道尼龙袜是好东西，非常配合地抬起了脚，看着那个女人蹲下来，为我穿上了我的第一双尼龙袜。我三哥已经向大家介绍过的，从小就不愿意吃亏，他在旁边看的时候，一只脚已经提前抬了起来，伸到那个女人的面前。我记得张云兰当时犹疑了一下，但她还是从她的口袋里掏出了第二双尼龙袜，这样一来，我和我三哥都在这个下雪的早晨得到了一双温暖而时髦的尼龙袜，不管从哪方面说，这都是一个意外的礼物。

我还记得张云兰为我们穿袜子时候说的一句话，你妈妈再能干，尼龙袜她是织不出来的。当时我们还小，不知道她说这句话是什么意思。张云兰还说了一句话，现在看来有点夸大其词了，她说，你们这些孩子的脚呀，讨厌死了，这尼龙袜能对付你们，尼龙袜，穿不坏的！

听我母亲说，张云兰家后来也从香椿树街搬走了，她不在肉铺工作，大家自然便慢慢地淡忘了她，我母亲和张云兰后来没有交成朋友，但她有一次在红星路的杂品店遇见了张云兰，她们都看中了一把芦花扫帚，两个人的手差点撞起来，后来又都退让，谁也不去拿，我母亲说她和张云兰在杂品店里见了面都很客气，两个人只顾说话，忘了扫帚的事情，结果那把质量上乘的芦花扫帚让别人捞去了。

（2002年）

手

小武汉在哪儿也混不好，后来干脆去了火葬场，抬死人去了。

起初谁也不知道小武汉在干什么工作，是一些死人站出来揭露真相的。那年夏天持续高温四十度以上，热死了好多风烛残年的老人。除了老人，香椿树街还有一个中年男子贪凉，夜宿楼顶平台不幸坠落丧命，一个租了酒厂仓库养鳗鱼苗的外地人投资失败，服用安眠药寻了短见，死在他亲手搭砌的鳗鱼池里。在七月尖锐的杀气腾腾的阳光里，火葬场的白汽车像赶集似的来往于香椿树街，汽车喇叭叫得很不耐烦，从白汽车上跳下来两个抬尸人，一个胖子风风火火，好像是搬家公司派来搬家具的，另外一个小个子的工作作风却令人费解，他下车走路都藏在同事的身后，还戴着口罩和帽子，眼神躲躲闪闪，这样一来他反而引起了别人的注意，哎呀，看后面那人，是小武汉吧？他一下车就有人这么嚷嚷了。怎么不是小武汉？小武汉的眼部特点过于明显，怎么躲别人还是认得出他的金鱼眼，还有眼梢上的那条月牙形疤斑。孩子们在死者的家门口不合时宜地欢呼起来，小武汉，小武汉运死人！小武汉的秘密就这样在死人与孩子的配合下泄露了出来，他斜着身子站在汽车旁戴手套，抖动着一条腿，又换另一条腿抖动着，他的眼睛在掠过一丝绝望过后变得坚强，我们亲眼看见他一肩扛着担架，一只手粗暴地拨开门口碍事的孩子，说，滚远一点，小心我把你们一起抬到我的车上去。

大家清楚死人的事是经常发生的，却不知道死人的事最后是小武汉管的，原来小武汉是去干了这一行。火葬场是个收入高福利好的特殊岗位，怪不得小武汉近来衣着光鲜，手头宽裕，一副成功人士的模样。

夏天以后小武汉的职业不再是个秘密，这对别人的好奇心是一种满足，对小武汉的生活却造成了显著的伤害。小武汉去买早点，炸油条的浙江人用夹子夹他的钱，不碰他的手。小武汉去上公共厕所，他明明系好了裤子出来了，别人却还提着裤子站那儿，等其他的位置，意思是不蹲他蹲过的坑。小武汉不在乎别人的歧视，他从小到大家境不好，学习不好，长相不好，工作不好，经济条件也不好，被别人歧视惯了，歧视伤害不了他，但是歧视造成的后果伤害了他。对于一个具有正常性倾向的大龄男子来说，最大的伤害莫过于伤了婚姻大事，小武汉和幸福花超市的顾小姐谈了一年冷静实惠的恋爱，正准备在国庆节结婚，好好的，天气害人，死人添乱，活人跟你作对，满街的人都在交口传颂，小武汉在火葬场抬死人！顾小姐那边的反应可想而知，婚礼的婚纱都预订好了，突然发现自己是个受骗者，未婚夫从事的运输业运的居然是死人，她来不及对小武汉进行道德谴责，一个电话打到小武汉的手机上，当场宣布分手。

小武汉不愿意分手，大家知道小武汉快四十的人了，无数次恋爱都没有结果，没有独身的打算却一直被动地独身，好不容易有了你顾小姐，你说分手就分手了吗？他中途从业务繁忙的白汽车上跳下来，一路飞奔着跑到顾小姐工作的超市里。隔着货架上层层叠叠的物品，他看见女友的脸无动于衷地抬起来，抬起来以后仍然无动于衷，小武汉顿时回想起他以前与别的姑娘见最后一面的情景，心里就慌，一慌就冲动，扑过去，好像老鹰抓小鸡，抓住女友的手，一个劲地把她往外面拉，说是出去谈谈。小武汉不知道一夜过后他已经失去了对顾小姐肢体接触的所有权利，顾小姐尖叫一声，惊恐地甩开了他的手，别拉我，你的手，别碰我！小武汉从她的眼神里发现自己的手多么恐怖，他忍不住看了看左手，左手上全是汗，又看了看右手，右手上有一道莫名其妙的污迹，他就顺手在裤腿上擦了一下。怎么啦，我的手怎么啦，小武汉说，你别神经病，我戴手套的，我一天洗七八次手，我的手比谁都干净。

厄运大多是无法挽回的，厄运中的爱情无论多么务实，当然也挽回不了。那天小武汉和顾小姐在超市门外的谈话一波三折，结果却是没有结果。顾小姐的分手理由虽然内容单一，小武汉却都无法推翻。顾小姐无法接受小武汉如此特殊的职业。你都快跟我结婚了，还骗我说在什么运输公司上班，原来是这么个运输公司,你运的什么东西?运的是死人呀!小武汉承认他说谎了,但他下意识地补充说明道,在货运公司拿的那点工资跟他现在是没法比的,客运也一样,薄利,竞争很激烈。顾小姐正色道,我不稀罕那点钱,现在这世界上穷人多,有钱人也多!我要是贪钱不会找个老板吗,干什么找你?那一句话让小武汉动了情,似乎看见了顾小姐那颗朴素务实的心,他情不自禁地凑过去捉顾小姐的手。顾小姐吓得跳了起来,你别碰我,你的手,抬死人的,多恶心呀!顾小姐似乎要哭出来了,她说,你别怪我狠心,你千错万错不该挑这么个工作,你也替我想想,你白天在外面搬死人,夜里我们睡一张床,你让我怎么受得了?小武汉说,我搬了死人难道也变成死人了?死人总得有人搬,死人的事情总得有活人去打发嘛。顾小姐说,你别跟我说大道理,大道理谁都会说,可是做夫妻不是用大道理做的,身边天天睡个搬死人的,我受不了!小武汉眼看着事情正在一步步向坏处发展,脑子里迅速地跳出几个变通的办法。那我不搬死人,我去跟领导商量一下,去看炉子怎么样?要不然,我去管追悼会,放放哀乐布置灵堂什么的?顾小姐说,那也不行,一样跟死人打交道,我恶心,我受不了!顾小姐靠在玻璃橱窗上,哀怨地瞪着街道上的行人,忽然蒙着脸哭泣起来,她一哭小武汉更加慌乱,小武汉的手习惯性地伸过去,中途又缩回来了,对着空气甩了甩。我的手不能碰你,不碰就不碰吧,可是不碰手以后怎么相处,手又不是脚,难免要碰到的。小武汉烦躁不安地绕着女友转了几圈,呼了口气,突然

手 39

说，他妈的，干脆就不干了，不干了！这个决定来得突兀而决绝，不仅是顾小姐停止了哭泣，连小武汉自己的肩膀也莫名地颤动了一下。小武汉在一阵冲动中忘记了一切，他一把抓住顾小姐的手紧紧地拽着，不干了不干了。他说，没什么大不了的，在哪儿干都能活人，我还是回老牛那里跑中巴好了，不就是少开一千块钱工资嘛。

让小武汉意外的还是他的手，他的手重复着类似的遭遇，无论是否抓到了顾小姐，他的手都在被顾小姐所唾弃。他感觉到顾小姐温软的小手在自己的手掌中上下扭动，柔弱却很坚强地反抗着，执意摆脱小武汉的手。当小武汉彻底明白过来后，他意识到自己的手失去了所有的权利，再也掌握不了什么了，他看见自己的手颤抖着垂下来，好像被某种力量折断了。顾小姐后退着，将解放了的手藏在了背后，她受了惊，眼睛里充满了泪光，但嘴角上尴尬的笑意却泄露了内心坚韧的意志。不行了，现在说什么做什么都迟了。顾小姐摇着头，她说，这不是犯一次错误就能改正的事，没法改正的，我受不了你的手，我见到你的手就犯恶心，怎么能做夫妻？顾小姐最后转过身去，说，我知道你是好人，可是我们没有缘分，要是你能骗我骗到结婚以后，我也没办法了，可惜，可惜今年死了太多人，你知道吗，前天你去小桃花街抬的，是我姑婆，你没注意我，我可是看见你了。

那年夏天小武汉嘴角上长了个溃疡，总也不消，用中医说法是急火攻了心。小武汉刚刚装修了新房，新娘却变卦了。他不知道该怎样解决面临的问题。是自己过于特殊的职业造成了婚姻大事的障碍，这一点他清楚，可是排除了障碍又怎么样了呢，顾小姐还是要取消婚约，她说辞职也不行，职业能辞，手是辞不了的，她再也不能接受他的手了。小武汉能解决职业的问题却解决不了手的问题，他万万没想到他的手挡在他和顾小姐之间，成了一块拦路石，他没法搬走它，总不能把自己的手剁了吧。

小武汉不知道怎么能解决手的问题。他在街上是有几个朋友的，他去找他们，他们都在财神家里打牌。财神的妻子正在里屋坐月子，婴儿哇哇地哭，女人就在里面骂财神，说他不是人，赌得家务都不知道做了，再赌她就找电话报警了，财神压不住火，冲进去打了女人一个耳光，又出来了，继续打。这样的牌他们打得下去，小武汉看不下去，他提议移师去他家里打，财神是愿意的，其他三个却阴阳怪气地不表态，刀子还说，小武汉你别站在我身后，从你一进门，我的牌抓起来就是屎牌，一抓就是一手屎牌。小武汉以为阿地脾气好，就站到阿地身边去看牌，还习惯性地把手搭在他肩上，阿地皱了皱眉头，忍着打了几张牌，点了炮，就忍不住了，说，小武汉把你那手挪开，我是输家，你要站就站到财神那儿去，他赢钱的。小武汉脸上兜不住了，骂了几句，拂袖而去。走到门外了，财神追出来，说，你别跟他们一般见识，这帮人没出息，输了几个钱就乱咬。小武汉说不出什么，摊开自己的右手看看，翻过来，又摊开自己的左手，看着，咬着牙，却说不出什么来。财神眼神闪闪烁烁的，你别看你的手，你那手，手气好不了的。财神笑着，说，到你家去打，你在一边看电视行不行？小武汉瞪着财神，面孔气得变了颜色，还是说不出什么，最后拿手掌在墙上狠狠地砍了一下，没头没脑地说，去你妈的，让你们全输光！

他们说起来都是小武汉的朋友，闹半天只是牌桌上的朋友，狗肉朋友还不如。小武汉原本想让他们出出主意，怎样挽回顾小姐的心，现在看来是多余的。上了牌桌他们什么都不认，只认输赢。小武汉感到有点伤心。他想他们又不是像顾小姐以后天天要同床共枕的，不过在一起打打牌，他们居然也嫌弃他。小武汉走在街上，脑子里突然涌出一个念头，刀子的老母亲很老了，还活着，阿地的外公都九十了，也没死，如果哪天他们死了，他就跟他的同事说好，不拉人，让他们留在家里发臭，腐烂，让刀子他们迷信势利的脑子在尸臭味中清醒过来，清醒不了也无妨，他们起码会知道一点，他小武汉的手是有用的，也是有权威的，不管是侮辱他的人还是侮辱他的手，都会付出沉重的代价。

是一个星期天闷热的下午，街上没什么人，小武汉怀着一丝仇恨在街上走，满街熟悉的景色，看上去也拧着脸，对他充满了偏见。有个游泳的小男孩在桥堍那儿看着小武汉，大喊一声，小武汉搬死人！喊完就跳到水里去了。小武汉追过去，追到水边，想想自己四十岁的人，不应该和小孩子一般见识，就折回来，向桥上走。小武汉走到桥上，忽然怀念起他从前在桥上摆自行车修理摊的日子，挣不到多少钱，但受人欢迎。他还想起他十几年来干过的许多行当，贩卖水果，搬运货物，倒买倒卖电影票、足球票、火车票、演唱会门票，在火车站替旅馆和中巴车拉客，哪一行干得都辛苦，却都赚不到多少钱，赚不到钱的心情他还记得，但与现在的心情相比，他不知道哪种心情更沉重一些，都不好受。他小武汉好像就是不能都好，挣到钱就丢了尊严，不肯丢了面子，就挣不到钱。

小武汉路过了桥那边老秦的花圈店。他看见老秦坐在柜台上，戴着老花镜扎花圈。小武汉就倚着门看老秦扎花圈。今年你生意不错吧？小武汉说，你这儿生意好，我们那边生意就也好。老秦笑了笑说，这叫什么生意，活人的钱不容易挣，挣个丧事钱罢了，混口饭吃。小武汉说，老秦你怕死人吗？老秦说，怕什么死人？怕死人我还做这一行？小武汉的目光直直地瞪着老秦，说，给我看看你的手。老秦说，你脑子热昏了？我的手又不是姑娘的手，有什么可看的？小武汉盯着老秦的手，过了一会儿，又说，老秦你敢不敢跟我握手？老秦惘然，手一下缩回去了，小武汉你撞见鬼了？还要跟我握手？好好的握什么手？你又不是什么高级领导。小武汉说，我们两个的手是一对呀，你也别嫌我，我也不嫌你，我们应该好好握一下手。老秦看见小武汉自嘲而诡谲的表情，一下明白了什么，我明白了，我们是一条战壕里的战友。老秦听着笑起来，扔下手里的剪刀和彩纸，手热情地伸过来，和小武汉握了一下手，握一

手　43

下,还抱着晃了两下。

死人有什么可怕的?抬死人的人就更没什么可怕的了。老秦说,其实也不怪别人,他们是没怎么见过死人,死人不偷不抢,不贪污不强奸,不杀人不放火,怕他们什么?人一死,再坏的人也变成了一件家具,一个死人就像一件家具,有什么可怕的呢?你知不知道,我经常去替死人穿衣服的?老秦有点得意地看了小武汉一眼,说,有的人家里死了人,胆小,不敢为死人换衣服,都来求我,我都去,过去提倡为人民服务,替死人擦身,换衣服,分文不取,现在是商品经济嘛,我收费,去一次我收一百块钱,再加我这里的花圈,比做小杂货好得多。你知道吗,上个月街道柳主任家的丧事,也是我料理的。老秦说到这儿听见小武汉怪笑了一声,小武汉郁郁寡欢的脸上掠过了一丝难得的笑容。这有什么大不了的,我上个月抬过市委姚书记你知道吗,就是那个在高速公路上翻车的领导,不瞒你说,我抬他时候差点跟他握手,想想是死人,就算了。小武汉说着摸了摸自己的手,似乎有点害羞,然后他突然想起那个重要的问题,你这样跟死人打交道,夜里上了床,你老婆不嫌你的手?老秦犹豫了一下,说,我们老夫老妻的,夜里各睡各的,手就用来干活挣钱了,又不做别的,有什么可嫌的?小武汉的眼睛亮了一下又黯淡下去,怪不得呢,他说,怪不得你也干这行当。老秦不懂小武汉心里的苦,只是一味地劝导小武汉,我们这行当怎么了?也是个铁饭碗呢,人嘛,一生一死,谁没个那一天?死人其实是最安全的了,没思想了嘛,像个睡沉的孩子一样，很软，很听话，我这几年看东西有时候看花眼，上次给小美她爷爷穿衣服，老觉得他肩膀在动，好像配合我，自己要翻身呢。小武汉被老秦吓了一跳，说，你别胡说八道，我还没辞职呢，别把我吓着，你跟我不一样，你是去穿衣服，人家刚刚咽气。老秦说，对的，刚刚咽气，魂还没散呢，手还是热的。然后老秦便说起了那些死人带有余温的手，说起了与死人握手的事。他说，我是没机会握领导的手，都是街坊邻居的手，街坊邻居这么住着，从来也想不到握握手，死了我就想到了，我的规矩，我替他们穿衣服之前，一定要先握个手，再也见不到了嘛。老秦说到一半便没有说下去，他发现小武汉的神态突然有点异样，点香烟的手抖得厉害，小武汉瞪着自己拿打火机的手指，似乎在思考着什么。老秦突然想到同样是与死人打交道，他幸运得多，他握的是留存着人间温暖的手，而小武汉面对的手是可想而知的，不握也罢。老秦就说，你跟我不一样，你见到的那些手，没法子握，就不要握了。

小武汉靠在柜台上吸烟，他瞪着老秦，老秦很难确定小武汉后来不停地咳嗽是被烟呛的，还是被他的话给吓着了，小武汉咳得满脸通红，咳得掉出了眼泪，别说了，你他妈的恶心死人了！他这么无礼地骂了老秦一句，骂完就抹着眼睛跑走了。

不知道小武汉在火葬场到底干了多长时间，也不清楚他是什么时候突然辞职的。那年夏天过后香椿树街歇季的公共浴室重新开张，也算辞旧迎新，几位老客被夏天的高温带走了生命，浴室方面意外地发现他们得到了一位忠实的新客人，是小武汉。

综合小武汉后来的各种表现来看,这个夏天唤起了他对洁净过分的追求。小武汉不去上班,天天到浴室报到。很明显,来自他人的偏见和愚昧迷惑了他,使小武汉对自己的身体产生了一种不洁的错觉,而不公平的境遇促使他思考关于平等的问题,主要是人的平等,包括活人与活人、死人与死人、死人与活人的平等关系。他在热水池里试图与别人探讨这种深奥的问题,大家都说小武汉胡言乱语的,还冒充教授,小武汉得不到呼应,就只好沉默着,用肥皂涂抹他全身所有的部位。一种香气刺鼻的肥皂抚摸他的脑袋,抚摸他微微突出的腹部,抚摸他的长了稀疏汗毛的瘦腿,抚摸他平凡但灰心丧气的私处,香皂尤其卖力地抚摸他的手,在他的手臂和手指上几乎唱起激励人心的歌曲,但小武汉仍然愁眉苦脸。看得出来他需要的不是香皂,是香皂带给他的洁净的安慰,这安慰让他对此后的生活心存一丝希望,然后他带着那丝希望从热水池里出来,坐在铺位上对着他的手若有所思。小武汉发现他的生活是被手毁坏的,也要让手来挽救,但是除了用一只手拍打另一只手,用一只手惩罚另一只手,他并不知道怎样用一只手去挽救另一只手。

有时候小武汉在浴室里能遇见财神他们,财神以为别人得罪了小武汉,他没得罪过他,财神去拧小武汉的屁股,被蹬了一脚。你现在就这样跟别人握手的?财神说,手不敢伸给别人,就拿脚给别人?小武汉看着财神,他不笑,也不愤怒。财神说,你他妈现在怎么阴阳怪气的,老婆跑了,朋友还在嘛,叫你过来打牌，怎么不过来？小武汉说，我不打牌，不感兴趣。财神说，你不打牌又不上班，那你想干什么？你不是辞职了吗？正要问你呢，你什么也不干，天天在这儿泡着，能泡出钱来呀？小武汉被击中要害，在铺上翻了个身，眼睛闭了一会儿，又睁开，对财神说，你什么时候再做大生意，算我一个。财神说，算你一个？你算老几，胆子比老鼠还小，做得了什么大生意？小武汉突然坐起来，举起自己的手向财神晃动着，说，看见了吗，搬死人的手，搬了三百多号死人了，还怕什么，什么事都敢做了！

小武汉就这样迎来了生命中最空虚的一段时光，他从公共浴室出来以后往顾小姐所在的那家超市走。他几乎天天到超市来，看顾小姐上货点货，顾小姐闲下来的时候他企图上去与她谈话。但顾小姐怕他了，顾小姐在货架之间钻来钻去，没用，躲不开小武汉讨厌的身影，顾小姐没办法，只好蹲在那儿哭，她一哭小武汉就学她哭。你还哭你还哭，你还挺委屈？小武汉抓过货架上一把菜刀说，你不就是嫌弃我的手搬过死人吗，我现在不搬了，我辞职了，怎么还不行？还不行就把手剁了，剁了它，剁了手总行了吧？顾小姐的尖叫引来了超市的保安，保安们一开始以为小武汉纠缠顾小姐是爱情纠葛，现在发现其中带有暴力和胁迫的意味，他们不能不管了，他们架着小武汉往外面赶，并且警告小武汉的行为已经影响了超市的正常经营，如果下次再来他们就不客气了，小武汉不买保安账，他说他已经为顾小姐辞了职，现在人财两空，没饭吃了，他要跟顾小姐回家吃饭,你们从中阻挠那你们掏钱给我买饭吃吧。超市的人当然不会和小武汉妥协,他们打报警电话,这一招奏效了,小武汉看见他们打电话就自己跑了。

　　小武汉胆小,但他不是那么轻易放弃的人,他在外面等顾小姐下班,一等就等到天黑了。顾小姐换了一套很时髦的衣裙从超市里出来,容光焕发的样子更让小武汉感到她的珍贵,他跟在顾小姐身后走,跟上了汽车。堂而皇之的盯梢当然容易被发现,顾小姐发现小武汉后花容失色,她偷窥小武汉的眼神里没有了残存的爱意,连歉疚也没有了,只有彻底的恐惧。她担心什么可怕的事情发生,灵机一动,提前一站跳下了车,小武汉没能跟上,可是他拼命拍车门,司机竟然违规停车,把他也放下了车。

　　顾小姐在街道上奔跑起来,她一边跑一边从手提袋里掏她的手机,也许是这个动作让小武汉失去了最后一点风度,小武汉冲上去一把抓住顾小姐,手挥起来,停在半空,一个耳光正要打向负心人,却半途而废。小武汉看着自己举在空中的手,一看自己的手就看见了洗不掉的污点,看到自己的污点小武汉就失去了正义的支持,他一下蹲在了路上,说,你把我坑苦了,你坑了我还把我当坏人?要报警抓我?顾小姐说,我不知道你要干什么呀?你怎么做出这种事来,吓死人了。小武汉说,我没想吓你,我是想解决问题。顾小姐说,没法解决了,婚姻大事,强迫不来,你怎么逼我也没用了。世上女人多的是,你会遇到比我好的,我年纪大了,又不漂亮,你为什么非要盯住我不放？小武汉说，我不是盯住你不放，我们可以分手，我也不是瞎子哑巴丑八怪，降低要求也能找到个不计较的人，我是不甘心，要弄个明白是非。顾小姐说，是非不用弄清楚了，是我不好还不行吗，是我嫌弃你的工作。小武汉说，我告诉过你几十遍了，我辞职了，不干那活了，为什么你还要分手？顾小姐说，我也告诉过你几十遍了，我不是嫌你人不好了，是受不了你的手，我一见你的手就想起死人。小武汉说，这好解决，我说过我愿意剁了这手，永远不让你看见。顾小姐说，你别胡说八道了，没了手你吃什么喝什么，拿什么挣钱养家，让我养你？小武汉说，你还算心善，不让剁手，不剁手也行，那我带你去火葬场，多看几个死人你就不怕了，你不怕死人也就不会怕我了。顾小姐惊叫起来，不行，我死也不去那种地方。小武汉说，这话不对，死了就由不得你，不去那地方去哪儿？是你先说死的，别怪我说老实话，你知道那天接你电话时我怎么想？我想你妈或者你爸要是死了就好了，我去抬他们，抬的是你爸爸妈妈，你就不会嫌弃我的手了，顾小姐这次差点还给小武汉一个耳光，顾小姐说，你该死，我爸爸妈妈对你那么客气，他们没有得罪你，你怎么能咒他们死，你竟然还想跟我回家吃晚饭？

话不投机半句多，小武汉和顾小姐之间就出现了这种局面。后来顾小姐白着脸向前走，小武汉尾随着她，小武汉说，你别走，不去火葬场也行，还有别的办法，你不是怕我的手吗，我打电话问过电台的心理医生了，他说你是心理障碍，他说让我们两个人握手,天天握上半个小时,握半个月,你的心理障碍就会消除了,以后你就再也不怕我的手了。顾小姐说,神经病。小武汉说,那是科学,人家是专家,我的意见你不听,专家意见你也不听?顾小姐边走边说,我懒得听,别说半小时半个月,握你的手,半秒钟也不行。你给我死了那条心吧。

按照小武汉事先的部署,他那天本来是准备一直跟随顾小姐到她家里的,他已经跟着她走到纺织厂门口了,离顾小姐家所在的纺织新村很近了,路上突然出现了意外。一辆白汽车鸣着喇叭从小武汉身前经过,里面有个人把脑袋探出驾驶室车窗,向小武汉挥手,小武汉,跑哪儿去发财了?尽管那人戴着口罩,小武汉还是认得出那是胖子,以前的同事。小武汉下意识地举起手挥了挥,发什么财,瞎混嘛。他看见路人在纷纷闪避火葬场的汽车,有人好奇地看着他,突然间,小武汉脸烧得厉害,他觉得难堪,他突然觉得自己要和胖子以及白汽车划清界限,于是他纵身一跳,跳到了人行道上,人行道上也有个小男孩抱着足球,瞪着他看,还咧着嘴笑,大概是笑话他的动作。小武汉受不了了,照着小男孩的面孔打了一巴掌,我让你笑我让你笑!小武汉听见小男孩哭叫起来,一时有点迷乱,他举起自己的手看了看,很快意识到什么,挤出笑脸对小男孩说,对不起,叔叔喜欢你的。他想伸手去摸小男孩的耳朵,小男孩惊叫一声闪开了。路人都回头向这里张望,小武汉向着小男孩举起他的手,做着抱歉的手势,一边后退着,他依稀看见顾小姐在前面停留了一下，但只是那么一两秒钟，顾小姐的身影已经轻盈地拐过街角，不见了人影。

小武汉后来没有去顾小姐家。他蹲在一盏路灯下，用左手抱着他的右手，似乎在忍受肘部或者腕部或者其他某个部位的剧痛，等到剧痛过后他站了起来，脸上恢复了平静。看上去他的手已经好了。看上去小武汉已经解决了手的问题，在街市的灯火中他平直地伸出他的手，那当然是在拦出租车。一辆红色的出租车在他身边停了下来。小武汉对司机说，去梦巴黎。司机说，什么地方？什么巴黎？小武汉说，啊，你开的什么出租车，连梦巴黎都不知道？不知道我告诉你，在文化宫后面的弄堂里，是跳舞的地方，泡妞的地方，还是打炮的地方！小武汉用他的右手配合左手，做了一个粗野而下流的手势，打炮，打炮，你懂不懂？

国庆节以后我们就没再见过小武汉。但大家知道小武汉的下落，他和财神一起进去了。进哪儿了？还用说，不是白痴都知道。这事本在预料之中，跟着财神做生意嘛，能做出钱，也能做出危险来。据说这次财神的生意做大了，大得把天捅了个窟窿，是走私冰毒。他们是在火车上被截住的，人赃俱获，半路上就被带下了车。由于我们这一带的人胆小，犯罪不犯大罪，这宗贩毒案便自然地惊动了有关部门，不光是有关部门，香椿树街的男女老少也都惊动了，消息传来，就有不懂事的孩子跑到小武汉的家门口，拍着手跺着脚喊，小武汉贩毒，小武汉枪毙！

小武汉家里幸好没有别人，只有小武汉出门时忘了收的一条田径短裤和一件旧背心，留在门外的绳子上，被鲁莽的孩子吓得簌簌发抖。孩子们调皮，其中一个拿下绳子上的田径裤，发现裤腰松了，就追着另一个，要把小武汉的短裤往他头上套，另一个就狂叫着奔跑，另一个已经抢下了小武汉的背心，背心破了洞，被那孩子用树枝挑着当了白旗，一路逃着一路挥着。左邻右舍看着孩子闹，开始想吓唬他们的，转念一想，孩子也吓不住，他们大概已经从大人那儿听说，小武汉是很难再回家的了。

后来我们谁也没再见过小武汉。小武汉和财神犯的事轰动一时，我们当地电视台还作了新闻报道。借此机会，我们倒是在电视屏幕上看见了财神和小武汉。由于这次上电视是反面教材，他们两个人知道不光彩，都用手遮着脸，偏偏手上戴着手铐，手铐抢了镜头，所以看上去他们像在向别人炫耀他们的手铐。

财神已经几进几出，他老奸巨猾，垂着头，一坐下来就把手连同手铐夹在膝盖之间，摄像记者没办法，只好放弃他。摄像记者后来盯着小武汉拍摄，字幕适时地打出了小武汉的名字（原谅我隐去名字，因为小武汉本名×建国，姓也是个超级大姓，极易引起同名同姓者的不快）。于是我们看见了小武汉迷惘无辜的脸，他似乎在用眼神威胁记者，停止侵犯他的肖像权。记者也许被他的眼神震慑了，我们看见镜头慢慢下移，落在小武汉的手上，这样一来我们有机会看见了小武汉的手。是特写，两只手套在手铐里，手铐闪着冷光，手铐里的手看上去显得纤小无力，而且温暖。我们意外地发现小武汉的手指很细很长，苍白的指关节上面长着几丛淡淡的汗毛，除了右手食指和中指留下了香烟的熏痕，还有指甲缝里一些并不明显的黑垢，总体上说，小武汉的手还算白净秀气，也干净，不像他的手。

其实香椿树街的街坊邻居一直都在谈论小武汉的手，却都没好好观察过小武汉的手，这次大家就把他的手好好看了个够。小武汉的手，怎么说呢，看上去确实不像他的手，但如果那不是他的手，又是谁的手呢。

（2004 年）

水鬼

河水向东流。装满油桶的船疲惫地浮在河面上,橹声的节奏缓慢而羞涩。油桶船从桥洞里钻出来,一路上拖拽着一条油带,油带忽细忽粗,它的色彩由于光线的反射而自由地变幻,在油桶船经过河流中央开阔的河面时,桥上的女孩看见那条油带闪烁着彩虹般的七色之光。

女孩站在桥上,目送油桶船渐渐远去,她的视线尽头是另一座桥,河水就是在那里拐了弯,消失了。另一座桥的桥畔有一家工厂,工厂的烟囱和一座圆形的塔楼引人注目。女孩一直不知道那座塔楼是干什么用的,即使离得很远,塔楼的那个浸入水中的门洞仍然清晰可见,女孩用她的玻璃柱照着远处的那个门洞,正如她预想的一样,离得太远了,她没有得到任何反射的图像。塔楼若无其事,当西边河上游的天空云蒸霞蔚的时候,塔楼上端的天色已经暗下来了。

天色已经暗下来了。女孩看见她姑妈从桥上走过,她慌忙把脑袋转过去,但姑妈还是看见了她,她说,你这孩子,这么热的天,不在家里呆着,跑这里干什么?女孩说,不干什么,妈妈让我出来的。姑姑没说什么,她扭着腰肢下了桥,下了桥又回头向女孩喊道,早点回家!你傻乎乎站那里,人家又来欺负你!

女孩站在桥上,她还不想回家。一个穿海魂衫的患有腮腺炎的男孩跳上了桥头,他就住在桥下杂货店的楼上,女孩认识他。男孩用手捂着涂满草药的腮部,他说,你手里抓着什么东西?给我看看。女孩知道他指的是那个玻璃柱,她背过双手,毫不示弱地盯着男孩。不给你看,她这么说着,一只手却突然把玻璃柱举了起来,她说,你别碰它,这是用来照水鬼的!

男孩意欲掠夺的手缩了回去,他说,你骗人,哪来的水鬼?水鬼在哪里?

女孩指了指桥下的河水。现在在水里。她用手指着河面上尚未散去的油带说,你没看见,水鬼就在那下面潜水。你看不见,我能看见。

男孩说,你骗人。那你说水鬼要潜到哪儿去?

女孩脸上露出了神秘的微笑,她收起玻璃柱说,我发现了水鬼的家。我不会告诉你的。女孩向桥下走去,回过头说,你们都以为水鬼的家在水里,其实不对,你们都弄错了。

女孩下了桥,看见那个男孩捂着腮茫然地站在桥上。他什么都不知道。她想即使他看见了远处的那个塔楼,他仍然不会猜到这个秘密。

一个青年像一只青蛙一样在河面上行进。另一个青年像狗刨水似的跟在他身后。他们游到了桥下,也许他们游不动了,也许他们的目标就是游到桥洞,两个人先后钻出了水面,坐在桥洞的石墩上。

女孩打着尼龙伞,站在桥上,她一直期待他们向前游,游到她看不见的地方,她以为他们会一直游下去,游到河下游另一座桥那里。但他们却坐在桥洞里了,他们在下面大声地说话。一个青年说,水太脏了,他妈的,你有没有看见那只死猫?我差点没吐出来!另一个青年还在喘粗气,他说,看见了,是只黄猫。大概是吃了老鼠药。

女孩努力地将身子向桥栏下弯下去,她想看清楚那两个青年的脸,但看见的是其中一个人的腿,那个人的腿被太阳晒得很黑,小腿上长着浓密的汗毛,脚背上好像刚刚被什么扎破过,上面清晰地留下了红汞水的痕迹。

死猫有什么?女孩突然插嘴说,前几天我看见过一个死孩子,看上去像一只兔子!

谁在上面说话?下面的一个青年说。

肯定是邓家那个傻丫头。另一个青年说。她脑筋不好,别理她。

女孩的脑袋先是缩了回去,立刻又探出去,朝下面啐了一口,你才是傻丫头!女孩愤愤地回敬了一句,然后她用玻璃柱向下面照了照,照到的还是一条毛茸茸的黝黑的腿,女孩听见下面的人在说,不理她。女孩就说,谁要理你们?她听见自己的声音被桥洞放大了,显得很清脆。女孩将手里的尼龙伞转了一圈，又转了一圈，她说，骗你们是小狗，有一个死孩子前几天漂过去了，他跟你们一样在游水，让水鬼拽住了腿。水鬼把他拽到河底去了！

桥洞里的两个青年发出了咯咯的笑声，然后有一个人扑通跳入了水中，大声喊叫着，不好了，有水鬼，水鬼，救命！另一个人便更加疯狂地笑起来。

女孩看见他们嬉闹时弄出的水花溅得很高。女孩说，你们别闹，水鬼现在不在这儿，你们把它惹恼了，它会潜来抓你们的。

来了，水鬼潜来了！一个青年在水中翻了个筋斗，他的嘴里发出了一种恐怖的叫喊声，我的腿，我的腿被水鬼抓住了，快来人，救命，救命！

女孩知道他们是在闹着玩，他们不把她的劝告当回事，女孩有点生气，她拾起桥上的一块碎玻璃向河里扔去，她说，你们就会在这里瞎闹，你们有本事就一直游，一直游到那塔楼里，告诉你们，那是水鬼的家！

母亲不准女孩出去。有一天她用凤仙花为女孩染了指甲，她说，我们说好的，染了指甲就不能出去疯了，今天你好好呆在家里写作业。母亲看见女孩坐在门前，仔细地观看自己的十片桃红色的指甲，母亲说，今天太阳这么毒，你要再出去疯，别人都会骂你是傻子。女孩竖起她的十根手指对着太阳照了照，看见自己的十片指甲像十朵凤仙花的花瓣，晶莹剔透。母亲说，今天太阳这么毒，你要出去太阳会把你的皮肤晒焦的，你要再偷偷溜出去，让太阳晒死你！

外面的太阳好像是沸腾了，女孩看见石板路上冒出了隐隐的白烟，卖冰水的女人在很远的地方吆喝着，对门宋老师提着一只水壶，打着她家的尼龙伞匆匆跑出去买冰水了。

有人出去的。女孩嘀咕道，谁说没人出门？只要打着伞就行。

女孩的脑袋转来转去的，她在寻找什么东西。母亲知道她想找什么，母亲说，别找了，洋伞让我收起来了，你就是不知道爱惜东西，外面这毒的太阳，把伞都晒坏了！

母亲坐在竹椅上打了个盹。迷迷糊糊中她觉得手里的葵扇没有了，她没有睁开眼，以为葵扇是掉在地上了。她不知道女孩又出去了，而且还带走了她的葵扇。

那天女孩用一把葵扇遮着午后的阳光来到桥上。没有人注意到她刚刚染过的指甲，没有人注意到她。女孩上桥的时候，恰好看见一个男人扛着一块长木板走下桥，木板差点刮到她，女孩在后面大叫一声，小心！她看见那个男人慌张地回过头来，是一个陌生的农民模样的男人，女孩注意到他的背心和裤子都是湿的，一路走一路滴着水。女孩突然笑起来，她说，你干什么呀？他好像一时没听懂女孩的问题，他说，什么干什么？女孩说，你怎么湿漉漉的？你是水鬼啊？男人把左肩膀上的木板换到了右肩，水鬼？什么水鬼？他木然地看着女孩，过了一会儿似乎明白过来，然后他嘿地一笑，指了指桥下不远处的一块驳岸，我不是水鬼，他说，看见没有？我们在水里干活呢。

女孩顺着他手指的方向,发现化工厂的驳岸上聚集着一群民工。那群人光着上身,有的在岸上,有的在水里,吵吵嚷嚷的。女孩用手扒着桥栏,她说,我要看。女孩回过头对那个民工说,我要看。

民工眯起眼睛看着女孩,然后他又笑了笑,露出焦黄的牙齿。女孩看见他扛着木板下了桥,她注意到他腿上粗壮的凸出的静脉血管,像许多蚯蚓,他的小腿和脚踝处粘满了黄色的泥浆。

夏天,一群民工为化工厂修筑了一个小码头。女孩站在桥上,耐心地目睹了民工们打桩、围坝、抽水的全部过程。起初没有人注意到桥上的那个女孩。女孩站在桥上,手执一把葵扇,挡着午后的阳光。起初她只是站在桥上看他们,不知道她在看什么,她对什么产生了兴趣,她只是在看。女孩偶尔会调整手里葵扇的位置,葵扇便遮住了她的大半张脸,她只是站在那里看,但是有一次她突然叫起来,水鬼来了!起初她只是试探着有所顾忌地吓唬他们,后来她就显得招人憎厌了,她大声地向他们叫喊,水鬼来了,快上岸,小心水鬼抓你们的脚!民工们有时停下手里的工作,恼怒地瞪着桥上的女孩,每逢这时候,女孩就逃,她三步两步跨下桥,一眨眼就不见了。

民工们也议论桥上那个女孩,他们一致猜测女孩是傻的。幸运的是女孩没有影响他们工程的进展。他们计划用八天时间筑好这个小型码头,实际上他们只用了一个星期,一个星期之后小码头就竣工了。竣工的那天他们一直在向桥上张望，整整一天，他们没有看见女孩的身影，民工们不知道她那天为什么不来，就像他们不知道此前几天她为什么天天站在桥上。女孩不在桥上，桥显得很空洞，女孩不在桥上，桥上的阳光到了黄昏时分仍然有点刺眼，这原因也简单，就是因为桥上没有人，女孩不在桥上。

民工们不知道女孩到她姑妈家做客去了。

第七天女孩到城市另一侧的姑妈家去做客，黄昏回家，过桥的时候她发出了一声惊叫。母亲当时拽着她的手，母亲吓得甩开了她的手，你叫什么？母亲说，吓死人了，好端端的你尖叫什么？女孩站在桥上，看着不远处新筑的码头，她想站在桥上，但是母亲粗糙而有力的手再次拽住了她，不准站在桥上，像个傻子，母亲气冲冲地说，你知不知道人家都说你是傻子？大热天，整天站在桥上，不是傻子是什么？女孩被母亲拽着下了桥，她说，别拽呀，你把我的手拽断了！母亲说，不把你拽回家，你就站在桥上让人笑话！女孩努力挣脱着，别拽我，水鬼才这么拽人呀！女孩绝望地盯着母亲紧拽着她的手，突然叫起来：我看见水鬼了！你是水鬼！母亲就扬手打了女孩一个巴掌，整天嘴里胡说八道，母亲说，你再胡说八道的，哪天真让水鬼把你拽到水龙王那里去！

第七天夜里女孩在母亲的眼皮底下溜了出去。女孩以前从来不在夜间出门，所以母亲看着她从竹椅前绕出去，看着她手里抓着一个像手电筒一样的东西，就是没有想到女孩手里抓的是一只真正的手电筒,女孩带着手电筒从她眼皮底下溜出去了。

石板路的两侧有人在乘凉。有人看见了女孩,他们叫着女孩的名字说,这么晚了,你去哪里?女孩说,我到桥上去乘凉。他们就说,这女孩很聪明嘛,桥上风大,是乘凉的好地方呀。女孩走到了桥上,桥上有几个青年,他们坐在桥栏上抽烟,看见女孩上桥,他们停止了说话,一齐看着她,有人先嘿地笑了,说,又是她,邓家的傻丫头。整天站在桥上!女孩鄙夷地扫了他们一眼,她说,你们才傻呢,你们才整天站在桥上呢。女孩伏在另一侧桥栏上,做出一副井水不犯河水的样子。她用手电筒照了照桥下的河面,然后又关上了手电筒。其实她是要看那个新筑的码头。那个码头已经从河面上升了起来,新浇的水泥在月光下面散发出一种模糊的白光。女孩站在那里,莫名地感到伤心,她多么想好好看看那边的码头,她守了六天,亲眼看见了那些民工修筑码头的所有细节,却唯独遗漏了这个新事物从河水中升起来的过程。她想好好观察新码头,但是那几个讨厌的青年在她身后说话、怪笑,弄得她心神不定。

女孩决定离开桥头。她下了桥,向河岸的方向走去,桥头上的青年在她身后喊,傻丫头,你去哪里?女孩没有理睬他们。她心里说,你们要霸占桥头就让你们霸占好了,我才不稀罕站在那里。女孩打开手电筒向新码头走去,看见河水从桥洞里奔涌而出,夜色中的河水看上去比夜色更浓更黑。

一大片水泥地坪袒露在月光下,散发出水泥本身特有的腥味，欢迎女孩的到访。女孩小心地伸出一只脚，试探着水泥的强度，水泥还没有干结，在手电筒的光柱下，女孩看见自己的凉鞋印子，清晰地刻在地坪上。

工棚还在，里面黑乎乎的，没有一点动静。女孩用手电筒照了照工棚里面，照到了角落里的一张草席，草席旁边放着一只搪瓷脸盆，一只饭盒。女孩知道还有一个人留守在码头上。女孩用手电筒向四处照射着，除了化工厂一年四季堆放在这里的大木箱、废旧的机器，女孩没有看见那个人。在更远的地方，在河流突然藏匿的地方，那座塔楼被月光浸泡着，微微发红，现在那个水中的门洞一点也看不见了。女孩谛听着河流的声音，她的耳朵里灌满了河水呢喃自语的声音，还有一种奇异的击水声从塔楼方向渐次而来，女孩瞪大眼睛盯着河面，她没有发现什么，没有游泳的人，没有人。但是那击水声却越来越清晰越来越近了。女孩有点害怕起来，她向远处的桥头张望着，桥头上的几个青年还在那里，女孩就向他们叫喊了一声，水鬼，有水鬼！桥头上的人影晃动了几下，没有任何回应。女孩害怕了，她在河岸边一跳一跳地跑，手里的电筒光摇摆不定，女孩在奔跑的时候看见河水在她脚下无声地流淌，夜色中的河水比夜色更浓更黑，女孩惊惶地跑过新筑好的码头，她听见了自己急促的呼吸声，她听见了水鬼的呼吸声。水鬼来了！突然一下她脚上的凉鞋被什么东西咬住了，女孩惊叫着低下头，看见水泥地坪黏住了她的凉鞋。与此同时，她听见河里响起一阵杂乱的打水声，她看见一个人从黑暗的水面上钻出来，溅出许多晶亮的水花。女孩再次惊叫起来,她认出那是桥头扛木板的民工,但她还是一声声地尖叫起来,水鬼,水鬼,水鬼!女孩认出那是一个人,他的手里还举着什么东西,但她还是一声声地尖叫起来,水鬼,水鬼,水鬼!

如果桥头上的几个青年相信水鬼的传说,他们将证明邓家女孩的传奇故事。可是他们不相信河里有什么水鬼。这使女孩嘴里的故事最终成为了真正的故事。

那天夜里九点多钟他们隐隐听见新码头那里传来的声音,有人曾经想过去看个究竟,但被同伴阻拦了,同伴说,哪来什么水鬼?别听那傻丫头瞎叫。他们留在桥头上聊天抽烟,后来,大约到了十点钟左右,女孩走过来了。他们不知道发生了什么事,只是看见女孩浑身湿漉漉的,手里捧着一件东西。他们本来谁也不愿意搭理邓家这个女孩,可是他们听见女孩一边走一边哭泣。桥上的人纷纷跑了下去,他们看见那个女孩像是刚刚从水里爬起来,她哭泣着向桥这边走来,手里捧着的竟然是一朵莲花,是一朵红色的硕大的莲花,他们首先是被这朵莲花迷惑了。那几个青年都围上来看,莲花是真的莲花,不是塑料的,花瓣上还凝结着水珠,他们七嘴八舌地问女孩,从哪里弄来的莲花?女孩仍然哭泣着,女孩像是在睡梦中哭泣,她的双手紧紧地捧着莲花,苍白的手指缝间有水珠晶莹地滚落。一个青年说,别大惊小怪的了,是从水里漂来的,是从公园的莲花池漂来的。其他人就用询问的目光看着女孩,对吧,是从河里漂来的吧？女孩不说话，女孩捧着莲花往街上走，青年们跟在她身后，又有人说，你个傻丫头，你是跳到河里去捞莲花了吧？小心淹死了！就是这时候女孩突然回过头来，女孩的嗓音听上去沙哑而令人心悸，她说，是水鬼送给我的莲花。她说，我遇到水鬼了。

就是这个女孩的故事风靡了整整一个夏天，如果让她亲口来说，别人听得会不知所云，不如让我来概括这个故事，故事其实非常简单，说的是邓家的女孩遇到了水鬼，不仅如此，水鬼还送了她一朵红色的莲花。

一朵红色的很大的莲花。

（1999年）

古巴刀

世纪末的知识分子突然开始热衷于一个拉丁美洲人的名字：切·格瓦拉。我在一些杂志和报纸上看见那个革命者的照片，是个英俊逼人的穿着军装的白种男子，头戴无舌帽，一脸络腮胡子，他的明亮深邃的眼神令人难忘。这样的眼神在现实生活中是罕见的，因此它使一些随波逐流又不甘平庸的灵魂感到惊悚。有个学西方历史的研究生告诉我，她每次看到格瓦拉的照片就会浑身颤抖。她的这种过度的反应使我惘然。我对一个已故的遥远的革命者的感情也是遥远的，他的照片让我浮想联翩，我猜想摄影师是在玻利维亚的崇山峻岭里拍下了这张具有珍贵价值的照片，那是他当年打游击的地方。我真正感兴趣的是具体的东西，也就是格瓦拉当时的目光所在，他在注视什么？我首先想到了山鹰，在我的意识中山鹰是常用的真正的革命者的象征，但后来我就在一张报纸上看到了一篇文章，文章说格瓦拉六十年代两度访问中国，并且和中国政府做了一笔食糖生意，作者说那就是为什么三十年前许多中国人尝到了古巴红糖的原因。我回忆起小时候母亲菜篮里的那种酷似黄沙的红糖，甚至回想了它的滋味，不知为什么，我认为这样的联想对一个革命者是不恭的，也是不公平的，几乎是在突然之间，我觉得我理解了格瓦拉的眼神，那样的眼神来自六十年代，到达亘古未变的广袤的天空，到达地球另一侧的东方的中国，然后我看见格瓦拉手持一把刀在甘蔗田里砍甘蔗的情景，我要说的就是他手里的那种刀，那种刀被我和我的小学同学称为古巴刀，不管你信不信，我肯定格瓦拉的甘蔗刀产自中国，而且我可以肯定那是我们熟知的一家工厂的产品。

必须说说这家生产刀具的工厂。无论是过去还是现在，它在我的家乡都不是什么著名的工厂企业。过去它的名字叫做日用五金厂，孩子们有理由鄙视它，现在它更名为刀厂，同样也不能引起别人足够的尊敬。工厂就坐落在香椿树街上，对面是整个香椿树街最脏最臭的公共厕所。有时候你看见从厂里飞快地跑出来一个工人，心急火燎地冲进厕所，过了一会儿你看见那个人慢悠悠地走出厕所向厂门走去。孩子们对日用五金厂的鄙视有一部分是这些来往于厕所的人造成的。学校的老师说工人阶级领导一切，学生们就想起日用五金厂的那些急着上厕所的工人，他们对工厂的生活了如指掌。工厂里只有一个厕所。工人他们就像一台台机器一样照看另外一台台机器，他们守着一台台冲床、车床、铣床、刨床，让堆在露天的一沓沓钢板最后变成了各种各样的水果刀、电工刀、菜刀。谁会对这样的工厂感兴趣呢？让人感兴趣的是一些不确定的事，比如电镀车间的电镀池，传说人不小心掉进池子就会像冰一样融化，连骨头也捞不起来。但我们谁也没听说有这种悲剧发生。

除了古巴刀的故事，值得一说的是工厂大量的废脚料，总是有人在街上央求工厂的某个工人，问他能不能把厂里的下脚料带出来，钉在窗户上当铁栅栏用。那工人也许会说，你明天在围墙外面等着。孩子们在工厂围墙外面见过大量的隔墙飞出的铁皮，铁皮一张张落在地上，琅琅有声，给墙外等候的人带来一种丰收的喜悦。你看见一张张带有整齐图案的铁皮，它们早已经被机器冲压过了，留下来的空白部分乍看就像一片片绿叶，直到此时你才发现街上流行的绿叶型铁栅栏全部是这家工厂扔下的废料。除了古巴刀，你可以从许多人家的窗户上发现香椿树街与工厂唯一亲密的关系。

如果仔细考察，我们会发现日用五金厂的冲床工人陈辉是这种亲密关系的创造者。我前面所说的那个被家庭妇女们当街拦住的人，那个在围墙内侧扔铁皮的工人就是陈辉。

陈辉是个苍白的看上去病恹恹的青年，人们从他的脸色上就能得出他身体不好的结论，只是没有人知道他到底有什么病。我们街上著名的青年领袖三霸和陈辉混得很熟，三霸不认为陈辉有什么病，他说，这家伙经常让人打出血，血出多了就变成个白脸，这有什么奇怪的？三霸还反对别人把陈辉说成他的朋友，三霸说，这家伙窝囊，老挨人揍，他送我那么多刀是拍我马屁，他有事要我摆平。

我们都见过陈辉送给三霸的各种各样的水果刀和电工刀。

陈辉下班经过三霸家时会顺便拐进去，推开三霸那间乌烟瘴气的房间的门，拿出他的礼品。有的刀三霸并不喜欢，顺手就送给了别人。我哥哥就在三霸那里得到过一把水果刀，是没有镀过的，刀背上刻着一行草书：上山下乡为人民。

我们头一次见到古巴刀是在冬天。那天下起了大雪，年轻人都很规矩地呆在家里，我哥哥那帮人照例聚集在三霸的房间打康乐棋，那天他们看见陈辉像往常那样，有点拘谨地推开门走进来，他的绿色棉军帽上结着一层白色的雪珠。像往常一样，没有人向陈辉多看一眼。陈辉示意三霸到一边去。三霸却不动，三霸说，我在玩你没看见，有什么好东西放在桌上好了。陈辉站在一边，犹豫了一会儿，过了几秒钟他们看见陈辉把手伸进裤腰里，小心地抽出一把刀。一把造型奇特的刀，刀身一尺来长，带有一定的弧度，刀刃两侧都已经开锋，闪烁着银白色的光芒。

古巴刀，陈辉注视三霸的目光中明显地带有一种期盼，他说，你们都不知道的，我们厂里现在在生产古巴刀。

屋子里的人对这种刀都很陌生，他们觉得这是一把怪刀，就像它的名字一样。三霸说，什么古巴刀？为什么叫古巴刀？陈辉说，我也不知道，反正厂里人管它叫古巴刀，说是支援古巴革命的。三霸有点疑惑，问陈辉，古巴革命用刀？他们用刀打仗？陈辉说，有人说是砍甘蔗用的，不管那么多了，反正我觉得这刀不错，我在厂里试过了，砍铁皮，一砍就是两半。三霸嘿嘿地笑起来，他说，砍铁皮痛快，砍人就更痛快了，既然是好刀，明天再给我弄几把嘛，我这里的小兄弟，一人一把。

陈辉脸上流露出一种为难的表情，他避开三霸的眼睛，低头擤了下鼻子。不是我们车间做的。他说，是三车间在做古巴刀，看得很紧，拿那么多不行。陈辉的婉言谢绝使三霸很不习惯，三霸皱了下眉头，说，拿几把刀有什么了不起的？我让你拿你就拿。谁找你的碴子，你找我解决。

陈辉站在那里，看着三霸把古巴刀扔在床底下。拿那么多肯定不行，最多再拿个两三把出来，他看着三霸说，你不知道，三车间看得很紧。三霸却不耐烦了，他挥挥手说，别跟我废话连篇的，你看着办吧。

然后三霸就和我哥哥他们继续打康乐棋，他们玩起来就把什么都忘了。陈辉过来，站在三霸身后看了一会儿，我哥哥记得他还给屋子里的人发了一圈香烟，是很高级的群英牌香烟，后来陈辉就不见了。他们打康乐棋打得热闹，人人眼睛盯着棋盘上的棋子，这种棋子天生就是被杆子击打的，他们看着棋子被打出各种角度的滑行路线，棋子撞在棋盘四壁发出清脆的响声，谁也不知道陈辉是什么时候走的。

说的仍然是那年冬天的事。第一场雪刚刚融化，第二场大雪又纷纷扬扬落在我们城市的大街小巷，走出家门满眼都是白色。这种雪量密集的冬天在南方是很少见的，孩子们得到了意外的礼物，他们在香椿树街的所有空地上堆起了雪人，我的两个表弟那天在日用五金厂门口堆雪人，他们恰好目睹了陈辉东窗事发的一幕。

表弟说他们看见陈辉和一群女工一起向工厂大门走来,有个女工的饭盒掉在地上了,正好掉在陈辉脚下。女工对陈辉喊着,陈辉,帮我捡一下。陈辉愣了一下,他说,你自己捡。陈辉站在那里看着地上的饭盒,他说,懒货,你自己没有手?那个女工叫着陈辉的绰号,死白脸,你拿什么架子?让你捡是看得起你!陈辉就笑了,他弯腰去捡地上的饭盒,旁边的人都发现他弯腰的动作很僵硬,好像是腰部出了毛病。陈辉的腰好像是出了毛病,他改变了姿势,就像给饭盒下跪一样,他跪下来捡那个女工的饭盒,女工们看着他,说,死白脸,你怎么这样笨,腰闪了?陈辉摇着头,他终于把饭盒捡了起来,与此同时,女工们都听见了他的工作服被什么利器划破的声音,她们走过去看他的衣服,紧接着女工们便发出了那阵惊叫声。

陈辉的裤腰里插着三把古巴刀,三把刀已经刺穿他的蓝色工装,露出锃亮的刀尖和刀锋。

表弟说他们看见陈辉被人围了起来,许多人从办公楼里向厂门口跑,然后他们看见陈辉从人群里冲了出来,陈辉举着三把刀从人群中冲出来,向外面跑,他的身后有一群人在追赶。他们看见陈辉的脸色像地上的积雪一样白,陈辉的口袋里有一串钥匙掉在雪地里,但他没有管它,他举着三把刀拼命地向香椿树街的西侧奔跑,工厂的那些人在后面追,他们一边追赶一边叫喊着,陈辉你别跑,回来把事情说清楚!陈辉不理睬他们,他举着三把古巴刀在街上狂奔,路上的行人都看见了他手里的刀，他们先是下意识地躲避，等到明白过来，那些人也加入了追赶的队伍，表弟说起码有二十几个人在后面追陈辉，但是他们都没有追上他。

人们看着陈辉跑进了三霸家，谁也没想到他会跑到三霸家，追赶的人后来就聚拢在三霸家门前，一边敲门一边议论着，他跑到三霸家是什么意思？

我哥哥那天也在三霸家。他们看见陈辉失魂落魄地闯进来，他把古巴刀扔在地上，喘着粗气，他说，古巴刀，我给你拿来了。三霸听见了门外的动静，他说，怎么回事？外面怎么这样闹？三霸到窗前向外面望了一眼就明白了，他说，给人逮着了？给人逮着你还往我家跑？陈辉站在那里，不敢直视三霸的眼睛，他说，你把他们撑开，你能把他们都撑开的。三霸冷冷地看着陈辉，不说话。陈辉求援似的看着屋子里的其他人，他说，是你们要古巴刀，我才拿的。你们出去把他们撑开吧。三霸把康乐棋棋杆扔在桌上，他说，好啊，陈辉，你倒是仗义，偷刀往我家跑，杀了人要不要也往我家跑？陈辉仍然不敢正视三霸，他侧着脸听着外面的动静。外面有人在用力敲门，外面的敲门声已经越来越粗暴越来越响亮了，可以听见敲门声中夹杂着厂里的保卫科长的北方口音，他在外面喊，三霸同志，请你开门，三霸同志你给我想想事情的后果！

据我哥哥透露，当时屋子里的气氛很紧张，他们都看着三霸，看得出来，三霸虽然装得若无其事，但他也有点紧张，他的目光在地上的三把刀和陈辉脸上闪闪烁烁的，他的脸上停留着一种虚假的微笑。大约这样沉默了五分钟，外面的嘈杂声更加厉害了，好像是派出所来了人。三霸向窗外瞥了一眼，然后他弯腰捡起了地上的刀，他将三把刀码齐了，往陈辉的怀里放，他说，拿着，你出去。

屋子里的人都看见了陈辉绝望的眼神，他没有接三霸手里的刀，他说，是给你的刀，是你们要的刀。我哥哥说他清楚地看到陈辉眼睛里的一星泪光，他觉得陈辉说那句话的时候快哭出来了。

三霸不看陈辉的眼睛，他说，把手伸开，接着刀。听见没有？把手伸开！

他们看着三霸将刀用下巴夹住，把陈辉背在身后的手扭了过来，然后三把刀准确地落在陈辉的怀里，三霸说，孬种，好好拿着，滚出去。

他们看见陈辉捧着三把古巴刀站在那里，陈辉傻眼了。陈辉失血的嘴唇恐惧地哆嗦着，他的眼睛却愤怒地瞪着三霸。他们看见陈辉捧着三把刀向门外移了两步，然后他回头瞪着三霸，他的嘴唇哆嗦着，说不出话。三霸说，你他妈瞪着我干什么？给我滚出去，滚出去！

一件不可思议的事情在瞬间发生了。我哥哥看见陈辉的脸在这个瞬间燃烧起来了，陈辉苍白的脸像一团火突然烧得通红，陈辉喉咙里的声音听上去就像一声呻吟，他说，三霸，我认识你了。然后他们看见陈辉调整了握刀的姿势，他的右手抓了两把刀，左手握了一把刀，他对三霸说，你给我开门，你要连开门都不敢，那你就是孬种。

是三霸为陈辉开的门，三霸打开门以后，陈辉像电影里的骑兵一样冲了出去，陈辉狂叫着挥舞手里的三把刀，围在门外的人一哄而散，但是仍然有几个人被吓呆了，他们看见陈辉怒吼着将手里的刀砍向两边的人群，他们不知道躲闪，结果就被砍倒了。我哥哥他们隔窗观望着外面的骚乱场面，他们很想知道陈辉这种人，逼急了他会做出多大的事情，他们都抱着与己无关的态度，看着陈辉手里的刀和刀向两边挥舞时划出的光带，竟然还有人向陈辉叫喊道，砍得好，砍得好！窗外响起了谁的惨叫声，一个看热闹的男孩突然跌倒在三霸家的窗玻璃上，我哥哥说他觉得有一股鲜血热乎乎地溅到他的脸上，然后他看见那男孩的一只手向他伸来，他看见男孩的另一条胳膊，它像一棵被折断的树枝在窗前悬荡。

突然出现的血腥场面使许多人乱了方寸，包括日用五金厂的人，包括闻讯赶来的民警，他们不能接近陈辉。抓住他，快抓住他，这样的叫喊声不绝于耳，但是谁也没有能及时制服陈辉。被砍伤的不止是那个男孩，还有杂货店的一个女店员，一个挑担卖菠菜的农民，一个本来腿脚就不方便的老头，人群向四周散去，很明显他们被疯狂的陈辉吓着了。陈辉的一把刀掉在地上，他蹲下去捡刀，就在这时意想不到的事情发生了，陈辉向三霸家的窗子看了一眼，看见三霸和一群青年挤在窗前，他们也在看他，陈辉捡起刀，他的鼻子急剧地抽搐着，然后人们听见疯狂的陈辉张大嘴巴哭了起来，他像一个受了委屈的孩子那样，张大嘴巴哭了起来。我哥哥说民警和保卫科长就是趁这个机会扑上去剪住了他的双手。这家伙不是那块料，我哥哥引用三霸的话说，草包充好汉，迟早要露馅的！

一个瘦小的腰系围裙的女人在曲终人散的时候赶到了三霸家门口。有人认出那是陈辉的母亲。他们看见她手里抓着一把鸡毛掸子。她用鸡毛掸子敲三霸家的窗户，三霸他们在里面继续打他们的康乐棋。三霸对大家说，别理她，她会用鸡毛掸子打人，别看是鸡毛掸子，打在头上也很疼。三霸他们不理睬陈辉的母亲，有人起身拉上了窗帘。过了一会儿他们听见了那个女人的哭声，三霸说，让她哭，千万别理她，让她进来我们就遭殃了。他们继续打康乐棋。康乐棋的棋子在棋盘四壁乒乒乓乓地响着，他们不再关心外面的动静。陈辉母亲也不再敲窗了，她的哭声渐渐地向西飘浮，渐渐地窗外恢复了平静。三霸站起来重新打开窗户，向街上张望了一眼，他说，陈辉现在肯定戴上铐子了。屋子里的青年都附和着说，那还跑得了他？肯定戴上了。然后他们听见三霸突然发出莫名其妙的笑声，看看我捡到了什么好东西？三霸转过身来，脸上笑开了花，他们看见他的手里拿着那把鸡毛掸子。

古巴刀在我们街上风行是在陈辉事件之后。冬天的时候人们都在谈论陈辉，谈论陈辉就一定会谈到他手中那种奇怪的刀，后来就连妇女和孩子都知道古巴刀的厉害了。据说日用五金厂在陈辉事件之后专门召开了全厂大会，警告所有的工人不得将古巴刀带出厂门。没有听说古巴刀是经过什么渠道流出工厂的，不知道是什么人在步陈辉的后尘，总是将危险的古巴刀带给别人。一九七八年发生在城北煤场的集体斗殴死了好多愣头青，警方收缴的武器大多是日用五金厂出产的古巴刀。这事相信香椿树街上的人都听说过，没听说过的是我前面提到的那个拉丁美洲人，切·格瓦拉。

我说的不是切·格瓦拉的故事，他的故事不属于我。这个优秀的革命者与我们无关，即使他的手里曾经握着我所熟悉的古巴刀，我也没有理由因此就同人家套近乎。

这是一种奇特的体验，我把一个早已被杀害的古巴革命者当成了我熟悉的友人，我热爱他的眼神和他的无舌帽。我对这个革命者一生的想象因此出现了某些无稽的内容，我想象古巴炎热的旱季，甘蔗地一望无边，我想象切·格瓦拉在甘蔗田里砍甘蔗，手里拿着我熟悉的古巴刀，我还把他出身高贵的母亲想象成一个普通的农妇，她从山冈上的茅屋里端出一盆清水，等待着儿子从甘蔗田归来。我没有见过他母亲的照片，所以在我的想象中那个南美洲母亲的形象与我母亲是一样的。我清晰地看见那个母亲倚门望子的表情，就像我母亲在七十年代的一些深夜倚门等待我哥哥归来一样。

而且我看见那个美洲母亲返身走进茅屋，再次出来时她的手里拿着一把鸡毛掸子。

（1999 年）

独立纵队

上

　　小堂告诉他表哥，他所以在香椿树街成为光杆司令，主要是处于一个不利的地形。这都要怪他家的房子不前不后，不东不西，孤单单地坐落在化工厂的边门旁，干脆他要是住在化工厂里也行，可他偏偏就住在外面，这样他既不是化工厂宿舍楼的孩子，也不是葵花里千勇他们那一伙的，他就只有一个人。表哥安慰他说，别怕，有人欺负你找我。小堂那天跟着表哥在游泳池学游泳，他看着表哥雪白的细瘦的大腿，迟疑了一会儿，说，我对千勇的哥哥提过你的名字，他说他不认识你。表哥有点尴尬，说，谁要他认识我？我是西大街独立纵队的。他看看小堂，突然嘻地一笑，说，你也是独立纵队嘛，回去就告诉他们，谁也别来惹你，你是香椿树街独立纵队的司令员。

　　小堂在西大街他姑妈家住了一夜，第二天他提着一只西瓜回到了香椿树街。才离开了一天，街道就显得陌生了，桥下水果店的柜台后面出现了一个年轻的从未见过的女店员，她不知在和什么人说话,一边说一边咯咯地放肆地笑着,有个男的半蹲在装满毛桃的箩筐旁边,屁股向大街的方向翘着,小堂看见那个女店员突然挥手在那个屁股上打了一巴掌,啪地一响,小堂忍不住笑出了声,他发现柜台后面的人抬头向他这里张望,就扭过脸快步跑过了水果店。小堂扭着脸笑,他的这种怪模样引起了丰收的注意,丰收正守着他奶奶的凉茶摊子,他惊讶地看着小堂和他手里的西瓜,他脑子坏啦?丰收冲着小堂骂,走路还咧着个嘴笑,偷西瓜啦?小堂指了指水果店,一时不知该怎么描述水果店的事情,就简单地说,打屁股!丰收却仍然瞪着小堂:脑子坏了?丰收虽然以前跟着千勇,但现在千勇把他开除了,小堂现在不怕他,他对丰收说,我的脸归我使用,要笑要哭随我的便,关你屁事!丰收被小堂这句话震住了,他嘴里咦咦地叫了几声,猛地眼睛一亮,对小堂说,你他妈的别神气,千勇要找你算账!小堂这时候已经走到浴室门口了,小堂的脚步应声停顿下来,他站在浴室门口,回头向丰收望了一眼,又望了一眼,丰收埋下脑袋看起了连环画,他看不清他脸上的表情,因此无法判断丰收的话是真是假。小堂环顾着正午时分空寂的街道,一种非凡的勇气从天而降,小堂突然向丰收叫喊了一声,我谁也不怕,我是独立纵队的!

临近葵花里的时候小堂听见了一阵熟悉的喧闹声,那种声音由哑铃、石锁落地的声音和男孩们起哄吵闹的声音组成,小堂听见一个男孩尖叫着,开除,开除他!那是千勇的声音。小堂有点心神不定,他看见葵花里的门口有两个男孩守着,一左一右,像是两个哨兵。小堂知道他们确实是千勇的哨兵。葵花里的门上现在有一行字:出入葵花里请出示通行证。那行歪歪扭扭的字当然是出自千勇之手。千勇的哥哥千刚是香椿树街青年的领袖人物,千勇就狗仗人势称王称霸,谁都知道千勇狗屁不如,可谁都知道千刚厉害,所以男孩子们就投靠了千勇,他们觉得投靠了千勇就是投靠了千刚。小堂远远地看见豁嘴叼着香烟走进葵花里,并没有出示什么通行证,豁嘴是千刚的朋友,他不用遵守千勇的规定。小堂知道那种画在硬纸板上的通行证只是针对他们这一拨男孩的,他也知道街上有好多男孩向千勇交了一块钱,得到了那张通行证。丰收曾经问他有没有买葵花里的通行证,小堂说,买它干什么?谁要到葵花里去?去那儿就是看千刚他们练身体,又不让你练,有什么用?小堂现在想起了这件事,他猜丰收一定去向千勇检举了,如果千勇真的要找他算账,一定与这件事有关。

小堂走过了葵花里的大门洞,两个哨兵都比小堂小,其中一个不时地擤着鼻涕,小堂不怕他们。他用眼角的余光向里面瞄了一下,看见千刚他们围着满地的哑铃和石锁,每个人都光裸着上身,露出结实的肌肉。他没有看见千勇和他的一帮狗腿子。小堂提着西瓜匆匆地走过葵花里,将装西瓜的网线袋从右手换到了左手。冷不防地他听见了千勇的声音,把他拦住,把他拦住!小堂感觉到从身后卷过来一阵风,一眨眼,千勇和烂泥他们就堵在他面前了。

小堂惊慌地靠到墙上,看着千勇,他看见千勇手里甩着一根链条锁，千勇的额头上长了个热疖，上面涂着紫药水。小堂意识到自己的惊慌会带来什么样的后果，他极力摆出一种轻松的姿态，说，你玩链条锁呀？

千勇却不吃这一套，他始终用挑衅的目光瞪着小堂，说，你是化工厂的人吧？是你不让丰收来买通行证的吧，你说要玩去化工厂和宋文他们玩，是你说的吧？

小堂惊叫起来，没有，我没说过，是丰收造谣！丰收一贯造谣，你是知道的，他的嘴巴全世界最烂！

千勇冷笑了一声，说，那你的嘴巴就干净了？你们化工厂的人嘴巴才是全世界最烂的，你们不是说要消灭葵花里吗？来呀，来消灭啊，什么本事也没有，鸡蛋还想碰石头，哪天我把你们化工厂小孩的嘴全部用大便堵起来，看你们还嘴硬！烂泥在旁边帮腔说，哪天我带一颗炸弹去你们化工厂，不消一秒钟，你们化工厂就报废了！

我不是化工厂的！小堂一着急就口不择言了，他说，你们的眼睛长到屁股上去了？我住在化工厂隔壁，不在化工厂里面。我跟宋文他们没有关系！

住在化工厂隔壁就等于住化工厂，你一定是宋文的奸细。千勇仍然气势汹汹瞪着小堂，他用链条锁的锁头在小堂的下巴上蹭了一下，说，给我从实招来，你是不是宋文的奸细？烂泥这时候在旁边提醒千勇，烂泥说，千勇，他刚才说你眼睛长屁股上啊。

小堂一直注意着千勇的链条锁，他知道链条锁能把人的脑

独立纵队　83

袋砸一个窟窿。小堂放下西瓜,将千勇的链条锁往旁边推,他说,我骗你是小狗,我从来不跟宋文他们玩,我瞧不上他们。

烂泥先叫起来,花言巧语,骗人!那你今天交代清楚,你为什么不买我们的通行证?你自己不买,还劝丰收也不买。你还是一个教书(唆)犯!

小堂不看烂泥,他一直用诚恳的目光看着千勇,他说,我没钱,我妈妈从来不给我一分钱。丰收有钱,他帮他奶奶卖凉茶,有好多钱。

千勇嗤地一笑,说,你是猪脑子呀?谁的钱是爹妈给的?都是从家里偷出来的嘛。你不会从家里偷啊?

我外公天天在家。小堂说,我没机会偷他们的钱。

千勇似乎有点相信小堂的说法了,他把链条锁卷起来放在裤袋里,他的目光落在小堂的西瓜上。一只西瓜折合一块钱。千勇突然说,你要不要用西瓜换通行证,随便你,我不强迫你。烂泥在一边补充说,给你一个机会,这是考验你,你放聪明一点。

小堂咬着嘴唇,他的脑袋扭来扭去的,斜着眼睛向哪儿张望着,大约过了一分钟,他说,好吧,你先把通行证给我。千勇从裤袋里掏他的通行证时,小堂的一句话让千勇恼羞成怒,小堂说,这只西瓜一块五毛钱,你还要补我五毛钱。千勇就举起拳头对准了小堂,他说,你敢跟我要五毛钱?你吃了豹子胆啦!

小堂是个识时务的男孩,他后来没再坚持要那五毛钱。他把通行证放进衬衣口袋就往前走了。离开香椿树街才一天的时间，街道和街上的人群就显出几分陌生，有些人哭丧着个脸，好像家里死了人，有的人表情鬼鬼祟祟，好像刚刚写了反动标语。小堂现在空着手，一只西瓜换了一张葵花里的通行证，这笔交易是否合算，小堂现在还无法估算。

下

正午时分，一些搬运工人顶着毒辣的阳光从化工厂的边门里推出一车车的樟脑，一路小跑着向河运码头冲去。樟脑刺鼻的气味钻出麻袋，荡漾在香椿树街上，小堂在床上迷迷糊糊地睡着，两只手轮流驱赶着樟脑的气味，没有什么作用，小堂的午睡就这样被樟脑剥夺了。

小堂记得他做了一个梦，但是却想不起具体的梦境了，唯一记得的是一面火红的旗帜，旗帜上写着四个字：独立纵队。小堂放不下这个梦，他在房间里苦思冥想，仍然不能把那个神奇的梦拼接起来，小堂干脆找出一件旧背心，用钢笔在上面写了四个大字：独立纵队。他把背心穿在身上，背对着镜子照那四个字，手写的字无论多好都没有印出来的威风，你要是穿着它出去，别人会笑话的。小堂在镜子前忙了半天，最终还是把那件背心换下来了。

小堂的外公还在竹制的躺椅上打呼噜，躺椅正对着大门外的街道，加上外公睡觉的时候有一只眼睛总是半睁着，看上去他仍然饶有兴味地监视着街上的行人。小堂走到门边,听见外公的呼噜突然卡住了,他下意识地往后面缩了一下,回头一看,外公还在睡,小堂注意到外公宽大的裤衩起了不该有的褶皱,他的干瘪的睾丸部分又露在外面了。小堂担心门外的路人会看见它,又不想为这事叫醒外公,俗话说急中生智,小堂一着急就到筷筒里拿了一双筷子,小心地提着筷子替外公把裤衩整理好了。外公翻了个身,对小堂的做法一点也不领情,他说,不准出去,小心他们又欺负你。然后就又打开了呼噜。

小堂倚着门,看着那些搬运工人在烈日下的劳动。两个食堂的师傅抬着一桶什么东西来到厂门口,小堂知道那是提供给搬运工的冰冻绿豆汤。小堂认识那个胖的食堂师傅,他从厨房里拿了一只碗,匆匆地跑过去,把碗塞给胖师傅。但胖师傅却把碗推开了,对小堂不耐烦地说,剩下了才能给你。小堂觉得没面子,但他还是耐心地站在一边等。他看见宋文的自行车突然从大街上拐了进来,自行车后面坐着小北京。他们跳下了车,两个人看上去都是满头大汗的,小北京的右手不知什么时候上了石膏夹板,看上去就像《红灯记》中的王连举。小堂以前总是主动地招呼宋文,而宋文对他一向是爱理不理的,这次不同了,小堂反剪着手拿着他的碗,一条腿还满不在乎地抖动着。小堂想他何苦总是去拍他们的马屁,当你成为独立纵队后是不需要同党的,可是世界上的事情就是奇怪,宋文从来都不爱搭理小堂,那天却忽然向小堂招了招手,用一种非常亲切的口气说,小堂你跟我们来!

小堂意外地看着宋文，他把手里的碗扣在头上，又拿下来，嘴里咕哝道，来干什么？你们请我吃冷饮吗？

小北京说，让你来你就来。我们那里冷饮多的是，没人吃。

宋文说，来呀，我有事要问你。

小堂犹豫了一下，还是尾随着他们走进了化工厂的边门。他们经过仓库，向宿舍区走去。小堂始终和宋文他们保持着一米左右的距离。小堂一路走一路问，找我干什么？那天厂里放电影，我让你们带我进去，你们不理我，现在找我干什么？小北京回过头皱着眉头，说，啰嗦什么？你是妇女呀？有事就是有事，没事找你干什么！小堂站住了，他看着宋文把自行车放进了车棚，小堂抬头看了看车棚上方的三层楼楼房，那就是化工厂的宿舍，小堂知道宋文家住二楼，小北京就住一楼。小堂想起宋文家的那台电视机，不知道白天有没有节目，他就提示性地说，宋文，去你家玩吧。宋文锁好了自行车，将带有金鱼形坠子的自行车钥匙摊在手上，转了一下，然后他对小堂说，跟我们来。

宿舍楼里光线很暗，楼梯上堆满了各家的杂物。小堂把碗放在谁家的纸箱上，空着手跟宋文他们往楼上走。他们走过了二楼，小堂说，不对，你们去哪里？宋文说，去我们司令部，司令部在三楼。小堂一下就愣在楼梯上了，你们也有司令部了？我怎么不知道呢？小北京回过头瞪着他，说，你别装蒜，我们早就有司令部，你是来过的。小堂这下明白了，他知道小

独立纵队 87

北京指的是一间废弃的厕所，那间厕所下水道坏了，被宿舍里的人封起来，当了储藏间，去年有一天宋文在杂货店买了六只拖把，小堂正好路过那里，是他帮宋文把其中三只拖把送到那间旧厕所去的。

小堂是被宋文推进旧厕所里面的，这一瞬间他后悔了，他知道上当了，可后悔有什么用？他看见储藏间里有五六个男孩等在那里，他们是在等着宋文和小北京，不，小堂其实已经意识到他们是在等他，他看见了墙上用墨水写的标语：叛徒沈小堂公审大会。沈小堂这三个字就像街上布告栏里的杀人犯的名字，被谁用红墨水打了个叉叉。小堂发出了一声狂叫，他拼命想挣脱宋文的两只手，但里面的化工厂的孩子一拥而上，有个戴眼镜的孩子把一团线塞进了小堂的嘴里。小堂的眼泪一下就涌了出来，他不知道这件事情发生的前因后果，惊慌之中他只是一遍遍地尖叫着，你们弄错了，我不是叛徒！小堂知道他们听不清自己的声音，但他还是尖叫着，你们别胡闹，我不是叛徒！

是宋文把小堂嘴里的线团掏出来的，宋文对他的人说，我们要听他坦白，不能堵他的嘴。宋文又对小堂说，你给我放老实点，你要是再敢乱叫乱喊的，我就用樟脑丸塞你的嘴。宋文从一只塑料袋里拿出几颗樟脑，让小堂看，他说，你是知道的，吃下樟脑丸你就变成一个白痴了，你说，你还叫不叫了？小堂大口地喘着粗气，他说，我不叫了，可你们不能冤枉人，为什么把我当叛徒？为什么开我的公审大会？你们先要向我说清楚。

宋文向其他男孩看了看，表示审问开始了。宋文清了清喉咙，说，坦白从宽抗拒从严，你要老实交代，第一个问题，昨天一天你去哪里了？

小堂说，我去我姑妈家了。夜里就住在她家。你们管得太宽了，我不能去我姑妈家吗？

你还嘴犟？小北京几乎是扑过来，用左手点着小堂衬衣的口袋里，他说，这是什么？掏出来给大家看，掏出来就真相大白了，什么姑妈不姑妈的，你是跑到葵花里去告密了！

旁边有人抢先替小堂掏出了那张硬纸板，是千勇手写的葵花里的通行证。那个男孩怪腔怪调地念着：葵花里通行证。有效期一九七四年八月。过期失效。小堂这时有点明白他的处境了，小堂又大叫起来，是他要给我的，不是我向他要的。

宋文说，那不说明什么问题，你有葵花里的通行证，就证明你当了叛徒。证据确在（凿），你还狡辩什么，你还想富于（负隅）顽抗？

小堂一急眼泪又不听话地流了出来，他说，什么呀？你们连什么是叛徒都弄不清楚，还在公审叛徒呢。我不是你们一伙的，你们从来不跟我一起玩，我怎么是你们的叛徒呢？你们这是乱扣帽子。

宋文无疑对小堂的抗辩是有准备的，他说，我就知道你会这样洗清自己的罪名，你说你不是我们的人，那我问你，你住在化工厂隔壁不会错吧？葵花里离你家有三百多米呢，你去投靠他们，就是对我们司令部的出卖，出卖就是叛徒！

小堂不停地摇头，他说，你说什么呀，我怎么出卖你们了？你们从来不搭理我，你们整天干什么我一点也不知道，怎么出卖你们？我没有你们的情报呀。

小北京站在一边怒视着小堂说，还在装蒜，你怎么没有情报？天天在厂门口东张西望的，不是刺探情报是干什么？我问你，你有没有把我们司令部的名单交给千勇？

小堂的眼泪止不住地流出来，他说，什么名单？我根本不知道你们有多少人，你们化工厂的人都不爱搭理我呀。

宋文说，我们不搭理你，你就可以当叛徒了？嘿，你当叛徒倒当出个理由了。我看你就是对我们化工厂司令部怀恨在心，所以当了叛徒，对不对？

小堂先是点头，很快他意识到不该这么诚实地对待宋文的审问，于是他又摇头，他说，反正我不是叛徒，我从来不是你们这一帮的，我也不是千勇他们那一帮的，我怎么会是叛徒？

宋文似乎对小堂的这番辩解很感兴趣，他瞪着小堂，你说什么？你不是我们这一帮的，你又不是千勇他们的人，那你是哪一帮的？

小堂迟疑了一会儿，小堂的脑袋痛苦地垂下来，轻声而坚决地说，我是独立纵队。

废弃的厕所里顿时骚动起来，所有的男孩都对小堂的供词表现出某种好奇和热情，小北京过来托着小堂的下巴说，你说你是独立纵队的？快说，你有几个人？都是谁在你的独立纵队里？

小堂沉默着，他不想回答。小堂这时不再哭了，勇气和豪情突然赶走了心中的恐惧，独立纵队——对这个番号的热爱使小堂的眼中掠过一道明亮的光芒，他抹抹额头上的汗，又撩起衬衣擦干了眼睛，看着化工厂的孩子一个个围过来，小堂猛地大叫一声，你们都是笨蛋，独立纵队只有一个人，就是我一个人！

小堂为他的突如其来的勇气付出了代价，宋文他们先是愣怔着，很快他们被小堂激怒了，他们认为小堂在耍弄他们。小北京说，揍他，这个叛徒，胆敢耍弄我们，狠狠地揍他！不知是谁的声音在小堂的身后一遍遍地重复着：严刑拷打，严刑拷打！小堂转过脸想寻找那个声音的来源，可是宋文一把揪住了他的头发，宋文的表情很严峻，他说，快招，你的独立纵队到底有多少人？你不老实我就把你吊起来了！小堂的脑袋在宋文的手中沉浮，小堂说，你别抓我头发，你抓我头发也一样，我就一个人，一个人也可以成立独立纵队，你们懂不懂？宋文这时猛地松开了手，将小堂撞到墙上，他拍了拍手上的头屑，说，拿绳子来，把这个叛徒吊起来！

他们将小堂悬吊在横跨空中的水管上。小堂的脚一开始还蹬踢着，一开始他觉得身子的坠落使他疼痛难忍，渐渐地就觉得他是在向屋顶上浮升了，他看见化工厂的男孩们围着他嚷嚷着，挥舞着手臂、鞋底还有拖把。在半空中小堂的恐惧感奇异地消失了，他听不见他们的声音了，耳边涌动的是一种类似风吹红旗的声音。他看见了那面红旗，他看见了红旗下排列整齐的队伍,是他的队伍。他看见一条巨大的横幅,横幅上写着威风凛凛的四个大字:独立纵队。小堂在这个瞬间清晰地重温了中午午睡时的梦境,这是他的独立纵队。这就是他的队伍。这就是他的人马。小堂热泪盈眶。小堂的脸俯向他的队伍,露出了狂喜的笑容。小堂被缚的身子开始在男孩们的头顶上向上腾跃,宋文他们有点惊愕地仰望着小堂,他们注意到他的手臂,主要是他的手臂在绳索中挣扎上升,一次次地挥举,小北京叫起来,他要喊口号,快把他的嘴堵住!

他们从拖把上拽下了一些布条,他们手忙脚乱地用布条往小堂的嘴里塞,但是小堂的欢呼声已经喷薄而出,小堂的欢呼声已经尖利而响亮地在废弃的厕所里回荡起来:独立纵队成立啦纵队成立啦成立啦……

(1999年)

西窗

西窗里映现的是城市边缘特有的风景，浑浊而宽阔的护城河水，对岸的绵延数里的土壤其实是古代城墙的遗址，一些柳树，一座红砖水塔，还有烟囱和某种庞大的工业建筑从水泥厂的工地上耸入天空。河大概有二十米宽，这样的护城河在南方也是罕见的，河岸两侧因此停泊了许多木排和竹排，沿河的居民不知道它们从什么地方运来，也不清楚它们的具体用途，只是看见那些木排和竹排一年四季泊在岸边，天长日久，被水浸透的圆木上长满了青苔，而竹排的缝隙里漂浮着水葫芦、死鱼和莫名其妙的垃圾。

河这边就是香椿树街，我们从小生长的地方。

红朵的祖母在她家门口晾晒腌菜，那天天气很好，久雨初晴的日子使妇女们格外忙碌，不仅是红朵的祖母，许多香椿树街的妇女都在晾晒腌菜，我母亲也在家门口搭木杖准备晾晒腌菜。从外面清晰地传来盐卤从腌菜上滴落在地的声音，以及沿街盘旋的苍蝇的嘤嘤嗡嗡的低鸣，在午后的寂静中我突然听见红朵的祖母与我母亲的谈话。

你看见我家红朵了吗？红朵的祖母说。

没看见，大概在竹排上洗纱吧？我母亲说。

哪儿有她的人影，她把洗纱盆放在门口，不知跑哪里疯去了。红朵的祖母说。

其实红朵当时就坐在我家的西窗前，她无疑也听见了外面的谈话，奇怪的是她的表情显得很漠然。别理她，别让她知道我在你家，红朵对我说。她在藤椅上欠了欠身子，侧首望着窗外。午后的阳光经河水折射投到女孩的前额和脸部，制造了一种美丽的肤色，金黄色的，晶莹剔透的，可以发现女孩的脸部轮廓上还残存着儿童的细小的茸毛。唯有这些茸毛提醒我这只是个十四岁的女孩。

我猜不出红朵瞒着她祖母呆坐我家的理由，也许她想告诉我什么事情，只是不知道怎么启齿，她这样呆坐在我对面看我朝一杆气枪上涂凡士林油，已经好久了。我不知道她想说什么，她这样呆坐在西窗前的藤椅上，除了藤椅残朽的部位偶尔发出几声难听的吱嘎之声，并没有对我造成任何妨碍，但我还是想知道她到底要说什么。

你替我出去看一下，我祖母还在不在门口呢？红朵用一种急迫的声音请求我，使我感到唐突而可笑。

你到底想干什么？我放下手里的枪，走到门口看了看对面的红朵家。红朵的祖母现在正坐在门口拆手套，像往常一样，她把拆下来的纱线塞在一只木盆里，一边腾出手去驱赶那些叮吸腌菜的苍蝇。我返身回来对红朵说，她又在拆手套了，盆里

西窗

的纱堆满了,你该去洗纱啦。

不,不去,我再也不替她洗纱了,红朵坚决地摇着头,左手手指拨弄着右手的指甲,然后她仰起脸说,你再替我到对面家里看看好吗?看看老邱在不在家。

怎么啦?你到底想干什么?我终于被女孩莫名其妙的差遣惹恼了,我拾起那杆擦了一半的气枪,拍了拍泡桐木的枪柄说,你没看见我正忙着呢,我没工夫给你跑腿。

红朵站了起来,我的恶劣的语气大概出乎她的意料,女孩的脸立刻涨红了,她拎着裙角闪到后门边,惶惑的目光从我的脸上滑落,最后停留在我那杆香椿树街独一无二的气枪上,我看见女孩的黑眸突然亮了一下,她说,我要是有一杆气枪就好了。

对面的门洞里住了两户人家,红朵和她的祖母住在前厢,后面就是泥瓦匠老邱一家。据说那从前是一座尼庵的院落,有一只青铜香炉至今还存留在天井的墙边,还有两棵菩提树在天井里半死不活地遥遥相对。很少有人去那里串门,在香椿树街的妇女堆里红朵的祖母属于令人嫌厌的一类,自私、饶舌、搬弄是非,而且她的身上永远有一股难闻的气味,也许是长年清洗那些肮脏油污的工业手套留下的气味,也许是别的什么。反正妇女们从来不去红朵家串门。至于老邱家的冷清,明显是老邱的患有肺病的妻子造成的,那个女人面黄肌瘦,眉宇间凝结着深深的愁云,白天她坐在竹榻上,往一只破碗里不停地吐痰，夜里她的干咳声很响也很刺耳，即使隔了半条街也能听见。

老邱却是个好人，他的热心肠和乐善好施的品德在香椿树街有口皆碑。不管谁家的房顶漏雨或者有线广播坏了，主妇们都会说，去找老邱来修吧。老邱是个什么活都会干什么忙都肯帮的好人。我们家临河的小屋就是老邱带着几个工友来帮忙修筑的。我的父母偶尔为家事争执的时候也会提及老邱的名字，我母亲说，看看人家老邱，也是男人，你要是及上他的小拇指也就行了。

所以我第一次听见有人说老邱的坏话很不适应，我不知道红朵说的话是真是假。

红朵坐在我家小屋的西窗下，用左手手指拨弄着右手的指甲，过了好半天她从指甲缝里抠出一块黑垢，把它弹到窗外。红朵回过头偷偷地瞥了我一眼，终于说出了那句耸人听闻的话。

老邱不是好人，他偷看我洗澡。红朵说。

红朵说完就走了，她拎着裙角走到后门，端起装满圈状纱线的水盆往河边走。我看见她蹲在木排上，用一根棒槌努力捶打盆里的纱线，远远望去她的背影和姿态就像一个成熟了的香椿树街妇女。

我后来忍不住把这个秘密告诉我母亲。我母亲很诧异，她对红朵的话采取了一种鄙夷的态度。这个该死的红朵，我母亲说，她怎么可以往老邱身上泼污水呢？她家的日子全靠老邱帮衬,老邱待她就像亲生父亲一样。什么偷看她洗澡?骗人的鬼话,她跟她祖母一样,嘴里吐出来的全是骗人的鬼话。

不知从哪一天开始的,红朵总是在黄昏前推开我家的后门,她似乎是利用了去河边洗纱的这段时间前来与我约会。但我们之间并没有通常的初恋之情,我始终无法揣摸她的意图。她有点拘谨有点木然地端坐在西窗前,手臂上还沾着洗纱留下的水渍和肥皂的酸味。她目不转睛地望着我,或者凝视窗外的护城河,但她似乎并不关心我在干什么,也不关心河上驶过的油船和驳轮的动静。我想她或许没有任何意图,她只是想在别人的窗前坐上一会。

离她远一点,我母亲告诉我说,她跟她祖母一样,小小年纪就会说谎,她家的人说谎从来不脸红。

红朵告诉我的一些秘密后来被证实是谎言。譬如她经常说起她的母亲在北京的一家医院里当医生,说她母亲如何美丽,如何喜欢洁净,如何体恤和呵护她,但我后来亲耳听见红朵的祖母描绘的是另一种类型的女人,丑陋、放荡、缺乏人性,把自己的亲生女儿抛在这里不闻不问。事实上红朵的母亲是一个纺织女工,她在丈夫车祸身亡后的第二个月嫁给了一个外地的男人。红朵还曾用一种古怪的语调谈起老邱妻子的病情,她说那个病入膏肓的女人很快就要咽气了,即使她不死老邱也会把她弄死。你相信吗?红朵的湿润的手指在窗沿上来回划动,她突然睁大双眼盯着我说,昨天我看见老邱用瓦刀对着他女人,他想趁她睡着的时候砍死她，碰巧我到井边去提水，他就没有下手，不过你等着瞧吧，过不了几天老邱的女人就要咽气。

几天后我就看见老邱推着一辆板车从香椿树街经过。他的面黄肌瘦的妻子靠着棉被坐在板车上，女人虽然满面病色但目光仍然炯炯发亮，并没有丝毫死亡的预兆。路遇者都停下脚步询问病人的病情，病人说，一年半载的好不了，也死不了，就是拖累了老邱。老邱扶着车把站在路上，精瘦的脸上浮现出一丝疲惫的微笑。他的五根粗壮的手指在车把上灵巧地弹击着，发出一种沉闷的类似乐器的声音。我听见老邱说，今天是星期一，每个星期一都要去医院检查的。

我不知道红朵为什么对我说谎。

对于一般的香椿树街人来说，最耸人听闻的莫过于老邱偷看红朵洗澡的谣传。我曾经向红朵问过一些细节，譬如她在两家合用的厨房里洗澡的时候，她的祖母是否替她守着门？红朵说，她是替我守着门的，我每次洗澡都让她替我守着门的。

这就怪了，我审视着红朵的表情追问道，既然你祖母守着门，老邱他怎么能偷看到呢？

他是从窗户里偷看到的。红朵的回答明显是支支吾吾。

还是不对，难道洗澡不拉上窗帘？再说你家厨房的门和窗子是在一起的，老邱如果偷看了你的洗澡，你祖母怎么没发现呢？

红朵受惊似的望着我，她的眼神悲哀、恐慌而显得孤立无援。我看见她的渐趋美丽丰满的身体在藤椅周围坐立不安，她像一只被追逐的兔子蜷缩在西窗下,左手挡住苍白的脸颊,右手顶住她的粉红色的不停颤动着的下唇,大约过了一分钟左右,我听见红朵说出那句更为耸人听闻的话。

我告诉你,你千万别告诉别人。红朵说,我祖母从老邱那里收钱,每次收一块钱。

我惊愕地望着西窗下的女孩,仍然无从判断她的秘密是真是假。我记得那是一个初夏的黄昏,临河的小屋里潮湿燠热,而红朵的白底蓝花裙子在斜阳余晖中闪烁着一种刺眼的光芒。

现在想想无论如何我要为红朵保密,但我不知是由于幼稚还是别的什么,我把这件事作为一条可笑的新闻告诉了别人,从前的尼庵里的隐私很快就在香椿树街上传得纷纷扬扬。有一天我看见红朵的祖母在沿河的石街上追打红朵,红朵逃了几步就站住了,她端起木盆里洗到一半的纱线朝她祖母泼去,换来的是一串肮脏恶毒的咒骂。红朵木然地站在台阶上看着她祖母和河边洗衣的妇人们,她祖母一边咒骂着一边朝红朵扇了三记耳光,我看得很清楚,红朵的祖母一共朝红朵扇了三记耳光。

红朵后来疯狂地向我家奔来,她的因愤怒和屈辱变得雪白如纸的脸贴在西窗玻璃上,我看见女孩的嘴边有一丝血渍,她在窗外啜泣,她在骂人,但所有的声音听来都是含糊不清的。我知道她现在的愤怒缘于我的背信弃义,但我听不清她在骂些什么。红朵想推开我家的后门,但通往河边的后门已经被我父母钉死了。

进入雨季以来红朵不再到我的小屋来。那些日子城市里雨声不断,护城河水每天都在上涨,河岸上的青草疯长着遮盖了满地的瓦砾和垃圾。我凭窗观雨的时候偶尔看见红朵,她穿着一件宽大的塑料雨衣蹲在木排上洗纱,端着木盆来去匆匆,我知道那个女孩不再会偷偷地跑到我的小屋来了。

也就是在这个潮湿的雨季里,红朵突然长成了一个成熟妇女的模样。有一天我看见她和几个女孩并肩走出东风中学的铁门,她的丰满的体态和落落寡合的表情使我感到很陌生。当我的自行车从她身边经过时,红朵猛然回头,直视我的目光充满了蔑视和鄙夷,我听见她用一种世故的腔调对同伴说,这条街上没有一个好人。

我心里突然很难受,而且感到莫名的失落。如此看来红朵以前是把我当成街上唯一的好人了。我不知道她作出这种判断的依据是什么,说到底红朵毕竟只是个十四岁的女孩子。

我家的房顶又漏雨了,泥瓦匠老邱应邀前来补漏,我作为他的帮手和他一起在房顶上度过了一个中午。当红朵扭着腰从街道上翩翩走过时,老邱用瓦刀敲碎了一块青瓦,然后他叹了一口气说,红朵那女孩子老是说谎,她的脑子可能有点毛病。我记得老邱说话的时候脸上呈现着类似青瓦的颜色,眉头紧锁着,看上去悒郁而烦躁,谈到红朵我无言以对,心里有无限的

西窗 101

疑惑和猜测。我还是第一次听到老邱对红朵的评价，它有点出乎意料却又在情理之中。

老是说谎，老是说谎，她的脑子肯定有毛病。老邱一边干活一边重复着那句话。我体察到老邱的心情悒郁而烦躁，我没有附和老邱的说法，因为我还不知道这种说法是不是另一种谎言。根据我以往的经验，香椿树街居民是经常生活在谎言和骗局之中的。

站在我家房顶上可以清晰地俯瞰香椿树街周围的街景，红朵的背影已经从街角拐弯消失了，于是我只能看近处，看能干而热心的老邱怎样修筑漏雨的房顶。骤雨初歇的正午阳光灼热而强烈，我的右侧靠近夏日涨水的护城河，左侧就是这条湿漉漉的狭窄肮脏的香椿树街。

红朵从香椿树街突然消失是那年秋天的事，红朵把装满脏纱线的木盆放在木排上，人却不知跑到哪里去了。红朵的祖母第二天挨门逐户地打听红朵的下落，沿河的人家有人看见红朵一边洗纱一边和船上的船员搭话，还有人看见红朵跳到一只运煤的货船上去了。

那天护城河的航道堵塞，有许多船只滞留在岸边。我从西窗里看见大大小小的货船、驳轮和农用机帆船像人群一样在河道拥挤着，到了黄昏时分仍然不见浚通的迹象，船上的人们就靠着桅杆捧着碗吃晚饭。我看见红朵蹲在木排上一边洗纱一边和船上的人搭话，我听见她发出尖厉的快乐的笑声，但我不知道船上的那些年轻男子对她说了什么笑话,那群陌生的异乡来客无疑给红朵带来了一份快乐,但我没有看见红朵跳到哪只船上去,我不相信后来流传在香椿树街的说法,他们说红朵跳到一只运煤的货船上去,跟着船上的一群陌生男人走了。他们说红朵是一个少见的自轻自贱的女孩子。

无论我怎样想,红朵确实是突然离去了。她的洗纱盆还放在木排上,人却突然离去了。那天深夜河道里的船只终于散尽,红朵的洗纱盆依然放在岸边木排上。夏夜的月光照耀着城市的边缘,这个时而热闹时而空旷的地方,护城河水轻轻摇晃着那只孤独的洗纱盆。西窗外漾满汩汩水声。我发现那天深夜的月光出奇的皎洁明亮,月光在红朵的洗纱盆上涂满一层霜雪似的白光,它深深刺痛了我的眼睛。

香椿树街的居民没有谁再见过红朵。

最初我曾怀疑红朵溺水而死的结局,怀疑红朵像那些不幸的戏水孩童一样葬身于木排或竹筏下面,这与人们的想法大相径庭,但我确实被种种可怕的不宜宣扬的设想困扰过。有一天我孤身下河,多次潜到红朵最后驻留的那块木排下面,我想打捞什么,结果是一无所获,我打捞上来的只是些已经腐烂的手套和纱线,即使是这些物品上红朵的气息也已不复存在,我想那是红朵无意遗落或有意抛掷的累赘,只是手套和纱线而已。

后来我不得不默认香椿树街的普遍说法。如此说来红朵就

西窗

是一个更不幸的女孩子，一个被出卖和抛弃的女孩，有人把红朵抛给一条过路的货船，有人把红朵出卖给一群过路的陌生人。

就这么回事，你从西窗里还能看见什么？

（1992年）

回力牌球鞋

回力牌球鞋的颜色大致有三种，蓝的，黑的和白的。陶的那双是白色的，是陶的叔叔从外地带回香椿树街的，陶脚上那双白色的回力牌球鞋在一九七四年曾经吸引了几乎每一个香椿树街少年的目光。

陶有两个好朋友，许和秦。陶第一次穿上那双鞋子是在黄昏，他迈着异常快乐和轻盈的步子在石板路上走，他朝着许的家中走，人像鸟一样有飞行或者飘浮的感觉。在昏暝的天色中陶看见自己的双足拖曳着一道漂亮的白光，可惜当时是黄昏，街道上的人群没有注意到那道漂亮的白光和它的实际内容。

在许的临街的窗户前陶站住了，陶弯下腰用手掌拍了拍回力牌球鞋的鞋帮，然后他推开那扇临街的窗子，陶首先看见了一只简陋的沙袋悬在屋子中央，它左右摇晃着，房梁随之发出嘎吱嘎吱的声音，许光着脊梁站在那儿，他的左手戴着手套，右手则是光着的。

你在干什么？陶隔着窗子问。

练练手。你不是看见了吗？许没有停止他的练习，他说，你也来练练吗？从窗子里跳进来吧。

陶爬上窗台的时候窥见许对他的鞋子立刻作出了反应，许把他拉下窗子，你穿着什么？回力牌球鞋？许架起陶一条腿，凑得很近地打量那双鞋子，真的是回力牌？许的手指在鞋帮上那个圆形图案四周按了按，抬起眼睛凝视着陶，操你妈的，他说，真的是一双回力牌。

你别乱动。陶从空中收回了他的腿，他突然有点不快。

在哪儿买的？是在上海买的吧？许说。

我叔叔从外地带回来的。陶说。

我问你在哪儿买的？回力牌是上海产的，他们说到上海能买到这种鞋。许说。

这种鞋很少见，不是谁都能买到的。陶说。

你脱下来让我试试，让我试试穿这鞋是什么滋味。许蹲下去拉住陶的新鞋的鞋带，看上去他急于把那条鞋带解开。

别乱动。陶的声音变得紧张而愤怒起来。他推开了许的手，陶说，你不能穿这鞋，那么大的脚，会把我的鞋撑坏的。

许的嘴里咬着拳击手套，许的两只手窘迫地举在半空，他有点惊愕地望着陶，陶的表情在黄昏的光线中显得倨傲而自得。这使许感到很陌生。许猛地挥拳将沙袋击向陶站立的地方，嘴里咬着的拳击手套噗地吐到地上。操你妈的，有什么稀罕的？许说，不就是一双回力牌球鞋吗？

在许的家里发生的龃龉并没有打击陶的好心情，陶离开许的家后径直走到秦家。秦的家紧挨着工农浴室，秦的家里因此常常坐满了一些头发湿润面色红润的青年,他们洗完澡拐个弯就到了秦的家,坐在长凳和床沿上,抽红旗牌或者大铁桥牌香烟,喝绿茶末泡的茶水,聊天,争吵,互相讽贬,有时互相追逐着抓捏裤裆,秦的家里因此常常是香椿树街最热闹的场所。

陶吹着口哨闯进秦的家里,使他感到意外的是外屋空空荡荡的,除了那些新打的未上油漆的白木家具,没有一个人影,他放开嗓门喊了一声秦的名字,然后他听见里屋响起一阵窸窸窣窣的声音,秦将门拉开一条缝闪了出来,他的脸上带着一种诡秘的笑意。陶注意到秦出来的时候正在提短裤。

你躲在里面干什么?陶好奇地问。

没干什么。秦回过头望了望里屋的门,他有点厌烦地说,你来干什么?

来坐坐。陶说,今天你家怎么这样冷清?

这几天浴室锅炉坏了,不营业了,他们不往我家跑。秦说着朝陶挤了挤眼睛,他说,再说妞妞现在经常到我家来,他们在这里多不方便。

妞妞?陶说,你搞上妞妞了?

秦发出一声短促的笑声,他拍了拍陶的肩膀,这时候他注意到了陶的新鞋所散发的那圈白光,秦低下头大叫起来,嘿,回力牌球鞋,哪儿来的?

哪儿来的?陶将两只脚交叉着换了个位置,倚在墙上说,当然是买的,我叔叔从外地带回来的。

新的还是旧的?秦说。

屁话，当然是新的。陶说。

我看怎么像是双旧的？秦说。

告诉你是新的就是新的。陶愠怒地拉亮屋里的电灯，他朝秦跷起一只脚说，你看吧，是新的还是旧的，我怎么会穿旧鞋呢？

听说猫头的回力牌球鞋被人偷了。秦迟疑了一会儿突然说，他说他抓住偷鞋的就把他揍扁，我不骗你，他前几天在我家亲口对我说的。

那跟我有什么关系？你说的全是屁话。陶扫兴地缩回脚，他正想对秦说什么，里屋传来了笃笃的敲墙的声响，大概是妞妞那个小破鞋在敲墙。陶朝秦瞪了瞪眼睛就朝门边走，我走了，他说，你跟她好好地泡吧。

等一会儿。秦追到门边拉住陶，他又低下头看了看陶的新鞋，这么热的天穿回力牌够热的。秦摸了摸陶的新鞋，他说，你难道不嫌热吗？

屁话，陶大声说，他觉得无从发泄莫名的火气，于是他俯到秦的耳边轻声补充一句，我告诉你，妞妞是个超级小破鞋，你小心染上杨梅大疮。

天气确实闷热不堪，六月杨槐树枝叶繁茂，知了在看不见的树叶间长吟短唱，街道上是一种夏日独有的空旷而慵倦的气氛，出没于店铺、居所和工厂大门的人们衣衫不整，步履滞钝，他们的脸上普遍带有一种委顿和烦躁的神色，南方的六月是最讨厌的季节，但对于新买了回力牌球鞋的陶来说，一切都是美好而充满生气的。

下午陶从围墙上翻进了八一中学的操场。陶已经很久没上学了。他走到教室门口，看见一群少男少女的脑袋在几扇窗户前飘忽不定，有人在座位之间窜来窜去的，不知在忙些什么，而那个胆小怕事的女教师正用一种外乡口音讲述着拖拉机的功能。是上课的时间，陶犹豫了一会儿，最终还是舍弃了进教室展览新鞋的念头。他对教室和上课这类事物真是厌恶透了。

陶站在空空荡荡的操场上，六月骄阳使学校的红色教舍闪烁出一种刺眼的红光，一半是砂一半是泥的操场蒸腾着热气。陶弯腰紧了紧回力牌球鞋的鞋带，跑两圈玩玩，他对自己说，然后陶沿着操场的不规则跑道跑了一圈、两圈，又跑了一圈、两圈！陶在操场上独自奔跑的时候听见脚下响起细砂与橡胶摩擦的声音，嚓，嚓，轻微而富有节奏，陶第一次意识到自己的奔跑是优美而有力的，陶第一次在学校的操场上跑了这么长的距离。

陶跑到第三圈的时候，有人爬上了学校的围墙，他坐在围墙上静静地观望着陶两只脚在空中的互相击打，那是猫头，来自与香椿树街毗邻的老王街的猫头。陶奔跑的时候居然没有发现围墙上的猫头。后来猫头开始把墙上的灰泥剥下来朝陶的头顶扔，陶的马驹式的奔跑才戛然而止。陶仰起脸看见了猫头，起初他以为猫头在跟他开玩笑。陶一边撩起背心擦汗一边朝围墙走去，他说猫头你蹲在墙上干什么？猫头没有回答，猫头的喉咙里呼噜一声，啐下一口黏痰，幸亏陶反应敏捷，他往左侧跳了一步,看见那口黏痰落在板结的沙坑里,看上去令人恶心。

猫头你他妈疯啦?你到底想干什么?陶高声叫道。

听说是你偷了我的鞋。猫头从围墙上跳了下来,他的结实而高大的身体落地时响起沉闷的反弹声。猫头拍着手上的尘土向陶走近两步,又后退两步,他眯起眼睛打量着陶脚上的回力牌球鞋,怎么变新了?他说,你用什么东西把它擦得这么白?你以为把它擦新了我就认不出来啦?

猫头你他妈的真是疯了。陶下意识地退到围墙边,本来就是双新鞋,陶说,是我叔叔从外地带回来的。我怎么会偷你的鞋?难道我会偷你的旧鞋穿吗?

那么你把鞋底亮出来让我看看。猫头声色俱厉地说。

看吧。陶再次跷起了他的脚,自从穿上回力牌球鞋以后他已经重复了无数次这个动作,唯有这次他的心情是屈辱的,与往日大相径庭。看吧。陶说,是不是你的鞋看看就知道了。陶的心里很想对准猫头的脸飞起一脚,他看见自己的脚在猫头的手掌里颤动了一下,脚弓绷紧然后又颓然松弛下来,他缺乏这份勇气。他知道老王街的猫头不是好惹的。

是新鞋,比我那双新多了。猫头说着放下陶的脚,这时他听见陶发出了嘲谑的一笑,陶的笑声听来古怪而居心叵测。猫头狐疑地盯着陶沉吟片刻,他说,不过也难说,谁知道你搞的什么鬼名堂?

陶看着猫头纵身翻上围墙,很快就消失不见了。陶朝围墙骂了一句脏话,他想他跟猫头一向无冤无仇,说不定是秦在中间搞了什么鬼,他想他跟秦也无冤无仇,秦又凭什么在中间搞鬼呢?

从学校出来后陶就去了秦的家。陶怒气冲冲,秦却矢口否认陶的种种诘问,你胡说什么?我一句也没听懂。秦懒洋洋地躺在竹椅上,用手一遍遍地弹着田径裤的松紧带。秦的表情显得有点滑稽,他说,猫头那双回力牌是蓝的,而你那双不是白的吗?谁要再诬陷你我陪你揍他去。

陶站在秦的家里愣了半天,最后骂了一句,我操。陶觉得世界突然变得莫名其妙,他走到外面,香椿树街上几个行人的背影也显得鬼鬼祟祟。陶低头注视自己的白色回力牌球鞋,他发现条形鞋头和雪白的鞋面甚至鞋带上都出现了阴影,这些阴影在午后灼热的阳光下闪烁、飘移,陶不知它们来自何处。

陶有很长时间没去找过许和秦,后来是许和秦结伴来到了陶的家里。从前的形影不离的朋友现在坐到一起竟然有点尴尬。陶隐约预感到两个朋友登门的目的,但他没有开口问,他想他们有什么目的迟早会说出来的。

许和秦几乎同时发现陶那天穿着一双拖鞋,这个发现使两个人互相交换了一下眼色。在他们的印象中,自从陶穿上了回力牌球鞋后始终未脱下过。

回力牌呢?许问陶。

洗了。陶说。

总算洗了,可能比咸鱼还要臭了吧?秦在旁边笑着,秦对许挤了挤眼睛。

晾哪儿了？许又问陶。

晾哪儿关你什么事？陶对许的问题有一种本能的反感，然后他又转向秦说，臭了关你什么事？

开个玩笑，你何必当真呢？秦拍了拍陶的肩膀，他说，好像我们想抢你鞋似的。其实我们不过是想求你帮我们买两双回力牌，求你叔叔帮我们买两双回力牌。

买不到。陶想了想用一种冷淡的语气说。

求你叔叔帮我们买。秦说。

我叔叔也买不到。陶说。

不要这样，一点义气也不讲。许说。

他什么时候讲过义气？秦说。

操，有什么稀奇的，过几天我穿一双回力牌给你们看看，许说。

陶没有再说什么，但他发出一声不加掩饰的冷笑。他站起来做了一个送客的姿势，与此同时陶也作出了跟两个朋友一刀两断的决定。陶记得他当时下意识瞟了眼面向天井的院墙，他看见刚刚洗净的回力牌球鞋上放射出一种洁白如雪的光芒，两只球鞋一只朝东，一只朝西，它们在院墙上沐浴着夏日午后的阳光，它们使陶的疲惫的心灵受到了极大的安慰。

夏日午后的阳光从护城河的水面上折射到陶的脸上，陶在炎热的天气里昏昏欲睡。陶记得他做了一个短促而奇怪的梦，他梦见那双白色回力牌球鞋像两片树叶在风中飞舞，它们在香

回力牌球鞋　　113

椿树街上空飞行了一段距离后就消失不见了，陶被这个梦吓醒了，他从床上跳起来往院子里跑，他边跑边说，这是梦，这不是真的。但现实与梦境的吻合几乎使陶瘫在那堵院墙下，他发现墙上的回力牌球鞋已经不翼而飞了。

陶脸色苍白，对着那堵院墙发出了一声凄厉的惨叫，陶觉得头顶上的天空正在哗啦啦地倾塌。

陶提着一把菜刀冲到秦的家里，秦的家里没有人。邻居告诉他秦和许一起进浴室洗澡去了。陶就提着菜刀追到浴室里，他看见两个朋友正坐在风扇前说话。陶注意了他们的脚，他们的脚上都穿着浴室专用的木屐，陶又弯下腰去看木屐下面，木屐下面一双是解放鞋一双是秦的塑料拖鞋。陶和两个朋友对视了片刻，他滞重地吐了一口气说，你们把我的鞋藏到哪儿去了？

你说什么？秦和许的表情都很惊愕。

谁拿了我的鞋？陶把菜刀砰地砍在浴室茶几上。

谁拿了你的鞋？你在胡说什么？秦说。

我们没拿你的鞋，谁拿你的鞋谁是乌龟王八蛋。许说。

陶缓缓地收起了菜刀，他的眼睛里燃烧着一种阴郁的火焰。我会知道是谁偷了我的鞋，陶咽了口唾沫，用指尖试着菜刀的刃口，他说，我会用这把刀剁碎他的脚趾。

第二天清晨陶又站在秦的家门口，秦推着自行车匆忙上班的时候，门口黑魆魆的人影吓了他一跳，原来是陶倚在电线杆上，陶的目光直直地投射在秦的脚下。

秦穿着一双半旧的黑皮鞋。

你疯了？我说过我没偷你的鞋，秦跨上自行车，回过头又骂了一句，你他妈真的疯了，秦骑出去几米远，猛然又发现陶在后面用一只小手电筒照他，照他的鞋子，秦想这个家伙是真的有点疯了。

陶倚在电线杆上一动不动，半明半暗的天色使他的面容模糊不清，唯有眼睛里阴郁的火焰迸发出两点白光。

下午秦遇到许，在交谈中知道许也受到了陶的监视，两个人商议该怎么对付陶但也没找到什么妥善的办法。秦最后对许说，我们也不用动手揍他，假若他还不死心，我会有办法收拾他。

陶连续三天在秦和许的家门口守候，始终没有发现他的回力牌球鞋的下落。到了第三天秦经过陶的身边时，突然跳下车子，将自己的双脚轮流举高了给陶看。不是这双吧？秦微笑着说，你真的疯了，看在几年朋友的面子上，我告诉你，老王街的猫头新穿了一双回力球鞋，不过我可没说那双就是你的，你自己去看看吧。

那双是黑的，我昨天看见了。陶沉默了一会儿说。

白鞋可以变成黑鞋，只要少涂上点颜料，在颜料里掺上一点锅炭就行了，这是他们说的，秦重新跨上自行车，他嘻笑着回头补充一句，我可没说猫头那双就是你的。

陶目送着秦骑车的背影消失在早晨的人流里，他弓起腿向后蹬踢着水泥电线杆，一下，两下。陶的疲惫的眼睛里升起一种湿润的雾气，面前的香椿树街街景变得模糊而飘忽不定了。

回力牌球鞋　115

血祸发生在香椿树街与老王街交汇的街口。当时是天气最炎热的正午时分,卖西瓜的摊贩目击了整个血祸的过程,他们认为祸端首先是陶引起的。所以他们提供的证词后来对陶极为不利。

猫头站在西瓜摊前吃西瓜,猫头的脚上穿着一双本地罕见的黑色回力牌球鞋,一切都发生得猝不及防,陶突然从杂货店那儿穿过街道奔来,陶来到猫头的身后,蹲下来用手指摸了摸猫头的球鞋,猫头起初没有在意,陶就拿出一块刀片在猫头的球鞋上刮了一下,又划了一下,陶的举动令人吃惊。猫头大叫了一声,丢掉半块西瓜,身体敏捷地跳了起来。

你干什么?猫头向陶怒吼道。

不干什么,我看看你的鞋,陶说。

你敢用刀片划我的鞋?你划我的鞋干什么?

是真的黑鞋,不是涂上去的颜色。陶木然地盯着手里的刀片喃喃自语,他有点负疚地望了望猫头,扔掉了手中的刀片掉头往香椿树街走。

陶走到路中央时被猫头叫住了。猫头说,狗娘养的东西,你吃了豹子胆啦?你敢用刀片划我的新鞋?猫头从西瓜摊上捞起一只铁质秤砣朝他追过来。陶向香椿树街跑了几步,他听见身后响起一阵疯狂的风声,他回过头恰巧看见猫头手持秤砣猛烈一击的动作,陶已躲闪不及。

卖西瓜的摊贩看见陶仆倒在街心,头顶上有鲜红的血汩汩地流淌出来。

陶从医院里出来时头发已经被剃光了,头顶上缠着一道十字纱布,他的因失血过多而显得苍白的脸上有一种抑郁而茫然的神情。香椿树街的居民都认为陶这回大难不死,陶的运气还算是不错的。有好事的人询问陶那天用刀片划猫头那双鞋的原因,但陶什么也没说。陶什么也不想说。

杨槐树梢上的蝉鸣声日趋稀落,夏天匆匆地过去了。有一天陶去工农浴室洗澡,在那里他遇见了过去的两个好朋友秦和许。陶摘下了那顶平时用以遮蔽疤痕的黄军帽,他从镜子里发现他们正在注视自己头顶上的那块疤痕,他们窃窃低语,并发出了类似的诡秘的微笑。

我已经不想找回我的鞋了,陶走到两个朋友身边心平气和地说,现在可以告诉我了,到底是谁拿了我的回力牌球鞋?

秦和许两个人对视了一眼,继续诡秘地笑着,过了一会儿两个人的笑声变得疯狂而不加节制了,浴室里的人都朝这边张望,陶完全被两个朋友弄糊涂了。

告诉你你也不会相信,秦在木榻上笑得前仰后合,他说,是一个捡破烂的老头,我们亲眼看见他把你的鞋扔到垃圾筐里去了,他把你的鞋当破烂扔到垃圾筐里去了。

我们亲眼看见那老头到墙上勾你的鞋,把你的鞋和破胶鞋烂拖鞋装在一个垃圾筐里。许赌咒发誓道,骗你是小狗,老头肯定把你的鞋卖到废品收购站去了。

陶对这个意外的结果半信半疑,但他最后也跟着两个朋友笑起来,陶一笑头顶上的伤口就像刀割似的疼痛,于是他只好捂住嘴，继而捂住整个脸部。陶知道他现在的笑容一定非常丑陋。

香椿树街上有一些行为古怪的少年，陶就是其中一个，通常陶的目光总是下斜的，不管走到哪里，陶总是喜欢观察别人的脚，观察别人脚上穿的鞋子。

(1992年)

沿铁路行走一公里

铁路穿过城市北端，城市北端的五钱弄就躺在铁路路坡下七八米远的地方，附近有一条河，河上架着一座铅灰色的大铁桥，火车驶过时铁桥会发出一种空旷而清脆的震荡声。五钱弄的居民多年来听惯了这样的声音，在尖厉刺耳的火车汽笛声中，邻居们在门前的谈话突然变成互相叫喊，为的是让别人听清他对天气或者腌制萝卜干的见解。有时从铁路上会传来某种阴暗的残酷的消息，大凡都是关于死人的事。谁都知道铁路除作为神奇的交通工具外，它也是一部简单而干脆的死亡机器。

桥下吊死了一个男人。晒萝卜干的女人端着竹匾走过狭窄的五钱弄，沿途散布着这个消息。三十来岁的一个男人，现在还吊在桥架上，你们去看吧。晒萝卜干的女人端着竹匾边走边说，是用裤带吊死在桥架上的，你们去看千万别看他的脸，吊死鬼的脸是最吓人的。

许多妇女和孩子从家里匆忙跑出来，并且已经有人在五钱弄的石子路面上沙沙地奔跑，往大桥下面集结。剑放学走到弄口时与那群人撞上了，无须打听什么，剑就意识到铁路上又发生什么事了，于是剑就摇晃着他的书包跟他们往大铁桥下面跑。

桥洞下可以容人的地方只是狭长的一条，所以剑这回不能挤到最前的位置上去了。桥洞的两侧已经挤满了观望的人群。剑除了看见一片黑漆漆的活人的头部，什么也看不见。有人指着从桥架上垂下的一截蓝布条说，就是那条裤带。剑踮起脚尖向上仰望，果然看见一截蓝布条挂在铁架上，桥洞里的风吹拍着它，它正在向一端慢慢地滑落。快掉了，快掉到河里去了。剑大声地告诉人们，但没有人注意他的发现。围观者们关心的似乎只是死者的面容和身体。剑往河岸边退了几步，仰着头更专注地盯着铁桥架上的蓝布条，他看见它在风中弯曲起来，布条的两端扭结在一起，然后突然地抛开，其中偏长的一端又继续向下坠落，另外一端却在轻盈地浮升。剑莫名地觉得紧张，他看见蓝布条像一根枯枝断离树木一样，无力地坠落下来，它在空中滞留的时间不会超过一秒钟。剑发出了一声怪叫，他拍打着书包高喊道，掉了，掉进河里了。

人们都回过头注视着剑，剑的脸涨得通红，他显得局促不安。你在后面瞎叫什么？有人不满地责问剑。剑就指着河面上的那截蓝布条说，掉下来了，你们看它在河里漂呢。围观者们草草地浏览了一遍肮脏油污的河面，又转过脸面向桥洞里的死者了，似乎没有人对那截蓝布条感兴趣，剑的发现仍然显得多余而微不足道。

剑在人群后面沉默了一会儿，然后他捡起了岸边的一根树棍，弯腰蹲在河边打捞水面上漂浮的蓝布条，蓝布条的漂浮毫无规则可循，忽东忽西，忽走忽停，剑的打捞因此很困难，但是剑很有耐心，他抓着树棍沿河追寻蓝布条时听见有人正在议论那个陌生的死者。

为什么要吊死在铁路桥洞里呢？躺在火车轮子下面不是更干脆吗？一个邻居说。

我猜他本来是想躺在火车轮子下面的，可火车过来时又害怕了，一害怕就往桥洞里跑了。另一个邻居说。

剑听着那些人的谈话，觉得他们的推测可笑而荒唐，剑想只有死者本人才知道这到底是怎么回事。像所有居住在五钱弄的居民一样，剑目睹过铁路上形形色色的死亡事件，他喜欢观望那些悲惨的死亡现场，但他始终鄙视旁观者们自以为是或者悲天悯人的谈论，每逢那种特殊的时刻，人群中的剑总是显得孤独而不合时宜。剑习惯于搜寻那些死者遗留的物件，譬如一支钢笔，一块手绢，半包挤扁的香烟。有一次他在路基上还发现一只小玻璃瓶，瓶子里装满了粉红和淡黄两种颜色的药片，剑鬼使神差地拾起了那只药瓶，他想把它藏在口袋里，是剑的母亲厉声制止了他，剑的母亲认为他的举动是疯狂的、伤风败俗的，因为那只药瓶无疑是从死者口袋里掉出来的。

剑这次同样没能捞起那截蓝布条，蓝布条突然从河面沉下去了。那么轻的一截蓝布条，竟突然从河面沉下去了。剑扫兴地扔掉了手里的树棍，他觉得这次发现的蓝布条有点不可思议。

从五钱弄民宅的断墙上翻过去，穿过一片种满向日葵的坡地，剑又到铁路上去了。剑在铁轨外面的石子路上低着头走路，走走停停，偶尔地伏在铁轨上听远处火车运行的动静。那是一种细微的有如虫鸣的铮铮的声音，剑可以从中判断火车离他有多远，火车正在朝哪个方向运行，剑同样也可以判断那是一辆客车还是一辆货车，据说五钱弄的好多男孩都具备这种非凡的判断力。

剑在找寻着从火车窗口扔下来的物品，香烟壳子、糖纸和啤酒罐，它们往往被旅客抛在路基上。剑把他选中的物品放进他的书包里，最后他会把它们带回家里，虽然剑的母亲厌恶那些看上去肮脏不堪的物品，她时常把剑带回的物品扔到垃圾堆里，但剑却依然执著于他在铁路上的漫游和寻找。

是午后铁路相对沉寂的时分，初夏的阳光在铁轨和枕木上像碎银一样弥漫开来，世界显得明亮而坦荡。路坡上的向日葵以相似的姿态安静地伫立着，金黄色的硕大的花盘微微低垂。有成群的小黄蜂从向日葵花盘上飞出来，飞到坡下那些白色的野蔷薇花丛中。火车正从很远的南部驶来，现在是午后铁路相对沉寂的时分。剑突然在一堆新制的枕木旁站住了，四处了望一番，他惊异于这种铁路上罕见的沉寂。脚下的枕木散发着新鲜沥青强烈的气味，俯视远处的曲尺状的五钱弄，那些低矮简陋的房屋显得很小很零乱，它们使剑想到了一些打翻在地上的儿童积木。

像往常一样，剑沿着铁路路基行走一公里后看见了道口，这是一个宽阔热闹的地方。简单的直线的铁轨在这里扭曲交叠起来，装满货物的黑皮货车行驶到此会突然改变方向。剑一直觉得道口是一个有趣的神奇的地方，而且他在道口可以看见那些调车工人攀在车厢外的铁梯上，一边骂着脏话一边向远处挥舞手里的红色或绿色的小旗。不仅如此，剑还曾经在这里拾到一只羊皮面的漂亮的钱包，虽然那只钱包早就拾而复遗，但剑清晰地记得钱包打开后的一股奇怪的香味，一张描色的陌生女人的照片，还有一张上海至哈尔滨的火车票。钱包里没有钱，剑并没有感到遗憾，他喜欢的是那张火车票，他知道它代表了一段非常漫长的穿越中国大部的旅程，对于从来未坐过火车的剑来说，这几乎像一件令人艳羡的珠宝。剑珍藏了那张火车票，当然在此之前他果断地撕碎了陌生女人的照片，他不想让一个陌生女人的脸占据自己的意识，奇怪的是她的脸后来经常在剑的脑子里出现。年轻美丽的微笑，鲜红欲滴的嘴唇以及唇边的一颗黄豆粒般大的黑痣，剑为此感到害羞，或许不是害羞，而是一种难以名状的不安感觉。

那个女人是从上海返回哈尔滨的家呢，还是从上海离家远赴东北的哈尔滨呢？像往常一样，剑走到道口就会想起这个问题，他知道想这个问题是无聊而可笑的，但他走到道口就会忍不住地想起这个问题。

扳道房很孤单地站在铁轨旁，扳道工人老严很孤单地站在窗边，他在凝望正前方的信号灯。那是个五十岁左右的男子，他耳朵长得有点奇怪,耳垂部分堆积了多余的廓线,看上去就像一只饱满的馄饨。

剑最初走进扳道房的原因就在于老严的耳朵,他觉得它有趣而惹人喜爱。剑和老严的友谊已经有好几年的历史了,对于剑来说,他喜欢的是老严的耳朵,但他始终不知道老严喜欢他的原因。当剑把老严送给他的花生、瓜子带回家时,剑的母亲悲天悯人地说,那老家伙够可怜的,一个人守着道口,只能跟孩子说说话。剑的母亲试着剥了一颗花生,她关照剑说,以后别吃他的东西,不明不白的。以后别往他那儿跑,听见了吗?

剑觉得他母亲的话也是不明不白的,他不想听她的话,只要走上铁路,只要沿着铁路行走一公里,他自然会看见那座孤单的木头房子,自然会走进扳道工人老严的房子里去。剑已经看见了那只竹篾编制的鸟笼,它挂在窗前,在老严的面前微微晃荡着。鸟笼里是一只漂亮的羽毛绚丽的蜡嘴鸟,剑喜欢这种小鸟,他知道他上扳道房除了想看老严的耳朵,更想念的是这只蜡嘴鸟。

火车快到了吗?剑说。

快到了。黄灯已经亮了。老严说,你进屋来吧,我该去扳道啦。

剑和老严在狭窄的门口交换了一下位置,剑走进了那间充满着柴油和鞋袜气味的房子。他走到窗边摘下了鸟笼,把它放在自己的膝盖上,这样他和笼子里的蜡嘴鸟离得似乎更近了。剑把小拇指伸进笼子去触碰鸟喙,但鸟却淡漠地躲避了,它缩在角落里，羽毛微微颤动。剑突然觉得鸟是沉浸在火车来临前的恐惧中，他想鸟肯定害怕火车尖厉的汽笛声。

桌上的闹钟快指向两点了，马上将有一列货车驶过道口。一点五十五分，剑和老严一样熟知每列火车途经道口的准确时间，剑有点怀疑蜡嘴鸟是否也和他们一样，知道哪列火车即将轰隆隆地经过它的身旁。

老严弓着腰走进来，把油腻的手套摘下来扔在桌上，老严注视剑的表情明显地有点生气。他说，你又把鸟笼摘下来了，我让你别折腾它，可你每次来都把鸟笼摘下来。

摘下来玩玩，有什么了不起的？剑嘟囔着把鸟笼重新挂好，他拍了拍手上的碎米粒说，说话不算数，你那会儿答应养几天送给我的，可现在连玩也不让我玩。

那会儿我怕鸟在我这里养不活，我怕鸟受不了火车的声音，可它好像并不害怕火车，它跟人一样习惯了火车。

不，它害怕火车，只是它不会说话。火车开过时它的羽毛簌簌发抖，不信你马上看吧，我敢打赌它的羽毛会簌簌发抖。

其实我也不知道它是不是害怕火车。老严有点歉疚地笑着，他望了望笼子说，我只要它能在扳道房活下去，有个鸟陪着比一个人强多了。

可是它不会说话。剑说，它不会说话怎么陪你呢？

它不会说话你可是会说话的。老严从篮子里抓出一把花生塞在剑的手里，他脸上的表情看上去温和而狡黠。那么你是不是愿意每天来陪我说话？老严说，只要你每天来，过了夏天我就把鸟送给你，连笼子一起送给你。

你说话不算数，我不上你的当。剑想了想说，再说我还要做学校的功课，我哪能天天来陪你说话呢？

我跟你开玩笑呢，就是你不上我这儿来，过了夏天我也会把鸟连同笼子一起送给你。

真的？这回你说话算数吧？

当然算数。老严扳着指头嘴里念着，六月、七月、八月，到九月我就离开铁路回老家了。他说，到了九月我就退休回老家了。扳道靠力气和精神，我已经不比当年啦。

要等整整一个夏天，说不定鸟会死呢。剑有点不高兴，他转过脸望着窗外，午后的第一列火车正嘶鸣着隆隆驶过。他注意了一下笼子里的蜡嘴鸟，它的彩色羽毛倏而收紧，倏而颤索，最后随火车远去重新舒展开了。这个过程就像含羞草的叶子一样，在触碰中发生形状的变化，看上去很奇妙也很有趣。

黄昏的五钱弄沉浸在一片嘈杂混乱的气氛中，人们纷纷向五钱弄西侧的赵家拥去。赵家出事了。是赵家七岁的女孩子小珠出事了，果然又是在铁路上惹的祸。

事情的起因跟小珠毫无关联，一群男孩为了勇气和胆量在弄口争论不休，谁敢趴在铁轨中间让火车从身上开过？他们坚信火车底部与铁轨间的缝隙可以使勇敢者安然无恙。一群男孩激烈地争吵着，急于向对方证明自己是五钱弄唯一的真正的英雄，他们推推搡搡地往铁路上走，小珠就跟在男孩们的身后，边走边问,你们真的要上铁路比吗?你们真的不怕被火车压死吗?

小珠就是剑的妹妹。剑是不喜欢妹妹跟在他身后的,所以小珠就经常跟在别的男孩后面玩耍。那天小珠就这样跟着那群男孩爬上了铁路。男孩们嚷嚷着躺在铁轨中间,他们躺在那儿姿势各异,脸上表情都怪模怪样的,小珠站在一边看着他们,捂着嘴嗤嗤地笑。他们躺了一会儿,火车没有来。再躺一会儿,火车真的来了,有个男孩突然尖叫了一声,火车来了,快爬起来。所有的男孩都迅速地从铁轨中间爬了起来,跳到铁轨外面。七岁的女孩小珠却被前方急驶而来的黑影吓坏了,小珠转过身朝前跑,小珠在铁轨之间跟跄着朝前跑,似乎没有听见男孩们在后面的叫声,跳出来,快跳出来。小珠疯狂地朝前奔跑了一段路,突然站住回头张望,她看见火车闪烁着一圈红光朝她飞扑过来,火车,你慢一点,你停下来。小珠发出一声凄厉尖锐的狂叫,最后她被吓哭了。但她的声音在一刹那间就被庞大坚硬的火车撞碎了,小珠惊恐的蹦跳的身影被一片乳白色的汽雾全部吞没了。

男孩们听见火车掣闸时粗钝的当当一声巨响,但是一年数度的灾祸已经再次发生,他们看见一只红色的塑料凉鞋从火车轮子下飞溅出来,就像一滴水珠。

剑是第二天在路坡下找到小珠的塑料凉鞋的,它躺在两棵向日葵毛茸茸的枝干间,鞋面上沾着夜来的露水。剑拾起那只红色的纤小的塑料凉鞋,他擦去上面的露水,把它放进了自己的书包里。剑注意到妹妹的遗物和别人一样,也是非常洁净非常鲜亮的。

夏天以来剑的母亲精神紊乱,每次火车从五钱弄附近驶过时她的身体就会剧烈地颤抖,而夜行货车的汽笛声则使她发出更加尖厉悠长的狂叫,剑的一家生活在小珠的幼小亡灵的阴影中。

剑的母亲不许剑再到铁路上去,剑现在懂得该顺从母亲了,他给母亲端着药锅里外忙碌着。我听你的话,他说,我不到铁路上去玩了。但是在那个炎热潮湿的夏季里,剑总是神思恍惚,在凭窗眺望不远处的铁道时,他的心也像天气一样炎热潮湿,是一种烦闷不安的心情,剑知道那是因为他克制了欲望的缘故。只去一回,去道口看看老严和老严的蜡嘴鸟,他对自己说,只去一回,以后再也不去了。

这个早晨剑终于偷偷地上了铁路,走过铁路桥的时候他突然想起那个缢死在桥架下的男人,那截很像裤带的蓝布条,于是剑用双手撑住铁桥的栏杆,脑袋尽量向下面的桥洞里张望,但他几乎什么也没看见,只看见河水从桥洞下舒缓地流过,水面上仍然漂浮着油污和垃圾,一切都很正常。剑继续沿铁路往前走,走到妹妹小珠遇祸的地方时他放慢了脚步,他觉得很难过,眼前浮现出那只红色的纤巧的塑料凉鞋,他试图回忆小珠最后留下的音容笑貌,奇怪的是那些印象居然已经是模糊的、飘忽不定的了。

像往常一样,剑沿着铁路行走一公里,最后来到道口,来到了扳道工人老严的小木屋里。剑首先注意的是那只竹篾鸟笼,他沮丧地发现鸟笼已经空了,可爱漂亮的蜡嘴鸟不知到哪里去了。

鸟什么时候死的?剑毫不掩饰他对老严的不满情绪。

前天,是夜里死的。老严用一种哀伤和自谴的目光扫了一眼空的笼子,他说,我后悔上次没有把它送给你,你带回家养说不定鸟就死不了。

鸟是让火车吓死的。剑说,我早说过,可你不相信。

谁知道呢?也许是饿死的。老严叹了口气说,我前天忘了给它喂食,这一阵子我老是心神不定,马上可以回老家了,可我老是心神不定的。

你真该死,好好的鸟让你弄死了,你要是扳错了道,不仅火车要翻车,还会死好多人的。

不,我不会扳错道的,我扳道扳了大半辈子,怎么会扳错呢?老严突然高亢而激动地喊起来,他逼视着剑说,小伙子,你不要咒我,我扳道扳了大半辈子,永远也不会出错的。

一老一少两个人顿时都有点不快,他们很别扭地坐在一起,透过窗口凝望路轨旁的信号灯座。剑默默地想象着蜡嘴鸟之死该是什么模样,一只被火车吓死的鸟该是什么模样?但剑不知道扳道工老严想着的是鸟还是火车。他侧目瞟了眼老严苍老的皱纹密布的脸,剑意识到自己现在对老严又怨又恨,一切都是为了那只可爱漂亮的蜡嘴鸟。

你好久没上我这里来了,老严最后摸了摸剑的耳朵,他说，是家里人不让你上铁路吗？

别摸我的耳朵。剑大声叫起来，作为一种报复和发泄，他踮起脚将老严古怪的馄饨状的耳朵狠狠揪了一下，然后他一边朝外面走一边说，你说话不算数，我以后再也不想见你了。走出木屋，剑仍然没有平息心中的怨气，于是他扒着窗子朝老严又叫喊了一句，你是个老糊涂，你会扳错道次的，你肯定会扳错道次的。

炎夏将尽，弥漫于铁路两侧的暑热一天天消退，学校快要开学了，五钱弄的孩子们在疯狂了一个夏天后渐渐安静。剑又是好久未上铁路了，有时候他在路坡下的向日葵地里采摘成熟了的花盘，挖出那灰黄色的花籽，塞进嘴里咀嚼着，剑发现那些花籽的滋味很古怪，他从中感觉到一种若有若无的铁的气味，沥青的气味，就像铁轨和新铺的枕木的气味一样。

剑看见一列绿色的客车从北面驶来，速度越来越慢，终于在铁路桥上停住了，对于五钱弄的孩子来说，他们知道这是一个异常现象，也许是有人卧轨了。孩子们从家里跑出来，边跑边叫，铁路上又死人啦，又死人啦。

但这次的事故并不像五钱弄的孩子们想得那么简单，他们跑到铁路桥上并没有看见血肉模糊的死尸，火车上的司炉告诉他们事故出在道口那侧，有一辆运载机器的货车在前面出轨翻车了，是扳道工人扳错了道次酿成的祸端。

剑站在火车头前发怔，依稀想起那天在扳道房对老严的诅咒,剑对诅咒的应验过程深感茫然。后来剑跟着一群人往道口方向走。远远地他就看见了那列颠覆了的货车,它像一座巨大的塌坍的房子,散落在铁轨上或者路坡下面,空气里充溢着焦硝和油烟的怪味,有的车厢还在燃烧,附近的路面因此是滚烫灼人的。

出事地区涌集着一些铁路工人,他们正在用工具疏通堵塞了的铁道,有人向五钱弄的孩子招手,快来一起干,别站在那儿看热闹。孩子们就呼地拥上去帮忙了。只有剑站在一边没动,他在想老严到底是怎么回事,火车出轨到底又是怎么回事。剑望了望扳道房的窗口,那只鸟笼仍然挂在窗前,扳道工老严却不见踪影了,有两个工人站在扳道房前一边喝水一边议论老严,他们说老严刚被铁路警察带走,他们猜测老严扳道前是喝了酒的。

剑不相信老严喝酒的传闻,他坚信这起车祸和蜡嘴鸟之死有关,假如蜡嘴鸟仍然在笼子里蹦跳,这起车祸也就不会发生了。但是剑没有把他的想法告诉任何人,他走近扳道房悄悄地摘下了窗前空的鸟笼,摘鸟笼的时候剑的心里有点发虚,幸好并没有人注意他。

后来剑提着空的鸟笼往回走,由于路轨两侧的碎铁横木还没有清理完毕,剑是从向日葵地里绕过翻车地区的,他在铁路上忽隐忽现,远看像水中的浮鱼。剑提着空的鸟笼沿铁路走出半公里回头朝道口那里张望,清扫障碍的工人仍然在骄阳烈日下忙碌着。

绿色的客车停在铅灰色的铁路桥上，现在它无法行驶，许多人的脑袋从车窗里探出来向前方观望，剑从车窗下走过的时候遇到了七嘴八舌的提问，前面出什么事了？是有人被火车压死了吗？火车什么时候再往前开？

我不知道。剑摇着头大声地回答。

在逐一经过的车窗前，剑突然看见了一张似曾相识的女人的脸，她从车窗内扔下一卷整齐的苹果皮，微笑着凝视剑和剑手里的鸟笼，女人唇边的一颗黑痣在窗内闪烁着一点神奇的光晕。它使剑匆匆归家的脚步戛然而止。

你手里提的是鸟笼吧？女人问。

剑专注地盯着女人唇边的黑痣，没有回答她的问题。剑沉默了一会儿突然说，你从上海去哈尔滨，我知道你是从上海到哈尔滨去。

不，我到天津就下车了。女人笑起来，她的手从车窗里伸出来，似乎想去触摸剑手中的鸟笼。女人说，鸟呢？你的鸟笼里怎么没有鸟呢？

别碰它。剑就是这时候仓皇奔跑起来，他推开陌生女人的手就仓皇奔跑起来。剑紧紧捏着笼钩的手已经沁满了汗水，他感到一种莫名的紧张和恐惧，就像一个被追逐的真正的窃贼一样。剑不知道自己害怕的是什么，但他在奔跑的同时已经知道他下一步将干什么，他想把那只鸟笼扔掉，他竟然想把那只空的鸟笼扔掉。让我的手离开鸟笼，剑想，快让这只鸟笼离开我的手。

剑站在高高的铁道上，面向五钱弄的方向举起手里的鸟笼。剑吼叫了一下，用力把鸟笼扔出去，但用竹篾编制的鸟笼很轻，它在空中只飞行了很短的一段距离，无声地落在路坡下的向日葵地里。剑看见它在肥大的葵花叶上轻轻碰击了一下，然后就无声地落在向日葵地里。

八月仍然是葵花向阳的季节，葵花在南方常常被种植在铁路两侧的路坡上，这种美丽的植物喜欢炽热的阳光，已是众所周知的常识了。

（1992年）

像天使一样美丽

我们街上的女孩与男孩一样，从小到大都有一种自然的群体概念，她们往往是三个一帮五个一伙的，帮派之间彼此不相往来，在街上狭路相遇时女孩们各自对着同伴耳朵唧唧咕咕，有时干脆朝对方吐一口唾沫。这也是香椿树街的一种风俗，我说过香椿树街是有许多奇怪的莫名其妙的风俗的。

小媛和珠珠两个人的群体很早就形成了。小媛家住化工厂的隔壁，而珠珠家则在桑园里的底端，她们住得很远，隔着一条长长的香椿树街和河上的石桥，但小媛和珠珠长期以来一直形影不离。每天早晨珠珠都要去小媛家，她们两人总是一起走在上学或放学路上的，小媛长得又细又高，眉目温婉清秀，珠珠矮一点胖一点，但珠珠有一双美丽的黑葡萄般的眼睛。小媛喜欢穿洗旧的男式军装和丁字形皮鞋，珠珠的军装要新一点小一点，但也是一件军装，她们挎着帆布书包肩并肩走过长长的香椿树街，途中要经过街上唯一的药铺。经过药铺的时候两个女孩就会加快脚步，因为吕疯子每天站在药铺门前朝街上瞭望，吕疯子手里提着一串中药包，看见小媛和珠珠走过时他会跟她们说话，他经常说的一句话就是你们像天使一样美丽。

你们像天使一样美丽。吕疯子说。

女孩子之间的事男孩们是弄不清楚的，就像国际形势一样风云变幻难以把握。后来听说了小媛和珠珠分道扬镳的消息，暗恋着小媛或者珠珠的男孩都感到吃惊。事情的起因是有一天下午突然降临的暴雨。哗哗的雨声使教室里的中学生人心惶惶。放学时间已经过了，男孩们大多用书包顶在头上朝雨中冲去，女孩们则焦虑地站在走廊上议论纷纷，一边等着家里人送来雨具。那天小媛和珠珠仍然是紧挨在一起的，珠珠大声而快活地指责历史教师在课堂上抠鼻屎，小媛的表情却显得忧心忡忡，小媛望着雨点在操场上溅起的水雾，心里想着这场雨怎么还不停下来呢，她晾在外面的衣裳和被子也许已经被雨淋透了。

他真恶心。珠珠拉着小媛的一条胳膊摇晃着，珠珠格格的笑声听来是清脆而不加节制的。你看见他把鼻屎往地上弹吗？你不觉得他很恶心吗？

这雨下得该死，怎么还不停呢！小媛很不耐烦地推开了珠珠的手，小媛说，真急死人了，我妈上中班，晾外面的毛衣和被子都要湿透了。

苗青就是这时候突然招呼小媛的。苗青撑着一顶细花布雨伞从她们面前走过，她们没有说话，她们从来不和苗青说话，但苗青在雨里袅袅地走了几步，突然回过头望着小媛和珠珠。

苗青的目光有点高傲有点诡秘地停留在小媛脸上。小媛你来吧，苗青说，我们一起走好了。小媛愣了一下，她看看珠珠。珠珠毫不掩饰她的鄙夷，珠珠朝走廊吐了一口唾沫。你先走吧，我再等一会。小媛轻声嘀咕了一句。苗青转动了一下手中的伞柄，嘴角浮现出一丝冷笑。她说，狗咬吕洞宾，不识好人心。小媛又看看珠珠，珠珠就尖声骂起来，你嘴里放干净点，谁是狗！你才是狗呢，看见人就乱摇尾巴。珠珠握着小媛的手，她感到那双手正在慢慢滑脱，她看见小媛的脸上有一种窘迫不安的神情，这使珠珠感到惊讶。我要走，小媛朝苗青的背影张望着说，我得回家去收衣裳了。紧接着小媛冲出了走廊，珠珠听见小媛的叫声在雨地里刺耳地响起来，苗青，等等我一起走。

留下珠珠一个人木然地站在走廊上，珠珠看见她们合撑一把伞在雨地里渐渐消失，眼泪就止不住流下来。珠珠少女时代的感情受到了一次最沉重的打击，后来她抹干脸上的泪水，捡起书包抽打着走廊上的水泥廊柱，珠珠的嘴里一迭声地重复着：叛徒，叛徒，叛徒。

第二天早晨雨过天晴，小媛在家里焦急地等候珠珠，珠珠却没有来。小媛回忆起昨天的事，预感到她们之间可能发生的事，她想她今天只能一个人上学了。走进红旗中学的校门，小媛恰恰看见珠珠和李茜在一起踢毽子。珠珠踢毽子的技艺是很高强的，珠珠在等候鸡毛毽下落的时候，用眼角的余光飞快地瞄了小媛一眼。

叛徒。珠珠说。

小媛的脸立刻变得苍白如雪,她迟疑了几秒钟,最后低着头绕过珠珠身边,小媛的手伸进书包摸索着,最后摸到一条鲜艳的粉红色缎带,那是几天前珠珠送给她做蝴蝶结的。小媛从书包里抽出那条粉红色缎带,揉成一团扔在地上,然后她头也不回地朝教室走去。

从这天起小媛和珠珠两个人的群体就分裂了。珠珠已经是李茜她们一帮的人了,而小媛在保持了一段时间的独来独往以后,也就投靠了苗青为首的漂亮女孩的阵营。

小媛现在经常和苗青一起结伴上学。她们走过香椿树街东侧的药铺时,吕疯子依然手提一串药包站在门口。他的头发不知被谁剃光了,脑袋和嘴唇呈现出同一的青灰色,当小媛拉着苗青从他身边匆匆跑过,吕疯子反应一如既往,他的呆滞的眼睛突然掠过一道惊喜的光芒。

你们像天使一样美丽。吕疯子说。

小媛很想知道吕疯子现在看见珠珠是不是也一样说这句话。但小媛是不会去向珠珠打听的,小媛和珠珠现在互不理睐,偶尔在学校或者街上擦肩而过,她们从对方的脸上读到了相似的仇恨的内容。有一次小媛在水果摊前挑选梨子时,听见背后响起熟悉的呸的一声,小媛敏感地回过头,她看见珠珠和李茜勾肩搭背地站在后面,珠珠还用脚尖踩地上的那摊唾沫。小媛再也不想忍让,她毅然从水果筐里拣出一只烂梨狠狠地朝珠珠的身上砸去。她听见珠珠尖叫了一声。那个瞬间对于反目为仇的两个女孩都是难忘的，她们在对方脸上互相发现了惊愕而痛苦的神情。

我说过小媛是个漂亮女孩，小媛投靠了以苗青为首的漂亮女孩的阵营。苗青她们酷爱照相，小媛受其影响也很自然地爱上了照相。起初她们就在香椿树街唯一的工农照相馆照，后来苗青不满于工农照相馆简陋的设备和粗糙的着色技艺，她认为那里的摄影师总是把她的脸照得很胖很难看。苗青建议去市中心的凯歌照相馆，她说她母亲披婚纱的照片就是在那儿拍的，那是家老牌的久负盛名的照相馆，可以随心所欲地美化你的容貌。女孩子们对苗青的权威深信不疑，欣然采纳了她的意见。

五月的一个下午，四个女孩结伴来到凯歌照相馆，她们的书包里塞满了色彩缤纷的四季服装，有式样新颖的毛衣和花裙子，有冬天穿的貂皮大衣，甚至还有一套用以舞台表演的维吾尔族服装。女孩们将嘴唇涂得鲜红欲滴，提着裙裾在照相馆的楼上楼下跑来跑去。只有小媛静坐在一旁，她坚持不肯化妆。苗青把她的胭脂盒硬塞给小媛，她说，搽一点吧，搽一点你就显得漂亮了。小媛仍然摇着头，她说，我不搽，我妈不许我搽胭脂涂口红，她知道了会骂死我的。

小媛穿着那件洗得发白的旧军装照了一张，是侧面的二寸照，然后她换上那套借来的维吾尔族服装，又照了一张正面的二寸照。小媛坐在强烈的镁光灯下，表情和体态都显得局促不安。摄影师让她笑,她却怎么也笑不起来。苗青在一边看得焦急,她灵机一动,突然模仿数学教师的苏北口音说了一句笑话,小媛才露出一个自然的微笑,摄影师趁机抓拍了小媛的这个微笑。小媛最后如释重负地卸下那套舞台服装,她对苗青说,肯定照得丑死了,我以后再也不来照相了。

大约过了半个月左右,小媛的着色放大照片在凯歌照相馆的橱窗里陈列出来,许多人看见了小媛的这张美丽而可爱的照片。苗青来告诉小媛这个消息,小媛还是不相信,苗青的脸上露出莫名的愠色,她说,你别假惺惺的了,嘴上说不知道,暗地里谁知道你搞什么鬼?

小媛偷偷地跑到凯歌照相馆去了。那是个有风的暮春夜晚,空气中弥漫着紫槐花浓郁的芬芳,街道上人们行色匆匆。小媛独自逗留在照相馆的橱窗前,久久注视着那个照片上的女孩,女孩头戴丝织小花帽,身穿维吾尔少女的七色裙装,眼神明净略含忧郁,微笑羞涩而稍纵即逝。那是我自己。小媛的眼睛渐渐噙满了喜悦的泪水,小媛第一次意识到自己是美丽的纯洁的。当有人走近橱窗并对着里面的照片指指点点时,她飞快地逃离到街道的另一侧,她害怕别人认出她来。紫槐树在小媛的身旁轻轻摇曳,风吹落了一串淡紫色的花朵。小媛望着吹落的紫槐花在空中划过的线痕,突然很奇怪地想起药铺门口的吕疯子,想起他一如既往重复的那句话:你们像天使一样美丽。小媛打了一个寒噤,欣喜和甜蜜的心情很快被一种恍惚所替代。小媛在暮色熏风中回家,她觉得很害怕,却说不出到底害怕什么。

红旗中学的女孩子们几乎都知道了小嫒的名字，知道小嫒的照片陈列在凯歌照相馆的橱窗里。后来男生们也见到了小嫒的那张照片，胆大的男生就敢跟在小嫒的身后大喊大叫：何小嫒，新疆人；新疆人，何小嫒。一些低年级的男生则不谙世事，他们对小嫒的照片如此横加指责——何小嫒，她冒充新疆维吾尔族，她是个搔首弄姿的小妖精。

我告诉你那是在七十年代初期，那时候在我们香椿树街上缺乏新闻，小嫒的照片因此成为一条天经地义的新闻被广为传播。人们都对化工厂隔壁的女孩侧目而视，小嫒后来的厄运就是在声名鹊起下慢慢开始的。

何小嫒有狐臭。一个女孩对另一个女孩说，你别看她长得漂亮，其实她有狐臭。

那段时间在女孩的群体中充斥着这样的对话，女孩们对这个惊人的发现同样很感兴趣，尤其是珠珠李茜那个阵营里的女孩，她们毫不掩饰幸灾乐祸的表情。她们走过小嫒身边时都特意掏出手绢捂住自己的嘴和鼻子，或者用手绢在空中扇来扇去地表示厌恶。小嫒起初对此毫无察觉，她以为那是新近流行的向对方唾弃的动作，于是她也如法炮制地予以还击，她听见对方扭过脸骂，臭死了，污染空气。小嫒下意识地说，你才臭呢，你才污染空气呢。小嫒骂完了突然发现有人盯着她的腋下看，她就摸了摸腋下，腋下什么也没有，旧军装没被划破也没沾上什么脏物。小媛觉得事情有点蹊跷,她问同桌的苗青,这是怎么啦?她们为什么盯着我腋下看?苗青用铅笔刀刮着指甲上的红色染料,她瞟了小媛一眼说,你自己不知道?她们说你有狐臭。

小媛惊恐地望着苗青,小媛的脸很快变得苍白如纸。她的整个身体在椅子上战栗不止,而且怕冷似的缩成一团。这样沉默了很久,小媛从极度的悲痛中恢复过来,她的嗓子已经嘶哑了,她的声音突然爆发把苗青吓了一跳。

谁造的谣?告诉我是谁造的谣?小媛问苗青。

我不清楚,大概是珠珠先说的吧。苗青说。

小媛的眼睛里掠过一道冰凉的光芒,她站起来看了看坐在前排的珠珠。珠珠正和李茜她们在课桌上玩抓骨牌的游戏。我饶不了她。小媛咬牙切齿地发誓,然后她拉住苗青的手说:苗青,你知道我没有狐臭,你为什么不给我作证?苗青没说什么,她仍然想把指甲上的红色染料全部刮光。小媛夺下了苗青手里的铅笔刀,小媛突然举起了双臂,她说,苗青,我让你闻闻我到底有没有狐臭,苗青,你一定要给我作证。苗青抬起脸望着小媛的腋下,苗青皱了皱眉头,小媛听见她漫不经心地回答,现在闻不出来,现在穿着毛线衣,怎么闻得出来?

小媛的双臂僵硬地停留在空中,泪水从她的眼睛里夺眶而出。后来她从课桌下拉出她的帆布书包,捂着脸跑出了教室。正是上第五节课的时间,电铃声在学校的走廊上尖厉而清脆地炸响。男孩女孩都在朝教室跑,而小媛却拽着书包往学校的大

像天使一样美丽　143

门飞奔。小媛没有发现书包里的东西正在沿途掉落，书本，铅笔盒，卫生纸，还有一张照片已经被风吹动，像一个小精灵随风追逐小媛的背影。那是凯歌照相馆陈列照片的样片，虽然没有着色，虽然尺寸小了许多，但它确确实实是那张美丽而骄人的陈列照片。

午后的香椿树街在暮春时分的慵懒和寂静之中，街上人迹寥寥，阳光直射在满地的瓜皮果壳和垃圾堆上，有成群苍蝇在街道上空盘旋。小媛拽着书包跌跌撞撞地跑着，经过药铺的时候，她再次看见了肮脏的形销骨立的吕疯子。吕疯子朝小媛晃动着手里的草药，他说，你像天使一样美丽，不过你要多吃一点药，不要怕吃药。小媛躲开了吕疯子，小媛边走边啜泣着，她说，我不要美丽，你们去美丽吧，你们为什么要造谣诽谤伤害我呢？

小媛对珠珠的报复来得迅速而猛烈。

第二天珠珠上学经过石桥，她看见石桥上站着两个高大魁梧的男孩，其中一个是小媛的哥哥。珠珠以为他们在观赏河上的风景，她嚼着泡泡糖走上桥顶，两个男孩冷不防揪住了她的辫子，珠珠刚想呼叫鼻唇之间已经挨了一拳，她听见小媛的哥哥说，你再敢欺侮小媛，我就把你扔到河里去。珠珠跌坐在桥上，嘴里的泡泡糖带着血沫掉在她的腿上，她看见一颗牙齿黏在泡泡糖上。我的牙齿，珠珠尖厉地哭叫起来。但两个男孩已经一溜烟地跑下了石桥。有人走过石桥时看见珠珠满嘴血沫地坐着,一边哭泣一边诅咒着什么人。他们就去拉珠珠的手,珠珠你让谁打啦?珠珠一边哭泣一边说,还能是谁?是何小嫒,她跟流氓阿飞勾勾搭搭,是她让他们打掉了我的牙齿。

珠珠是个倔强的女孩,珠珠用手绢包好那颗牙齿去上学。在小嫒家临街的窗户前她站住了,她拣起一块砖砸碎了小嫒家的窗玻璃,然后冲着窗内高声骂道,狐臭,狐臭,何小嫒你有狐臭,你们一家都有狐臭。珠珠看见屋里有一张苍白的脸一闪而过。她知道那是小嫒,她知道小嫒现在是不敢出来还击的。

珠珠走进红旗中学后径直来到了校长办公室,她打开那块包着牙齿的手绢交给校长看。何小嫒跟流氓阿飞勾勾搭搭,珠珠哭哭啼啼地报告校长,何小嫒让两个流氓打掉了我的牙齿。

校长和班主任把小嫒叫到了办公室,他们让小嫒看桌上的那颗牙齿,小嫒充耳未闻,她扭过脸去看墙上的两幅宣传画,表情显得漠然而恬静。

是你让人打了萧珠珠?

她活该。

为什么要打她?

她造我的谣。

造什么谣?她造你的谣所以你就可以打她啦?

小嫒低头不再作任何申辩。她听见校长和班主任轮流训斥着她,校长要她写一份检查认识错误。小嫒的皮鞋在水泥地面上吱吱地摩擦着,最后她站起来说,我不写检查,但是我现在可以告诉你们,珠珠她妈以前是个妓女,珠珠她爹以前当过土匪,珠珠和好几个男生在码头约会,你们为什么让我写检查,为什么不让她写检查?

小媛一口气说完她想好的话,然后就擅自跑出了办公室。她听见校长和班主任在后面愤怒地喊她的名字。她知道她已经惹祸了,但她无法控制这种灼热的报复的情绪,小媛一路奔跑着,她听见自己的心脏急剧地蹦跳着,有什么硬物卡在她的喉咙里,使她感到窒息。小媛在操场上站住了。她对着草坪一口一口地吐着,结果什么也没有吐出来,吐出来的只是一口一口的唾沫。

小媛的厄运就这样来临了。

红旗中学里贴出了一张处分报告,被处分的就是曾经闻名于香椿树街的漂亮的女孩何小媛。布告贴出的第二天,校长打电话给凯歌照相馆,要求撤掉小媛的那张照片。他在电话里告诉对方,那张照片影响了学校的秩序,给校方添了不少麻烦,他请求对方以后不要随意在橱窗里陈列他学生的照片。照相馆的人茫然不知应对,但他们还是作出了积极的配合,很快把小媛的那张照片撤掉了。

小媛从此后变得沉默寡言,她不再和任何女孩子接近,当然包括苗青她们。小媛独来独往地度过了最后的学校生涯。那时候已经临近毕业,女孩们和男孩一样,一半人将去农村或者农场插队劳动,另外的一半人则按政策留城,他们的各个小团体现在分崩离析，形成两个泾渭分明的阵营，去插队的每天挤在走廊上议论着陌生而遥远的未来生活，留城的那群女孩以珠珠为中心，仍然陶醉于课桌的骨牌游戏。小媛一个人站在不为人注意的角落里嗑瓜子或者沉思默想，小媛不想和任何女孩说话，而别的女孩也不想和小媛说话了。

九月的一个早晨，许多披红挂绿的卡车驶进香椿树街，带走了那些上山下乡的女孩子。化工厂隔壁的漂亮女孩小媛也在其中。我看见她站在最后一辆卡车上，胸前的红花反衬出她的苍白和忧郁。小媛没像有的女孩那样哭哭啼啼，也没有像有的女孩那样一路高喊豪迈的口号，小媛倚靠在卡车栏杆上，平静地扫视着欢送的人群，她看见珠珠追着卡车跑着，珠珠手里挥着一条红纱巾。她知道珠珠是来送李茜的。那条红纱巾是小媛送给珠珠的，现在小媛很想把它讨回来，但是锣鼓和喧闹声遮蔽了整个天空，即便小媛真的向珠珠索还红纱巾，珠珠也不会听见，即使珠珠听见了也会装作没听见。小媛是个十六岁的女孩，因此小媛最了解别的十六岁的女孩。

卡车缓缓地驶过药铺的门前，小媛发现吕疯子不在那里，她很奇怪这热闹的日子，吕疯子怎么反而不见了。小媛站在车上百思不得其解，她就问同车的一个男生，怎么好久不见吕疯子了？你知道他去哪儿了吗？那个男生很费劲地听清了小媛的问题，他用手掌充话筒，在周围的嘈杂声中报告了又一个惊人的消息，吕疯子死了吕疯子天天乱吃药吃死啦。

小媛插队的农场在很遥远的北方。小媛再回香椿树街已经是五年以后的事了,她的以洁白如雪著称的脸在五年以后变得黝黑而粗糙,走起路来像男人一样摇晃着肩膀,当小媛肩扛行李走过香椿树街时,谁也没有认出来她就是化工厂隔壁的漂亮女孩。

只有珠珠一眼就认出了小媛。她们是在石桥上不期而遇的,当时两个女人都很尴尬。珠珠下桥,小媛上桥,她们起初没有说话,走了几步珠珠回过头发现小媛也在桥头站住了。两个女人就这样相隔半座石桥互相凝视观察,后来是珠珠先打破了难堪的沉默。

我在凯歌照相馆开票,什么时候你来照相吧。珠珠说。

我不喜欢照相,你还是多照几张吧。小媛淡淡地笑着摸了摸她的腋下,小媛说,我有狐臭,而你像天使一样美丽。你知道吗?你现在又白又丰满,你像天使一样美丽。

(1991年)

犯罪现场

启东有一天满头大汗地闯到莫医生家，说他祖母死了。启东拉起圆领衫的下摆在额角和鼻子上胡乱地擦着，露出一个浑圆的食物过剩的肚子。"我祖母死了！"启东一连说了三遍，说到第三遍时他已经不再结结巴巴，他的目光绕过莫医生和他手里的书，像一束探照灯的灯光照亮了橱柜上的那堆东西：听诊器、血压计、红十字药箱和一只异常光滑而洁净的铝盒。莫医生没有留意启东的目光，他一边穿上白大褂一边说："什么时候死的？"启东说："刚刚死的，莫医生你干吗把针筒藏在饭盒里？"莫医生这时突然意识到什么，他的脚步停在橱柜旁边，"已经死了？"莫医生皱着眉说，"死了我去有什么用？你叫我去干什么？"启东咽了一下唾沫，脖子扭来扭去的，"我没说她死了，也许，也许她还没死透呢。"他偷偷地瞄了莫医生一眼，又说，"你是医生嘛，不找你找谁？"

你知道莫医生那个人的，他是个古道热肠的好心人，虽然他的医术囿限于治疗感冒伤风一类的病症，但只要你求助于他，他总是一丝不苟地把你的嘴用木片撬开，把听诊器按在你胸口,听你的心是如何跳动的,我们街上不知有多少人的心跳声被莫医生听过。所以那天莫医生照例拿起听诊器塞在口袋。"去了也不一定有用,"莫医生说,"可不去也不行,都是街坊邻居嘛。"

莫医生随手拉上门走到街上,走了几步突然发现启东不见了,他想启东应该在前面带路的,怎么一下子就不见人影了呢?他高声喊了几声,没听见启东的回应,倒是几个妇女满脸堆笑地跟他打招呼,莫医生柔声应酬着,一边大步流星地朝街东走,他心里想启东肯定先跑回家去了,病人的亲属们跑起来都像一阵风,这没什么奇怪。莫医生一边走一边又想起启东的祖母,那个眉毛上长了三颗痣的老妇人,几天前还看见她提着一篮腌菜在街上走呢,怎么突然就不行了?莫医生对这件事突然有点疑惑,但你知道莫医生那个人,救死扶伤是他的最高信条,有人在奄奄一息地等他,他不容许自己产生这样那样的疑惑。在通往启东家的路上,莫医生预先设想了老妇人的病症,他猜那肯定是脑溢血,肯定是脑溢血。

莫医生不知道他随手把启东反锁在家里了。

我们至今难以确定那天的事是一次意外,还是谁蓄谋已久的计划。让人哭笑不得的主要是启东,莫医生拉门的时候他一声不吭,鬼知道他葫芦里卖什么药?唯一可以确定的是启东愿意被反锁在莫医生的家里。

门被拉上后光线突然暗了下去,启东的心随着撞门声怦然一跳,然后它也渐渐地沉到一种奇妙的幽暗中去了。启东张大了嘴，呼呼地喘着粗气，他闻到一股酒精或者乙醚的气味，有点刺鼻，但也令人警醒，眼前的处境酷似某个梦境的翻版，启东只是记不清什么时候做过这个梦了，你可以想象他当时脸上的表情，一个间谍潜入敌方的档案库该是什么样子？启东就是那样，他握住一支假想中的手枪，朝屋子的门窗瞄准着，一步步往橱柜那儿退去。

启东打开了橱柜上的那只铝盒，不出所料，盒子里装着整套的注射用品：三个针筒，七八个针头，两瓶普鲁卡因还有一堆药棉。启东先是抓起针筒往口袋里塞，转念一想他为什么不连盒子一起拿走呢。启东想把铝盒往口袋里塞，但口袋太小了，塞不进去，一着急就把口袋撕扯坏了。启东抓着铝盒在莫医生家里徘徊，他在假想莫医生失去了这只铝盒会怎么样，会怎么样呢？不会怎么样的，他是个大好人，启东想他这样的大好人不该把他当小偷的，再说，他是个医生，医生才不会稀罕针筒针头这些东西呢。

墙上的自鸣钟当当地敲了几下，突然敲响的钟声使启东吓了一跳，启东决定离开莫医生的家。当启东从门上的气窗缝里一点点地挤出脑袋时，他最后打量了一眼莫医生的家，古旧的漆色剥落的家具，有点潮滑的水泥地面还有被他最后撞到的电灯绳，它们都在启东的视线里摇摇晃晃，启东仍然觉得这幕画面像一个梦境，这个梦境很像一个熟悉的犯罪现场，只是他想不出究竟在哪儿见过这个犯罪现场了。

启东落地的时候差点踩到一只猫的尾巴，他认出那是理发师老张的猫。老张的猫用冷峻的目光瞪着启东,它的叫声听起来夸大其词地尖锐,启东挥起手朝猫做了一个打耳光的手势,他说:"你他妈的瞎叫什么?我又不是小偷!"

眉毛上有三颗痣的老妇人是启东的祖母,有一天她躺在床上午睡,突然看见一个瘦长的男人站在纱布蚊帐外面,男人伸手要撩起蚊帐,老祖母便像一个姑娘一样尖声大叫起来。

"原来是莫医生!"是莫医生老祖母就放心了,但她仍然不知道莫医生为什么突然造访。她掩饰了惊慌之色起床招待客人,但她的眼光仍然疑窦丛生,试探着莫医生的来意。

莫医生脸色苍白,他在藤椅上坐了三次,结果都站起来了,莫医生说话吞吞吐吐的,他说:"你不像……你没什么不舒服吧?"

"就是偏头疼。"老祖母说,"老毛病了,都是让启东气出来的。"她端详着莫医生的脸,犹豫了一会说:"我看莫医生你的脸色倒不太好,你也没什么不舒服吧?"

"我不,我不太舒服。"莫医生苦笑起来,他的手在白大褂口袋里愤怒地抓挠着,但他就是不愿意把愤怒摆到脸上,"启东,启东这孩子,"他说,"启东是不是很喜欢撒谎?"

"就是,没有他不敢撒的谎。"老祖母蓬乱的脑袋左右摆动起来,"我不能骂他,一骂他,他就对别人说我死了,说我死了。"她的声音突然堵在喉咙里,巨大的悲愤之情使老祖母的诉说语不成调,"有一次他打电话到火葬场,火葬场……装死人……车……车就开来了。"

犯罪现场

莫医生没有让她再说下去，他挥了挥手，好像要把这件不愉快的事情驱走，然后莫医生就匆匆告辞了。老祖母追出去向莫医生要几张麝香药膏，莫医生没有听见，他大概还在思考启东撒谎的原因，启东的祖母看见莫医生突然站住，回过头说了一句无关痛痒的话，"不要骂他，骂有什么用？他毕竟是个孩子嘛。"

那天傍晚时分莫医生神情空茫地来到公共小便池附近，逢人便问："你看见启东了吗？"人们都反问他："莫医生你找启东干什么？"又有人说："刚刚见他在码头上呢，你现在去肯定能找到他。"莫医生站到一只废油桶上朝码头那儿瞭望了一会儿，旁边有人说："启东肯定在码头上，你去找他吧。"但莫医生最后摇了摇头，他说："算了，算了，他毕竟还是个孩子嘛。"说完他踮着脚尖走到了小便池边，我们都听见莫医生一边小便一边沉重地叹息着。

我们当时不知道莫医生是什么意思。那天夜里理发师老张的猫暴死在街头，老张用一只畚箕装着死猫沿街咒骂一个不知名的凶手，老张不知道他在骂谁，我们就更不知道了。我们街上有许多人自以为聪明盖世，但没有一个人具备侦探必备的嗅觉和眼光，没有人会把老张的死猫与莫医生在小便池边的言行联系起来，更没有人会由莫医生寻找启东的事件中想到那只猫的死因了。

你知道老张的死猫仅仅是开始，后来街上发生的怪事就不可收拾了。

启东给老张的猫打了一针，猫很快就死了。事情进行得如此干脆有效，出乎启东意料。启东原先并没有想置猫于死地，他记得那天夜里拿着针筒在街上走，他只是想给什么东西打针，一时却找不到目标。走过浴室外的煤堆时启东又看见了老张的猫，猫的眼睛让启东想起恫吓、目击者和敲诈勒索这些字眼，猫爬过煤堆时频频回首的样子显得诡秘而阴险，启东不怕那只猫向莫医生告密，但当他决定把猫作为第一个注射对象时，脑子里确实闪过了哪部电影中杀人灭口的画面：一个杀手捧着鲜花去敲一个女人的门，枪就藏在那束鲜花里。启东杀猫的灵感就来自这里。后来他用一包鱼干诱捕了老张的猫，他为猫注射了自己配制的针剂，针剂中含有盐、糖、味精、蓝墨水等多种物质，启东最满意的就是针剂的蓝色，他相信那是世界上独一无二的针剂。

启东回家时街上已经是漆黑一片了，老祖母拿着一支手电筒倚门而立，"你还知道回家呀？"老祖母说，"我以为警察把你抓走了呢。"启东不理睬她，他觉得手上黏黏的很不舒服，而且有一股难闻的怪味，老张的猫那么脏，启东想那么脏的猫死了也是活该。老祖母撑着启东，用手电筒照他的脸，她说："你肯定是做坏事了，我管不了你，写信让你爹回来收拾你！"启东不理她，他打开水龙头，一遍遍地往手上抹着肥皂。老祖母用手电筒照启东的手，不知是老眼昏花还是神经过于紧张，她把黑色的皂沫看成一种红色，"启东你杀人啦？"老祖母尖叫起来,"启东你把谁杀啦?"

惊惶的老祖母把手电筒扔在地上,启东俯身捡起它,冷静地关掉了电源。启东嗤嗤地笑了几声,然后低声嘀咕了一句,"要杀人第一个把你杀了。"老祖母说:"你说你把谁杀了?"启东便不吱声了,这么威胁老祖母只是出于对她的厌烦,就像他到处报告祖母死亡的消息只是想看看别人的反应。启东认为他做的一切都是有道理的,只是他无法说清这种道理,即使说清了别人也听不懂,就像老祖母,不管你对她说什么,她总是作出错误的理解,而且还喜欢大惊小怪地哇哇乱叫,所以,他干脆什么也不说。

启东把针筒放在铝盒里,把铝盒藏在抽屉里,他记得盒盖闭合时发出清脆的咯嗒一声,这种声音后来在夜梦中再次出现——在梦里他打开了铝盒,他拿着一支针筒在一条人声鼎沸的街道上走,街道上的人七嘴八舌地争吵着,他看见自己威风凛凛地闯进人群中心,"你们都给我闭上嘴!"他听见自己严厉的声音,有几个人仍然固执地喋喋不休,他就亮出了那支针筒,撩起这个人的衣袖,扒下那个人的裤子,给他们每人都打了一针。启东清楚地记得针筒中水剂的颜色,不是蓝色,它是黑色的。

启东最初是把一些小动物做他的试验品的,主要是左邻右舍的鸡。

那些鸡夜间猝死在屋前房后,鸡主人剖开鸡腹时有一种黑色汁液溅出来,他们以为那是病毒。"杀鸡的时候启东还凑近了看热闹呢!"后来有几个妇女撇着嘴这么说。说起来我们许多人都注意到启东走路有点鬼头鬼脑,他把手插在口袋里,眼睛乜斜着看人,我们之所以对启东无所察觉,是因为看不见他口袋里的那支针筒。事情败露以后曾经有人说他看见过启东口袋上的黑渍,说他曾经把它与死鸡腹内的黑色汁液联系起来,那已经是无济于事的废话了。

只有莫医生一个人知道启东口袋里藏着什么,假如莫医生像我们一样聪明就好了,可这个大好人却不聪明,他完全没有想到街上纷纷死去的鸡鸭猫狗与那盒针筒的关系。他想找到启东把那盒东西要回来,但你想想吧,启东那孩子怎么会甘心把它交出来?

启东看见莫医生就溜,有一天他从桥上一阶一阶地蹦下来,恰好撞在莫医生怀里,莫医生就一把抓住了他。莫医生说:"你以后不能骗人了,就是骗人也不能说你祖母死了,怎么能这样对待老人?你小时候生肺炎,不是你祖母天天背你来打针,你自己就死啦。"启东不说话。莫医生说:"你怎么把我打针的东西都偷走了?偷去干什么?"启东扭过脸说:"我没偷,你说我偷有什么证据?"莫医生一下子反倒给他问住了,莫医生笑了笑说:"好,不算偷,那我问你,你拿我打针的东西去干什么?那又不是小孩子玩的,你想给谁打针呀?"启东猛地昂起脖子说:"我没拿!"他甩掉了莫医生的手跑出去,跑出去几米远,启东回过头,恶狠狠地说,"给你打一针!"

莫医生那次被启东吓了一跳,主要是启东眼睛里莫名的怒火，它使莫医生感到惊愕，他这辈子从来没见过别人的这种怒火，他的一颗善良温和的心被这种怒火严重地灼伤了。莫医生不知道启东是怎么回事，直到后来也不知道，据他后来回忆说，那天的事让他特别伤心，孩子们恶语伤人总是可以原谅的，但他开始担心启东拿着那盒东西做出什么坏事来，从那天开始，莫医生一直在寻找启东，他想把那只铝盒要回来，但他索要东西的方法或许太仁慈太迂腐了，启东每次都从他身边轻易地逃脱。莫医生也曾经去启东家，他刚走到门边，门就从里面撞过来，把他的鼻子撞出了血。这件事终于使莫医生肝火上升，他捂着鼻子对门内喊："启东啊启东，这样下去你会走上犯罪道路的！"启东却在门内说："你才会犯罪呢！"莫医生说他一辈子与人为善，不动肝火，没想到最后会对一个孩子生这么大的气。

事情是从一个星期天的早晨开始变坏的，莫医生正要去白铁铺给铁匠老王打针，走到半路上就给马凤山堵住了。马凤山背上驮着一个啼哭不止的小男孩，马凤山说："不好了，我儿子手腕上鼓出一个大黑包，莫医生你给看看吧。"莫医生抓过小男孩的手，果然看见腕上有一个大黑包，皮肤下好像积了一包污液。莫医生下意识地叫起来，"危险，这是哪个医生给孩子打的针？"马凤山说："不是医生，是启东那杂种干的，他骗孩子说打预防针，那杂种，那杂种，不知把什么打到孩子手里去啦？"

莫医生的脸色立刻变得煞白，他掏出一块手帕把小男孩的胳膊扎紧了。"送医院，以防万一。"莫医生的声音听上去很虚弱，他说，"就怕他找到了静脉，不会的，他不会找到静脉。"莫医生说着摇了摇头，他注意到马凤山的表情很紧张，他想安慰马凤山几句，但最后却在他肩上推了一把，"快去医院，"莫医生说，"我不能陪你去了，我得去找启东，我一定要把那盒东西要回来，姑息养奸会惹出大乱子来的。"

莫医生背着红十字药箱在街上疾步如飞，我们都看见他了。那天莫医生神情异样，对路上所有挥手微笑的熟人视而不见，我们都以为是谁家出了流血事件，便有人跟在他身后走，你知道跟着莫医生走是常常能看到热闹的。

走过石码头时莫医生站住了。马凤山家的几个大人正围住启东吵吵嚷嚷的，有人逼着启东把针筒交出来，马凤山的妻子已经把手伸进了启东的口袋。启东的双手死死捂住口袋，他像一匹受惊的小马左冲右突，终究没有冲出大人们的包围圈。莫医生听见启东狂叫着。嘴里发出一串污秽不堪的骂街声。莫医生终于忍不住他的怒火，他冲过去大叫了一声，"把他摁住，把他摁住！"

莫医生的指令使马凤山家的人有点惊讶，但他们很快听从莫医生的话，齐心协力把启东摁在了地上。你可以想象启东反抗时又咬又蹬的样子，但他毕竟是个十三岁的孩子，最后我们看见启东被许多手紧紧地压在地上，启东的叫骂声渐渐地变成受辱的啜泣。

莫医生怒不可遏，那几乎是莫医生一生中第一次愤怒，他从启东的口袋里拿出了那支针筒，我们看着莫医生熟稔地朝空中推出一股细细的黑水，把针筒放回了红十字药箱里，我们看着莫医生取出一支干净的针筒，又取出一瓶纯净透明的针剂，有人凑近了看那瓶针剂，看见那是一瓶链霉素注射液。

莫医生怒不可遏，他扒下了启东的裤子，他在启东又白又胖的屁股上打了一巴掌。"你喜欢打针？你以为打针好玩？你以为针筒是拿来做坏事的？"莫医生手执针筒高声责问着，他颤抖的声音使在场的人为之心酸，他眼睛里的怒火却使人感到陌生而震惊，这时不知是谁说了一句，"莫医生也发火啦！"

莫医生当然是发火了。莫医生怒不可遏。那天我们看着莫医生向启东的屁股注射了链霉素，注射了整整一针筒的链霉素。我们记得莫医生的手抖得很厉害，而启东的屁股开始时还像一只苹果，后来就像一只鼓胀的气球了。

假如你稍具医学常识，你会知道链霉素过量是导致人们后天失聪的原因之一，我们街上的人本来是不会懂得这种常识的，但莫医生给启东打针的故事家喻户晓，嘴唇传播的是故事，而人类的许多知识就这样借着故事传播开来了。

启东就是那个年轻的白铁匠，人人都知道他是一个聋子。因为启东是个聋子，他敲铁皮就敲得特别响，遇上雷雨天气，遇上启东在白铁铺里敲铁皮，你就别想听见天上打雷的声音。孩子们听从父母的告诫，至今不敢去招惹白铁铺里的那个聋子,而年长的人们每次看见聋子启东,不由自主便想起已故的莫医生,他们都记得莫医生是怎么死的,但没有人忍心谈论他,在他们看来缄默是怀念莫医生的最好方法。

现在我们遇上看病打针的事就不太方便了,医院离我们这儿很远,假如是头痛脑热的小病,我们干脆就不去管它了。

(1996 年)

木壳收音机

莫医生撑着黑布雨伞走过铁路桥的桥洞,听见一种哐当当的金属撞击声从头顶上滚过去,手里的伞轻轻地往上蹦了一下,莫医生把伞斜撑着快跑了几步,回头看见一列货车刚刚从铁路桥上通过。货车是黑色的,漆写了一些白色的文字和标码,没有车厢的那几节蒙着油布,它们挟卷着一阵风响在莫医生的视线里一闪而过。

莫医生吓了一跳。

雨已经停了,或者城北的这条街道上并没有下过雨,莫医生收起伞,发现碎石路面仍然很干燥,没有雨的痕迹。莫医生觉得天气有些奇怪,他从城南的那位病人家里出来时,明明是下着雨的。他竟然不知道雨是什么时候在哪段街道上突然停止的。

莫医生沿着街道的左侧走了一段路,看见石码头的空地上堆积着一座小山似的垃圾,有一条狗在垃圾堆旁边转悠。莫医生用伞朝嗡嗡乱飞的苍蝇挥了几下,走到街道的右侧,右侧是密集的民居,没有垃圾堆。昔日棉花店的大门虚掩着,莫医生无意中看见一个陌生的女人躺在竹榻上，女人好像睡着了，莫医生发现她穿着短裤。莫医生因此在昔日棉花店的门前停留了两秒钟。他没有想到竹榻上熟睡的女人突然翻了个身，她睡眼惺忪地朝着门外啐了一口，莫医生听见她骂了一句极其难听的脏话。

莫医生又吓了一跳。他拔腿就走，在剩余的那段归家路上，他的心情忽然变得阴郁而烦躁起来。

钥匙拴在钥匙圈上，钥匙圈拴在钥匙链上，钥匙链拴在莫医生的皮带襻上。莫医生站在他的家门口，焦急地寻找铜质的马头牌钥匙。铜质的马头牌钥匙有两把，莫医生总是分不清哪把是开家门的，哪把是开诊所门的。按照惯例他依次试了一遍，这时候他突然听见房顶上有人在走动，莫医生又吓了一跳。

谁在房顶上？莫医生往后退了几步，踮起足尖竭力想看清楚房顶上的动静。房顶上瓦片咯咯地又响起来，并且有一股尘土从屋檐上落下来，莫医生挡住眼睛，继续朝房顶上喊，谁在房顶上？再不说话我要喊人了。

你喊谁？两个泥瓦匠的脸在屋檐上渐次出现，姓孙的用瓦刀当当地敲着铁皮漏水管，姓李的拔下一颗瓦棱从上面扔下来，姓李的说，你看他急得那样，不让干拉倒，大热天的谁想跑房顶上晒太阳？

你们怎么跑到我房顶上去了？莫医生仰着脸喊。

筑漏呗，你不是向房管所打了修房报告吗？姓孙的说。我

木壳收音机　165

们在上面忙了一上午，连半口水也没喝到。

筑漏？我的房子不漏，为什么要筑漏？莫医生觉得很疑惑，他说，你们肯定弄错了，我没有打过修房报告，我的房子也不漏。

你是香椿树街十七号？你不是邓来先吗？

果然弄错了。莫医生舒了口气，指指北面的方向，这是七号，十七号在前面，化工厂隔壁，你们下来赶紧去吧。

我们得歇一会儿，我们累坏了。房顶上的人说。

你们既然累了就歇一会儿吧。莫医生想了想说。他走进屋子后用力关上了门。地上很潮湿，这是雨季留下的烙印。莫医生发现家中的地面和桌椅到处落下了墙泥以及毛茸茸的灰尘，墙上祖传的挂钟位置也倾斜过来。这就是房顶上的两个泥瓦匠的责任了。莫医生想想这事来得莫名其妙，心情也因此变得更加恶劣和低沉。

莫医生拧响了木壳收音机，电台正在播放一段熟悉而难以记住的乐曲。莫医生知道在乐曲播放完毕后就是天气预报节目了，他坐在红木靠椅上，静心等待那个圆润动听的女声的出现。天气情况，最高气温和最低气温。风向和风力。多年来莫医生一直习惯于午间收听天气预报，他对这个节目的程式可以倒背如流。木壳收音机里的音乐戛然而止，然后出现了一片沙沙的磁盘空转的声音，然后女播音员的声音准时响起来，一切都在娓娓地重复，但当她谈到气温的时候，莫医生愣了一下，很快发出了一声惊叫。

今天最高气温二十五度，最低气温三十一度。女播音员说。

莫医生从红木靠椅上站了起来，他听见自己的叫声在闷热的房屋里悠悠回荡，散发的情绪介于欢喜和恐惧之间。莫医生弯下腰，凑近了木壳收音机朝它注视着，他觉得手足无措。说错了，你说错了。莫医生拍了拍收音机。那个播音员一无察觉，现在重复一遍，她在收音机里说，今天最高气温二十五度，最低气温三十一度。

不对。她在胡说八道。莫医生拧小了收音机的音量，走到后门的石阶上。莫医生端着脸盆在石阶上擦洗。穿城而过的河水就在他的脚下汩汩流过。河水是暗绿的类似苔藓的颜色，微微泛着氨肥的气味，水面上时而可见零星的油污、死鼠和形状各异的塑料制品。莫医生最后举起一盆水自头顶往下浇去，他看见紊乱的泛着肥皂泡沫的水流激溅而下，沿着石阶汇流到河水中去。

铁路桥横跨在百米之遥的河面上，午后一点相对静寂，没有车辆从那些菱形的桥栏里急速驰过。莫医生远眺铁路，两手绞干了毛巾。屋里的收音机换了一套节目，是弹词开篇《林冲夜奔》。莫医生一边擦着身体，一边听着陈旧的听过无数遍的弹词。林教头烧了马料房，顶风冒雪直奔梁山泊而去。评弹艺人在收音机里抑扬顿挫地说。莫医生微笑了一下，他对着桌上那台收音机做了一个轻蔑而猥亵的动作。

你们都在胡说八道。他说。

莫医生孤身一人住在这栋临河的房屋里。莫医生有午睡的习惯。莫医生有午睡时听收音机的习惯。莫医生有时候认真地收听午后的评弹节目,有时候想着忍冬和黄芩这些草药,有时候想着粉红色的内脏和蠕动其中的细菌以及积液。有时候莫医生什么也不想,很快睡着了。除了桌上那台木壳收音机,偌大的房屋里空空荡荡,莫医生或者睡在床上,或者睡在地板上,或者干脆睡在方桌上。只要能够顺利入睡,莫医生就能听见自己的心脏猛地敲击一记,就像墙上的挂钟一样,然后他就睡着了睡着了就什么也听不见了。

但是莫医生没有睡着。屋顶上的两个泥瓦匠始终没有下来。他们在屋顶上不时地踩动青瓦,弄出一些清脆的刺耳的声响。莫医生不知道他们长久地逗留在上面出于什么用意,从天窗玻璃上可以看见他们晃动的身影。他们马上就要下去了,莫医生想,用不着去催促,他们马上就会下去了。他们不会无缘无故地留在我的房顶上的。莫医生想着,看见天窗玻璃突然黯淡了一下,好像有一张报纸盖在上面了,然后有什么东西软软地摊在报纸上,又有一只重物砰地撞击了天窗玻璃,他们还在干什么?莫医生惊诧地从草席上爬起来,他跳到桌子上仰脸朝天窗张望,终于发现压在上面的是一堆卤菜和一瓶酒。这么说他们正在我的房顶上就着卤菜喝酒?莫医生苦笑着摇了摇头。他抓起一根竹竿朝天窗玻璃捅了捅,你们快给我下来,你们凭什么在我的房顶上喝酒?

屋顶上的两个泥瓦匠没有丝毫动静。莫医生想也许是收音机开着,又隔着一层屋顶,上面的人听不见。莫医生就抓着竹竿走到后门那里,用竹竿的头端敲着瓦棱,你们快下来,你们不是要去十七号筑漏吗,怎么在我的房顶上喝起酒来了?

不去十七号了,我们喝点啤酒解解渴。姓李的说。

你也上来喝点吧,最好带一只杯子上来。姓孙的说。

我要午睡。你们要喝酒下来喝,随你们上哪儿喝,就是别在我的房顶上。莫医生用竹竿继续敲击着瓦棱,提高了嗓音说,我真不懂你们为什么要跑到我的房顶上喝酒。

你睡你的,我们喝我们的,别管闲事。姓孙的说。

可是你们在我的房顶上喝,吵得心烦。莫医生说。

谁说是你的房顶?屋子里是你的地盘,房顶可不是你私人的。姓李的哂笑了一阵说,我们是房管的,我们最懂这些了。

你们都在胡说。莫医生涨红着脸说。我从来没碰到过这种怪事。莫医生还想说什么,最终还是语塞。他抓着竹竿走进屋子,突然骂了一句脏话。他想起这就是棉花店女人骂的那句脏话,竟然很快被自己动用了。莫医生想这是因为他气愤过度的缘故,对此他并不感到自责。

莫医生重新躺到凉席上,听见收音机里的弹词已接近尾声,他无奈地意识到这天的午休将归于失败。他睡不着,也不想起来整理一周来接触的病例。莫医生怀着一种憎厌的心理想到一些令人恶心的东西,譬如湿疹和痔疮,譬如尿失禁和前列腺肥大症,它们现在就像烂糟糟的卤菜,从莫医生的眼前一一掠过。

大约是午后两点钟,有人忽轻忽重地敲着莫医生的门。莫医生开门看见一个穿灰裙的女人站着,她身后跟着一个十岁左右的小男孩。莫医生想起男孩是他的一个病员,几乎隔一个月就要跟他母亲来一趟。男孩患了肾炎,因为拒绝打针就被他母亲带到莫医生这儿来了。莫医生是中医,莫医生从来不给他的病人打针。

穿灰裙的女人以一种温柔的姿势牵着男孩的手,男孩的手却下意识地挣脱着,他的手里握着一个彩纸和细木棍做成的风车。莫医生注意到那只彩色小风车,它由红、黄、蓝三色组成,在幽暗的屋子里异常眩目。

敲门敲了好一会儿,莫医生在睡午觉?女人坐下来后问。

你听见房顶上的响动了吗?你猜是什么人?两个泥瓦匠,他们在我的房顶上喝酒。他们说房顶不是我私人的。

尿还是不好,又黄又浑,我拿到医院验了一下,红血球还有两个"+"。女人迟疑了一会儿说,真把人急死了。

你说什么?莫医生如梦初醒地去抓孩子的手,孩子敏捷地闪开了,他鼓起腮帮吹着风车,风车无力地转了一圈又停住了。莫医生再抓孩子的手,这回抓住了。别躲。莫医生说,不把脉怎么给你治病?莫医生屏息感受着男孩的脉息,视线却被男孩另一只手里的风车所吸引,莫医生觉得风车的彩色叶片鲜艳刺眼,他忽然产生了一种虚弱而困倦的感觉。

我真不明白这么多帖的药下去,孩子的病情怎么还不见好?女人抚摸男孩细软的头发。她说,我真是急死了。

孩子是不是偷吃咸的了?我告诉过你别让他偷吃咸的。否则我的药方不起作用。

我真是急死了。女人对莫医生的问题不置一词，她说话的声音变得喑哑凄楚，有没有办法让孩子沾点盐？大人老不吃咸的也不行。别说这么小的小孩子。

莫医生微笑了一下，他觉得女人的想法很奇怪也很糊涂，莫医生说，你不是在给孩子治病吗？治好了就能吃咸的，但是治疗过程必须忌盐，你不能让他偷吃咸的了。

我只是让他沾一丁点咸的。想让他长点力气。

莫医生叹了一口气，他的心里涌上一种愤怒的情绪，又不宜表现出来，他突然觉得无需跟这个女人费什么口舌，于是，他转向孩子说，你想病好吗？想病好可别偷吃咸的了。

不想。男孩大声地说，我就要偷吃。

不想？莫医生又微笑了一下，然后他俯在男孩耳边说，难道你不怕死吗？

我不死。我才十岁。你才会死呢。你马上就要死了。

莫医生吓了一跳，松开男孩细瘦的腕部。莫医生装作没听见男孩的话。让我看看舌苔。他用消过毒的木片撬开了男孩的牙齿，动作有点粗暴，男孩发出了一声尖厉的哭叫。穿灰裙的女人在一边不满地说，请你轻点，孩子说话不懂事。莫医生摇了摇头，他想孩子确实不懂事，但你做母亲的也不能处处宠着孩子。再想想确实没有必要跟一个患病的孩子怄气，于是他换了一种轻松调侃的语气对女人说，你听今天的天气预报了吗？播音员说今天最高气温二十五度，最低气温三十一度。莫

木壳收音机　　171

医生说着自己先笑了起来，他说，真滑稽，播音员重复了两遍，结果都说错了。

我不听天气预报。我没有闲工夫听。女人随口附和着，侧脸看了眼桌上的木壳收音机，收音机里现在没有节目，红色指示灯却亮着，仔细分辨时可以听见嗡嗡的电流声。女人说，没有节目了，你还开着收音机？

马上就有新闻节目，我在家就得听收音机，到夜里九点钟才关掉。莫医生伏案写了一纸新的药方，塞到女人的手里，他说试试这帖药，也许病情会很快好转，千万记住别让孩子沾盐，否则他的病永远好不了的。

女人已经站了起来，她牵着男孩的手走到门口，突然回眸注视着莫医生，一副欲言又止的样子，而男孩再次挣脱了他母亲的手，他的一只脚踩在外面的街道上，另一只脚踏着莫医生家的门槛。我不要玩风车了，送给你玩吧。男孩一边说一边用力将风车扔进莫医生的家里。莫医生看见那只残破的风车无声地落在地上，看上去就像一只滑翔的彩鸟。

你脸色很难看。女人终于对莫医生说，你是不是有心脏病？你肯定有心脏病吧？

莫医生又吓了一跳，他不知道女人凭什么判断他有心脏病，况且她还是登门求医的病人。莫医生注意了女人脸上的表情，她的表情含有一丝狡黠和复仇的意味。莫医生下意识地摸了摸自己的心脏部位，心脏病？他说，也许有一点，问题不大，我会给自己治病的。

你要当心。女人拉着男孩走了几步，最后回过头朝莫医生喊了一句。

街上洒着一半淡金色的阳光，另一半则是经屋檐遮挡后产生的阴影。莫医生站在门口目送母子俩远去心里突然有些疑惧。你要当心。他琢磨着女人的这句话，听见房顶上突然哐啷滚下一件东西，是一只酒瓶，一俟落地就碎成几片了。莫医生从玻璃残片中嗅到了强烈的酒气，他朝房顶上徒劳地仰望着，什么也看不见。唯一可以肯定的是两个泥瓦匠仍然在上面喝酒。莫医生张大了嘴，他想高声地喊叫什么，喉咙却变得干涩发黏，伴随着一种刺痛，他的脑袋也晕眩起来。没办法，就让他们在我的房顶上喝下去了，看他们能喝到什么时候。莫医生回屋关上了门，他感觉到了身体内部出现的变化，他想在弄清病因之前首先应该给自己量量血压。

莫医生坐到楸木圆桌前，将绷布绑在手臂上，绑了好几次才绑紧了，然后他竖起血压计的盒子，开始给自己测量血压，他听见桌上的木壳收音机里出现了前奏曲的音乐，它预告了新闻节目的来临。莫医生想音乐并不妨碍他测量血压，但奇怪的是水银柱在不断上升，他却始终听不见那熟悉的咔嗒一声。莫医生恐慌起来，难道我的血压高得已到极限了？莫医生觉得他的脑袋很沉重，他的虚弱的肩胛、脖颈和脊椎支撑不住他的脑袋。莫医生坐在椅子上慢慢往下塌陷，往右侧倾斜，他最后看见的是被男孩丢弃的彩色风车，它就丢在莫医生的脚下，他最后看见的是彩色风车的自然旋转。午后有风从临窗的河面上轻轻拂来，那只彩色风车在微风中飒飒地旋转起来。

到了黄昏，莫医生家里有收音机奏起一支欢乐而喧闹的进行曲，房顶上两个醉酒的泥瓦匠就是被乐曲声惊醒的，他们觉得音乐响了很久了，那台收音机几乎要把他们的耳朵震聋了。姓李的瓦匠爬到屋檐边，发现原来架在西墙上的梯子不知被谁抽走了，梯子跑掉了，我们怎么下去？姓李的瓦匠对姓孙的说。跳呗。姓孙的迷迷糊糊地回答。姓李的又问，从哪里跳呢？姓孙的说，废话，当然从最矮的地方跳。

姓李的泥瓦匠选择了莫医生的后门，那里距屋檐不高，而且地上有一只盛满鸡毛菜的破篮子，还有一只红色的塑料痰盂。姓李的先弓着腰往下跳，恰恰跳到鸡毛菜里，软绵绵的，一点也没有不适的感觉。姓李的高兴地叫了一声，然后他掀起了莫医生家后门的竹帘，径直闯了进去，借个道走走，我要走到街上去。姓李的走过莫医生身边时，朝他肩上亲昵地拍了一下，莫医生没有动。姓李的说，怎么你还在生我们的气，我们这不是下来了吗？莫医生仍然没有动。这时候姓李的看见了桌上的血压计。怎么还有自己给自己量血压的？姓李的走过去拽了拽血压计上的连线，桌子上的血压计和椅子上的人同时摔到了地上，这时候他才发现事情有些蹊跷。

快来看，这人是怎么啦，姓李的匆匆跑回后门的石阶上，他看见姓孙的站在齐腰深的河水里洗头，他好像顺手在莫医生的窗前捞了块肥皂。姓李的看见姓孙的用肥皂一遍遍地往头上抹，然后一次次地往水里沉，姓李的看见姓孙的脑袋，一会儿是白的，一会儿是黑的。而且姓孙的根本不理睬姓李的叫声。

虽然夏季的河水很脏很臭，姓孙的泥瓦匠还是洗得很惬意，他看见从河的上游驶来一条木船，船舱里满载着棉布和谷糠。撑篙的是个年轻的女人，摇橹的是个更加年轻的女人。姓孙的泥瓦匠莫名地觉得快乐，他朝木船挥舞着湿漉漉的汗背心。

你们要去哪里？姓孙的高声呐喊。

去常熟。船上的人回答说。

（1991年）

灰呢绒鸭舌帽

老柯的那顶鸭舌帽是灰呢绒的，看上去似乎有一段历史了。事实确实如此，购置那顶帽子的人是老柯的父亲。老柯的父亲年轻时风流倜傥，喜欢收集各式各样时髦的帽子，灰呢绒的鸭舌帽是他在旧上海的一家洋货行偶然购得的，帽子制作精良考究，尤其是内衬用柔软的海绵和苏格兰绒布缝制，这使他光秃的头顶感到异常舒适。

老柯的父亲生前最喜欢那顶灰呢绒鸭舌帽，当他濒临弥留之际把帽子传给了唯一的儿子，老柯记得父亲让他弯下腰，他弯下了腰，父亲冰凉的颤索的手在他头发的空隙中慢慢地划动，你也开始谢顶了。父亲突然说。老柯看见父亲枯槁的脸上浮现出一丝欣慰的笑容，然后他从枕边拿起那顶灰呢绒鸭舌帽，艰难而又很坚决地把它戴在了老柯头上。

这顶帽子很好，留给你戴吧。老柯的父亲最后对老柯悄悄耳语说。

老柯记得父亲让他靠近他的嘴唇，他就把右耳一点点地贴近父亲失血的干瘪的嘴唇，结果他听见的就是这句话，这顶帽子很好,留给你戴吧。老柯想也许是父亲在帽子内衬里藏了什么东西,所以在为父亲守灵的时候,老柯曾经偷偷地拆开了帽子的内层,但是里面什么也没有,帽子里面竟然什么也没有,这种结果同样出乎他的意料。老柯不知道父亲为什么独独要给他留下一顶帽子,他对这种可有可无的东西从来都采取藐视的态度,老柯觉得十顶帽子加起来也不及一双袜子重要。

那顶灰呢绒帽子在箱子里存放了大约两年时间。两年以后一个秋天的早晨,老柯早早地起床为妻子和儿子准备早饭,他隐隐察觉出妻子在背后注视着自己,妻子正对着镜子梳理她的一头秀发,但她不时地侧过脸看他的后脑勺,而且她的表情显得有些古怪和神秘。

你在看什么?老柯问。

看你的头发。妻子脸上突然出现一种暧昧的笑容,她用木梳随意指了指老柯,你的头发越来越少了,好像每天都在掉,看上去很滑稽,就像——

就像什么?

就像儿子图画本上的太阳,四周涂了些光芒,中心是空的,光秃秃的,妻子扑哧笑了一声,她观察着老柯的反应,发现他的茫然多于愠怒。你过来。我再拿面小镜子,让你看看自己的头发。

老柯顺从地站在两面镜子之间。这样他第一次看见了自己头发的形状,夸张地说很像儿子随意画的太阳和光的形状。一切都酷似已故的父亲。在这个春寒料峭的早晨,老柯不无酸楚地想到了人类遗传方面的一些危害，仅仅几年光阴，他的一头乌黑发亮的头发就消失不见了，就像一些干草被风卷走了。即使是一个不修边幅的男人，也是一种残酷的打击了。

我有一顶帽子，我要戴那顶帽子去上班，老柯后来用一种严肃的语气对妻子说。老柯所说的就是那顶灰呢绒的鸭舌帽。

就这样箱子里存放了两年之久的灰呢绒鸭舌帽被翻了出来，老柯的妻子把它挂在窗外晒了一天的太阳，等到太阳落山，帽子上的霉味也消失殆尽了。老柯的妻子后来又细针密线地缝好帽子脱落的内衬。

香椿树街的男人们衣着简朴，不事修饰，不管什么季节很少有人戴帽子，戴灰呢绒鸭舌帽的老柯因此显得与众不同，帽子成了老柯的标志，人们可以从很远的地方发现那顶帽子，常常就在很远的地方招呼老柯，老柯，剃头去呀？

这当然是男人之间常开的玩笑，老柯对于他们无礼的调侃挖苦并不计较。他想你们头发茂密也不是什么骄傲；谢顶的人即使变成秃顶也没什么可耻的，不过是每人的生理状况有所不同罢了。但是老柯意识到自己内心多少有点问题，每次经过街口的理发店他都会偏过脸去，为什么要偏过脸去？是不是有点心虚和羞怯？老柯在心里拷问自己，这时候他感到一种难以言传的孤独，夹杂着无可奈何的怨恨，老柯发现自己有点怨恨已故的父亲，假如不是父亲的遗传因子，他也会像所有的香椿树街男人一样经常光顾理发店了。

秋去冬来，老柯在天寒地冻之季常常留心那些街头偶遇的戴帽子的男人，他注意到他们露出帽圈外的浓密的头发，看来他们只是把帽子作为御寒之用，老柯仍然觉得自己与人群格格不入，唯一聊以自慰的是那顶家传的灰呢绒鸭舌帽，它在所有的帽子中显得独树一帜的高雅风格，从众多的粗糙俗气的工作帽、军帽和老式毡帽中脱颖而出。

不知是从哪天开始的，老柯开始欣赏起父亲留下的这顶帽子，他发现自己似乎离不开它了，即使在家里他也时刻戴着。夜里，睡觉前他把帽子挂在床栏杆上，早晨醒来的第一件事就是去摘那顶帽子。这个古怪的习惯渐渐引起了妻子的厌恶，有一次她拉住了老柯伸向帽子的那只手，烦死了，从早到晚戴着那顶帽子，老柯的妻子掩饰不住她的恶劣的情绪，她说，我从来没有嫌弃你秃顶，你何苦一睁眼就去摸那顶该死的帽子？

不，不是这么回事。老柯说，你不懂，我现在戴惯了它，没戴帽子反而不舒服，好像缺了点什么。

那么到了夏天你怎么办？到了三伏大热天你也戴着它吗？老柯的妻子诘问道。

我不知道，到了夏天再说吧。老柯沉思了一会儿，含含糊糊地把这个问题搪塞过去了。但是妻子无疑提醒了老柯，到了夏天怎么办呢？老柯确实拿不定注意，他想以后的事就以后再说吧，冬天过去了还有春天，夏天是否戴帽子就到夏天再决定吧。

日子一天天穿梭而过，时光就在窗外的香椿树街上一点一滴地流淌。老柯这一年三十五岁。老柯三十五岁时头发所剩无几，他依稀记得父亲在世时曾经预言，柯家的男人到了三十五岁就成了秃头了，你到了三十五岁也过不了这一关的。老柯偶尔站到镜子前，摘下帽子，脑袋转来转去，从各个角度端详分析自己残存的那些发茎，他发现这半年来他的脱发现象似乎越来越严重，他不知道是手里这顶灰呢绒鸭舌帽坏了事，或者是命运注定他的头发将继续不停地脱落下去？老柯低头凝视着父亲留下的灰呢绒鸭舌帽，突然觉得自己的头发乃至整个生活都被父亲和父亲留下的帽子控制住了，细细想来这似乎是一件天经地义的事情。

老柯用双手轮流揉摸着他的灰呢绒鸭舌帽，手指动作温柔而娴熟，这顶帽子有时令他惶惑，但他深知自己是爱惜这顶帽子的。不管怎么说，老柯已经离不开他的帽子了。

事情发生在清明节的前一天，老柯一家搭了一辆大卡车前往郊外的公墓，车上的人大多是香椿树街的，他们结伴去公墓给自己家族的亡灵祭扫焚香，其间夹杂着一些快乐的吵吵嚷嚷的孩子。老柯一家在卡车上并不引人注目。只是在卡车启动驶离化工厂前的空地时，人们听见老柯的妻子说了老柯一句，去扫墓你还带着帽子？而老柯对妻子的当众抢白似乎有点愠怒，他不耐烦地避开妻子的视线说，你什么都管，到公墓再摘掉不就完了吗？

去公墓要驶过一条长长的乡村公路，碎石路面铺得很粗糙，卡车因此不时地颠晃着，孩子们都被他们的母亲搂住坐在车厢里，男人们则都站着，一边观望着春天的乡野景色一边随意地交谈。那天的风很大，站立的男人们都被大风吹得眯起了眼睛，他们的头发和衣领也被吹得飘飘扬扬的。事情也许就缘于那天的风，人们看见老柯的帽子突然被卷到了空中，就像一只无形的手突然把老柯的帽子摘到了空中，老柯惊叫了一声，他下意识地举起手去抓他的帽子，但只触到了帽子的边缘。卡车上的人都仰头看那顶帽子，它只在空中滞留了短短的瞬间就开始向下滑翔了。令人吃惊的是老柯对这次意外作出的反应，卡车上的人都看见老柯飞身跨出卡车挡板去抓那顶帽子，老柯就这样以一种奇怪的姿势跌到了乡间公路上。

事情是在几秒钟之内发生的，老柯的妻子因惊吓过度昏厥在卡车上。后来卡车调转方向折回城里，那些遇险不惊的男人把受伤的老柯抬进了一家医院。那时候老柯已经无力说话，他的一只手艰难地抬起来向旁边的人索取着什么，帽子，他要帽子。有人说。于是老柯的那顶灰呢绒鸭舌帽最终又回到他的手中。

老柯在医院里挣扎了一天，但死亡之光仍然一点点地爬上他苍白失血的面颊。老柯的妻子带着儿子守候在床边，她看见老柯的手里还紧紧握住他的帽子。女人突然迁怒于那顶帽子，她啜泣着去抽老柯手里的帽子，老柯却抓得很紧。该死的帽子，都是帽子害了你。女人啜泣着说。她看见老柯的唇边浮出一丝令人费解的微笑，老柯轻轻摇了摇头，但他的手终于松开了那顶帽子。老柯的眼睛充满柔情地注视着儿子，嘴巴张大着，想说什么却又说不出来。于是老柯的妻子只能一遍遍地征询他的意思。

你想把帽子留给儿子戴？

老柯点了点头，但他仍然张着嘴想说话。

现在就给儿子戴？现在给他戴太大了。不合适吧？

老柯摇了摇头，他的手抬起来想去触摸儿子的头顶，但是这次最后的触摸没有成功，不仅因为老柯的手已经无法抬高，更因为老柯的儿子年幼无知，儿子尖叫一声逃离了父亲沾满污血的那只手，躲在了他母亲的身后。

灰呢绒鸭舌帽从病床无声地滑落到水泥地上。老柯的妻子俯身捡起帽子，随手掸了掸上面的灰尘。我知道你的意思了，日后儿子的头发假如像你一样，让他也戴上这顶帽子。老柯的妻子一声声地啜泣着说，不管这顶帽子是不是吉利，我会按你的意思做的。

老柯的妻子以为自己了解老柯遗愿，但她后来发现老柯一直在微微地摇头，直到最后老柯的呼吸猝然中止。老柯的妻子对死者遗愿仍然一知半解，这是她在后来的孀居生活中无法解脱的一个疙瘩。

多年以来香椿树街人对老柯之死记忆犹新，人们因此对老柯的儿子的成长倍加关注。那个调皮的被母亲宠惯的男孩已经长大，人们都叫他小柯。

小柯经常骑着一辆蓝色的自行车在街上来去匆匆，聚集在杂货店门口聊天的妇女也经常讨论小柯的容貌长相像他父亲还是母亲，尤其是小柯的头发到底像他父亲还是母亲，这些讨论貌似琐碎，其实却是对一个街坊邻居善良的关怀了，因为上了年纪的人都记得老柯的头发和帽子的故事，而且那确实是一个不幸而古怪的故事。

杂货店门口的妇女们无法确定小柯到底像谁，后来她们一致认为小柯既像他母亲又像他父亲，说起来这也是一个正常的结论，作为一个英俊的追求时尚的青年，小柯喜欢在短夹克里随意系上一条格子围巾，但他从来不戴帽子，这种服饰打扮与他亡父当然是格格不入的，而小柯生活的时代与灰暗单调的六七十年代更加是两个世界了。

小柯的母亲是个神经质的女人，她经常趁儿子熟睡之际偷偷捋顺他凌乱的头发，小柯有时被母亲所惊醒，他对母亲的这个习惯很反感。小柯不知道母亲心里的事情。小柯的母亲不知道儿子的头发以后会像她还是像他已故的父亲，不知道以后该不该把柯家留传的灰呢绒鸭舌帽传下去。小柯现在正是二十岁的青春年华，小柯到了三十五岁会不会谢顶落发？即使是他的母亲也无法判断。

（1993 年）

狐
狸

从前香椿树街没有一所学校，人们后来常常提起的红旗小学是由废弃的教堂改建的，那时候来自异域的传教士早已远离这条世俗的没有信仰的街区，教堂附近杂草丛生，酿酒厂的残渣垃圾被随意地堆放在礼拜堂里，而传教士曾居住过的青砖小楼里住着酒厂的一群粗蛮的外地民工，他们把楼梯和凉台弄得尿迹斑斑污秽不堪，红旗小学来之不易，那些创业时期的老教师后来习惯于对新来的教师回忆当初艰苦办学的情景，关于狐狸的故事也是那些白发教师在课间休息时最喜欢的话题。

倪老师初到学校就很引人注目，她是被红旗小学的第一任校长郑老师领进简陋的办公室的。人们记得她梳两条长辫，辫梢上扎一对豆绿色的蝴蝶结，她的裙子和随身带来的皮箱也同样是雅致耐看的豆绿色的。办公室里的教师们都立刻注意到了倪老师的美丽，不仅由于她的天生丽质和脉脉含情的微笑，更由于她的谈吐举止处处显示出香椿树街地带所罕见的大家闺秀风范。

学校后面的那座青砖小楼现在做了教师的宿舍。住宿舍的除了新来的倪老师，还有军属袁老师和她的五岁的小女孩。小楼是西洋式的砖木结构，有一个很大的凉台，凉台恰恰被楼前高大的悬铃木树的枝叶所覆盖，透过绿色的枝叶可以看见整个简陋的校园，灰土操场，两排用碎砖残瓦垒砌的教室，还有那座被改称为礼堂的从前教士布道做礼拜的礼拜堂。倪老师似乎很快就喜欢上了这个凉台，最初几天袁老师发现她每天早晨都站在凉台上，梳头，洗漱，更多的时候是在读一本封皮磨损了的外国小说。

两位女教师第一次交谈虽然内容普通，属于必要的寒暄，但袁老师仍然对倪老师的一些出乎意料的回答将信将疑。

你今年不到二十岁吧？

哪里，我都快满三十了。

袁老师不相信这个年龄，但对方的微笑看上去是诚实的善意的。

他们说你是浙江人，我也是浙江人，可我听你说话倒像是北方人？

我从小死了父母，寄养在亲戚家里，我在天津长大，后来又去上海念书，连我自己也弄不清我说话是什么口音了。

你在上海念的什么学校？是女子师范吗？

是的，我念的学校没有名气，只念了两年，后来生了一场病就辍学了。

袁老师察觉到对方脸上渐渐有一种不悦之色，于是谈话就戛然中止了。两个女教师站在绿叶掩映的凉台上,起先挨得很近,慢慢地就分开了。沉默了一会儿,倪老师突然指着楼下的一丛紫荆说,那丛紫荆挺好看的,我最喜欢紫荆花了,袁老师漫不经心地扫过倪老师手指的方向,目光停留在前面的灰土操场上,袁老师重新朝倪老师身边靠近了一些,然后她用一种紧张不安的语调说,你知道吗,操场上有狐狸出没,前天夜里我看见一只狐狸,一只雪白的狐狸从操场上跑过去了。

倪老师教音乐课,也教美术课。她在教室里教孩子们唱歌的时候办公室里的人也在侧耳倾听。他们觉得她唱歌的方法很特别,懒洋洋的但却很动听,年纪大一些的则回忆着从前在哪里听到过这样的歌谣,一个白发苍苍的女教师不屑地说,有什么好听的?是旧社会歌舞厅里歌女的那一套。

趁倪老师不在办公室之际,教师们开始谈论她的来历。袁老师不失时机地对这个新同事提出了各种疑惑,包括年龄、学历和籍贯各方面。我觉得她说话躲躲闪闪的,好像心里藏了什么鬼。袁老师说,她每天都在凉台上洗头发,夜里也洗,昨天夜里我听见凉台上有泼水声,跑出去一看,又是她在那里洗头,黑漆漆的披散着长发,穿了件白裙,像个女鬼,倒把我吓了一跳。我问她怎么天天洗头,你们猜她怎么说?她说我不能把头上的粉笔灰留到明天,我喜欢每天都干干净净地上床睡觉。

她这么爱干净?一个教师说。

这么爱干净也是正常的,人家还是个姑娘。另一个教师说。

可是她不像个当教师的人，越看越不像。袁老师的神情显得很迷茫，她注意到同事们都在等着她的下文，但她突然噤口不语了。过了一会儿袁老师扑哧笑了笑，她说，我每次给学生讲问号的使用时，脑子里就浮现出倪老师的脸，你们说奇怪不奇怪？

两个女老师的宿舍仅隔着一道薄墙，那些夜晚袁老师时刻倾听着墙壁另一侧的动静，直至沉沉的睡意袭来。除了小楼下杂草丛中夜虫的鸣唱和远处夜行火车的汽笛声，袁老师什么也没听见，学校的秋夜异常宁静，两个单身女教师的夜晚也同样地清淡如水。

袁老师后来终于听见了来自隔壁宿舍的那一声夜半惊叫，倪老师的惊叫声并不尖利，但听来非常恐怖。袁老师记得她奔出去敲倪老师的门时只穿着内衣，倪老师你怎么啦？袁老师等着倪老师来开门，但门仍然紧闭着，房间里无人应答，倪老师你怎么啦？袁老师很疑惑。她蹲下来寻找门上的一条缝隙，希望透过门缝发现里面的异常情况。但她很快发现那条缝被一张牛皮纸从里面贴住了，纸上映着一点黯淡的昏黄的灯光，袁老师不知道倪老师是什么时候把门缝封贴住的。

倪老师你到底怎么啦？袁老师的声音已经由焦灼变为沮丧，而且她身上单薄的内衣无法抵御秋夜的凉意。倪老师的宿舍里却依然一片死寂，似乎什么也没有发生。袁老师开始怀疑听见的惊叫是否幻觉，也抱着自己的双肩在倪老师的门前踯躅

狐狸 191

了一圈,这时候她清晰地听见门后拉动灯绳关灯的声音,然后床板嘎吱响了一下,倪老师大概上床睡觉了。

无论如何这是件怪事,袁老师一夜未眠,猜测着那声惊叫和倪老师拒绝开门的原因,她无法排遣一个令人不安的念头,倪老师是一个谜,这个新来的女教师到底是什么人?

第二天早晨袁老师看见倪老师站在凉台上刷牙,她的气色看上去与往日一样姣好清朗,即使是唇下的牙膏沫也没有掩盖她的美丽。袁老师端着女儿的便盆冷眼观望着倪老师,心里突然有一种被欺骗的感觉。

倪老师你昨天夜里怎么啦?

怎么啦?倪老师侧首朝袁老师笑了笑,她朝凉台下吐了一口水说,昨天夜里我怎么啦?

我听见你惊叫,够吓人的。

我惊叫了?我怎么不记得了?

你叫了,可我跑过去你却不肯给我开门,昨天夜里出什么事了?

什么事也没有。昨天夜里我看见了狐狸,就是你说的那只狐狸,白色的小小的狐狸,它从操场上跑过去了。

你真看见了狐狸?袁老师的脸上掠过一丝惊诧的表情,她心里清楚那天关于狐狸的话题是一种即兴发挥,其实她从来没有看见过操场上的白狐狸。

当然是真的,我站在窗边,看见那只狐狸从操场上跑过去了。

我不相信，我在这里住了三年了，从来没有见过狐狸。袁老师说到这里意识到露了破绽，于是又补上一句，我只是听别人说夜里操场上有狐狸出没。

倪老师的嘴角上浮现出一丝隐晦的冷冷的笑意，她随手将脸盆和杯子里的水朝楼下泼去，这么说袁老师你在说谎？倪老师说，假如你是骗我的，那我也是骗骗你的，根本就没有什么狐狸。可是我听见你叫了，我拼命敲门你却没有开门。

我喜欢一个人。倪老师最后的回答听来意义含混，但她的敌意似乎是明显的。倪老师手里的脸盆和脸盆里的杯子牙刷乒乒地碰撞着，她的脸现在是阴沉着的，这使她的容颜接近三十岁而不是二十岁这个年龄。袁老师有点窘迫地看着她从身边疾速闪过。我是好意，我是怕你有什么意外。袁老师朝倪老师的背影喊了一句，但倪老师似乎充耳未闻。

是一个薄雾袅袅的早晨，红旗小学简陋的校舍湮没在雾气和鸟鸣声中，孩子们还没有上学，这是一天中最宁静而抒情的时刻，但袁老师却无心欣赏小楼周围的秋日晨景，对于倪老师的种种怀疑和猜度像一片乌云在她心里飘来荡去，这个奇怪的女人到底是怎么回事？

两位教师的关系已经失去了所有温和或礼貌的色彩，不管是在小楼上还是在办公室里，她们都是侧目而视。最让袁老师耿耿于怀的是倪老师的敌意居然殃及小孩子，袁老师三岁的女孩摔在楼梯上嚎啕大哭时，倪老师从孩子身边绕过去，居然不

狐狸 193

肯伸手把孩子扶起来。袁老师在办公室里向同事们多次谈及此事，我看她根本不是做教师的人，袁老师难以掩饰她的愤怒和刻毒的情绪，她说，天知道她是干什么的，谁知道她的来历？谁知道她的出身？我看她以前干什么事都像，就是不像学生，不像做教师的人。

办公室里的人对袁老师的话题似乎都很感兴趣，但是没有人附和她，他们更喜欢听而不喜欢说。唯一作出反应的是红旗小学的校长老郑，老郑皱着眉头批评了袁老师，不要在背后这样议论别人，影响同志间的团结，再说你对倪老师这样妄加猜测没有证据。

证据？袁老师冷笑一声，证据迟早会有的，我相信我的直觉，你们等着吧。

袁老师一直等待着的机会有一天似乎突然来临了，下午放学后她在楼上晾衣物，看见楼下有三个中年男子朝上面张望，仅从他们西装革履的服饰打扮来看，袁老师就可以判断客人来路不正。

你们找谁？袁老师一边高声询问一边抓紧了手里的叉杆。

倪香红住这里吗？楼下的男人操着典型的北方口音。

没有倪香红只有倪红。袁老师话刚出口就意识到一个新的问题，倪老师原本不叫倪红，她是改过名字的。

这时候倪老师已经来到凉台上，袁老师听见她边走边嘀咕着，谁找我？怎么会有人找我？当倪老师扶住凉台的木栏杆朝下张望时，一边的袁老师发现她的眼睛里闪过一丝慌乱，脸色也变得苍白如纸，这使袁老师感到一份惊喜，她对身边的这个女人机械地重复着，有人找你，有人来找你了。

倪老师没有说什么，倪老师提着她的灰丝绒裙子朝楼下飞跑，她很快和那三个陌生男人站在一起了。他们在说着什么，袁老师很想听但什么也没有听清，她猜这是倪老师在搞鬼，倪老师时刻提防着她的耳朵。

令人失望的是他们没有上楼，倪老师领着那三个陌生男人穿过操场往学校外面走。袁老师随即返回她的房间，打开了面对香椿树街的那扇西窗，西窗多年紧闭，插销已经锈死了，袁老师费了很大劲才把窗子打开，她看见了秋风暮色中的香椿树街，街上的那些正在关门打烊的小店铺和行色匆匆的路人，她看见倪老师和那三个陌生男人拐过街角，在织布厂的围墙后面消失不见了。

袁老师在剩下的黄昏时分里心不在焉，她不知道倪老师带着三个男人去了哪里，但可以确定他们之间一定有着什么不可告人的秘密，倪老师回来得愈晚问题也就愈严重，袁老师这样想着渐渐有一种如释重负的轻松，不管怎么说，她对倪老师来历的怀疑已经有了初步的证明，她相信事情已经露出端倪了。

天色已经昏黑一片，倪老师仍然没有回来，袁老师抱着女儿在凉台上朝校门口观望了一阵，看见的只是一片薄薄的幽暗和随风飘落的梧桐树叶，最后一个卖糖人的货郎正摇响拨浪鼓从街上经过。袁老师突然感到隐隐的恐惧，她想倪老师会不会出事了？这种结果是她害怕和不希望见到的。袁老师把女儿放

狐狸　195

到床上哄她睡觉，一边留心着外面楼梯上的动静。桌上的闹钟指针指向九点的时候，她听见从楼梯上传来一阵迟滞拖沓的脚步声。袁老师冲到门外打开了廊上的电灯，她看见倪老师站在她的宿舍门外，遍身寻找着她的钥匙。

你总算回来了。袁教师舒了口气搭讪道。

倪老师朝袁老师颔首一笑，她的脸色在昏黄的灯光下显得苍白可怖，笑意是凄凉而柔和的，袁老师已经很久没有看见对方的这种微笑了。袁老师忍不住想追问那几个男人的身份，但话到嘴边又咽下了，而且倪老师很快发现她出门前忘了锁门，钥匙正插在挂锁上，于是倪老师像平日一样取下挂锁，侧身进了她的宿舍。

怎么回事？袁老师独自在廊上站了会儿，想象着刚才倪老师离去的遭遇。没出事就好，人回来就好，袁老师咕哝着关了灯回到她的宿舍，她想隔壁这个女人的一切快要水落石出了，对于她的种种疑问也将会被确凿的证据所取代，现在袁老师心中有数，她觉得她应该上床好好睡一觉了。

午夜时分倪老师的宿舍里再次传来一声悠长的惊叫，比上次更加尖厉和凄烈，隔壁的袁老师和她的女孩一齐被惊醒了。袁老师听见板墙那侧响起一阵杂乱的脚步声，有人闯入了倪老师的宿舍。袁老师抱起被吓哭了的女孩，睁大眼睛坐在黑暗中，她知道倪老师这次的夜半惊叫是可怕的，而深夜的闯入者无疑是那三个陌生的操北方口音的男人，袁老师记得她听见了倪老师的求援的叫声，袁老师帮帮我，快来帮帮我！但她犹豫再三还是不敢出去，一半出于对那三个闯入者的恐惧，另一半也许出于对倪老师不友好态度的报复心理。袁老师甚至不敢开灯，她用手捂住了女孩的嘴制止她的啼哭，因为她害怕灾祸殃及她和她的孩子。

隔壁的嘈杂声很快平息下来，倪老师的嘴似乎也被堵住了，凭脚步声可以判断他们把倪老师弄下了楼。袁老师不知道倪老师怎么样了，最坏的估计是出了人命。后来袁老师跑到凉台上，出乎意料的是倪老师跟着三个男人走过操场，她好像没有受到伤害，在秋夜的月光下袁老师看见倪老师的丝绒裙子随风飘动，而且她的手里提着那口小巧的皮箱。袁老师没有想到事情的结果是这样，倪老师收拾了东西跟着那三个男人走了。

青砖小楼现在复归往日的寂静，但黑暗的空间里疑云密布，袁老师觉得倪老师如此不告而别，证实了以前对她的种种怀疑都是正确的，她感到一丝欣慰，同时也对女邻居产生了一种怜悯，不管怎么说，倪老师肯定是一个不幸的女人。

夜凉如水，已经看不见黑暗中匆匆离开的那四条背影了。袁老师正要返回宿舍，这时候她看见操场上有一团白影急驰而过，消失在礼堂的后面，月光照亮了那只动物的轮廓和皮毛，袁老师看清那是只白狐狸，真的是一只小小的白色的狐狸，真的是传说中的那只狐狸。

郑校长从区上带回消息说，来无踪去无影的倪老师果然是个女骗子,她是从丈夫身边逃出来的,而且她从前是在天津的妓院里被丈夫赎出来的。这样的一个女人,怎么能让她做人民教师?郑校长满脸羞惭地说,我们都让她给骗了。

骗得了别人骗不了我,袁老师打断了郑校长的话茬,她在学生作业本上连续打了几个问号,我第一眼看见她心里就有问号,你们知道为什么?因为我觉得她像一只狐狸。

(1993 年)

一个礼拜天的早晨

李先生大约在早晨五点钟左右醒来，他不记得自己是被邻家的公鸡啼醒的，抑或是被李太太梦魇中的一条腿压醒的，他记得有什么东西在他胸前重重地敲了一下，然后他就醒了。

是暮春的一个早晨，并且是礼拜天的一个早晨。李先生不用在打开煤炉煮粥的同时心急火燎地批改学生作业。李先生把李太太肥胖的身体温柔地搬动了一下，然后下床找到了四只拖鞋中的两只。右脚觉得紧绷绷的，仔细一看是女鞋，于是及时地作了调整。尽管这样，李先生走到天井里时心情仍然是愉快的，礼拜天的早晨总是使李先生感受到一丝别样的安慰和怜悯。

天井里的夹竹桃花开得很鲜艳，花蕊及枝叶间微微蕴藏了几滴露珠。李先生用一把小刀给那些价廉物美的花草松了松土，这时候他突然想起李太太昨夜关照的事情，买蹄髈。李先生嘀咕了一句，跳起来就回屋子，他找到菜篮子朝床上的女人嚷嚷了一句，我去买蹄髈啦。然后他把旧自行车哐啷哐啷地推出天井，走到外面的香椿树街上。

李先生就是那个骑自行车的人。李先生不管是去学校上课，不管是去杂货店买香烟火柴还是去公共厕所解手，都喜欢骑着那辆破旧的蓝漆已经斑驳的自行车。

自行车的圆锁已经锈蚀得很厉害，李先生没有再配新的，现在他用的是一种自制的由铁丝和废挂锁组合的链条锁，李先生骑在车上时就有一种琅琅之声尾随在他身后。

菜市场的电灯仍然乱七八糟地亮着，电灯下的人头攒动，买菜的人们脸上普遍残存着眼屎和瞌睡的痕迹。李先生看见他班上一个女生在买莴笋，她看见他时眼神好像非常惊恐，一猫腰就消失在菜筐后面，李先生觉得这个女生的表现很滑稽，到菜场买菜有什么不好意思呢？我是你的先生，我不是一样要拎着菜篮来买菜吗？人活着都要吃饭，要吃饭就要买菜的。

给我挑一只蹄髈。李先生对肉贩子说。

这只怎么样？肉贩子从案板上拎起一大块肉，大概有四斤重，便宜一点卖给你好了。

太大了。我家里的让我买一只两斤重的。李先生观望着案板上的一摊摊的肉、内脏和骨头，他说，吃不起，现在的猪肉比人肉还贵。

两斤重的还真难挑。肉贩子的手在案板上摸了一圈，最后拎起一块肉扔进秤盘里，就秤这块吧，看上去肥了一点，其实是肉蹄。

李先生根据形状判断肉蹄是蹄髈的某一变种，于是认可了

一个礼拜天的早晨　201

肉贩子的选择。最后他很干脆地跟肉贩子讨价还价，少付了两角钱。

李先生在替盆栽仙人掌浇水的时候听见厨房里乍然响起一声尖叫，什么蹄髈，是一堆肥膘。李太太伏在菜篮上表情悲痛欲绝，紧接着那块肉从窗口飞过来，恰巧落在李先生的脚背上。

是肉蹄，肉蹄就是蹄髈。李先生捡起肉对李太太申辩道，你怎么把肉当皮球一样乱扔呢？

你气死我了，连肥肉和蹄髈都分不清楚，我从来没听说过有肉蹄这种东西，什么肉蹄？是肉贩子骗你的鬼话，你还当真了，你要把我气死了。

李先生将肉举高了，仔细地检查了一遍，他的愠怒的表情渐渐变得无可奈何，最后他气馁地说，好像是更像肥肉一些，但瘦肉也还不少，就凑合吃吧。

说得轻巧。李太太隔窗厌恶地看着李先生和李先生手上的肉，她提高了嗓音说，多少钱一斤？他是按蹄髈的价格卖给你的吧？

不知道，反正我跟他还价了，我杀了他两角钱。李先生嗫嚅着，以一种息事宁人的态度安慰女人，就算是肥肉吧，做红烧肉也挺香的，我最喜欢吃你做的红烧肉了。李先生拎起那块肉往屋里去，他想把肉放到水池里。但是李太太突然冲过来用身体把他挡在门外，李太太的眼睛里闪着愤怒和怨恨的泪花，这使李先生感到惶惑不安，以往只有在李先生动手打她时，李太太才会有这种激动的反应。

你怎么啦？李先生拎着肉，站在台阶上进退两难，他说，为了一块肉，何必发这么大的脾气？

你倒是想得开？我问你你每月挣几个钱？那几个钱养家糊口都难，你凭什么白白给肉贩子送去六块钱？李太太穿着棉毛衫和短裤堵住李先生，她的脸因为情绪激愤而变得苍白。李太太突然想起一些伤心事，眼泪忍不住挂了下来，她说，我弟弟的结婚大事，你当姐夫的只肯掏五十元，可你今天白白送给肉贩子六块钱，你真的要把我气死了。

不到六块钱。李先生皱了皱眉头，他不满意李太太这种夸张的说法，我一共付了六块钱，怎么会是白白送他六块钱呢？这块肥肉本身也起码值三块钱。李先生扭过脸看着天井里的夹竹桃花，他停顿了一会说，肉贩子最多赚三块钱，赚就赚吧，只当是买回一只真蹄髈，反正一样地吃到肚里。

你要把我气死了。李太太抬手掠了一下蓬乱的头发，她用一种陌生的严峻的目光直视着李先生，你马上去菜场找那个肉贩子，你把这块肥肉还给他，把六块钱给我要回来。

我不去。我不想为了三块钱一天跑两次菜市场，要不是照顾你身体，我今天也不会去菜市场，也不会买回这块倒霉的肉。

你就这样照顾我。李太太鄙夷地冷笑了一声，然后伸手去夺李先生手里的肉。她说，你不去我去，你不在乎六块钱我可在乎，你身体娇贵一天不能跑两次菜市场，我是做佣人的命，一年四季我哪天不跑菜场？冬天买处理大白菜时我一天跑过五

一个礼拜天的早晨　　203

次菜场!

李先生躲闪着退到天井里，李太太不依不饶地冲过来，李先生终于忍不住又打了女人一次，准确地说是连推带搡了一次。李太太跌坐在地上，立刻发出凄凉的哭叫声。

你又打我，你白白送给肉贩子六块钱，还有脸动手打我。李太太边哭边说。

我没有打你，我只是推了你一下。

我天天头晕眼花，你却来动手打我，这日子看来是没法过下去了。李太太边哭边说。

李先生突然想起女人这两天是病着的，于是心里一阵发虚。他低头看了看手中的肉，迁怒于肉但又无从发泄，他舍不得把这块惹是生非的肉扔到香椿树街上去，假如扔出去它无疑会被街坊邻居捡回自己的锅里。李先生抖了抖手中的肉，有一些淡红色的血沫和黏液从指缝间流了出来。他听见女人的哭闹已经转为低声啜泣，她一边啜泣一边倾诉她在家庭生活中的辛劳及其种种不幸。李先生叹了口气，他说，别哭了，为了一块肉不值得这样，我去找肉贩子退赔不就完了吗？

李先生就是那个骑旧自行车的人。阳光已经升得很高，香椿树街的石板路面泛出一种刺眼的光泽。空气中充溢了主妇们生煤炉弄出的煤烟，两侧房屋的屋檐上已经跨满了晾衣的竹竿，来往路人就从煤烟和湿衣服下通过。李先生哐啷哐啷地骑着自行车，曾经有数滴水珠从高空中坠落，落在他的鼻尖上，给他一种奇异的冰凉刺骨的感觉。在街口拐弯的时候，李先生遇到学校的同事朱先生，朱先生下了自行车朝他迎过来，好像有什么话要说。但李先生装作没看见，他用一只手遮挡住自行车龙头上悬挂的肉，加快速度冲过了街口。他听见朱先生在后面喊，喂，老李你上哪儿去？李先生装作没听见，李先生根本不想被熟人知道他这天庸俗的行踪，否则第二天自己将成为办公室的课前闲聊的话题。

菜市场已经渐趋冷落，烂菜叶和鸡屎混染的气味却依然如故。李先生匆匆忙忙地拨开挎菜篮的人群往里面钻。有许多摊贩在提前撤摊，李先生赶到肉市恰恰看见那个年轻的肉贩子在清洗案板，他用潮抹布狠狠地擦着肉案，一些血水夹杂了几星肉沫溅得到处都是。

别撤摊，你骗了我。李先生把那块肉扔到案板上，他指着肉质问肉贩子，你说这是蹄髈还是肥肉？

是肥肉。肉贩子镇定自若地打量着李先生。

可你刚才说是肉蹄，你把它当蹄髈的价格卖给我。一块肥肉你竟然要了我六块钱。

不会的，肥肉是肥肉的价，蹄髈是蹄髈的价，肥肉怎么卖得出蹄髈的价呢？肉贩子绞干了抹布，朝旁边的一辆黄鱼车走去，他说，我天天在这里卖肉，从来没干过这种缺德事，你肯定记错了，要不你就是存心来诈我。

我没记错，就是你。你还说这肉看上去肥了一点，其实是肉蹄。李先生追上去挡住了肉贩子的黄鱼车，他用愤恨的目光

一个礼拜天的早晨　205

盯着肉贩子年轻而红润的脸，他说，你别溜，请先把六块钱退给我，我不会让你这么溜掉的。

我溜？肉卖完了我得回家睡觉。肉贩子鄙夷地扫了李先生一眼，然后跨上黄鱼车的座垫，他说，你大概是穷疯了，买块肥肉还不想花钱，还想让我贴补你六块钱？你让大家评评世上有没有这个道理？

旁边已经围上来一群看热闹的人。李先生气得满脸通红，这种庸俗的局面使他感到一丝恐慌，也使他的一腔义愤转化成另一种自怨自艾的情绪。他拎起案桌上的那块肉嘟囔道，我自认倒霉好了，我要向市场管理委员会反映，一块肥肉竟然卖了六块钱！李先生拎着肉冲出围观的人群，胸口觉得很闷。他朝地上吐了一口唾沫，好像要把心中的怨气一起吐出来。那辆破旧的自行车原来是靠在一辆运货板车上的，板车被人拖走后自行车就倒在了地上。李先生把自行车扶起来，心想我今天真是倒霉透了。然后他发现自制弹簧锁的钥匙不见了，搜遍每个口袋都没有，急得李先生想骂娘，正要弯腰拾砖砸锁的时候，那把钥匙从他手掌心里掉了下来，原来钥匙一直就在他的手心里。

李先生骑上自行车，猛然看见那个年轻的肉贩子骑着黄鱼车从他身边擦过，肉贩子骑黄鱼车的动作幅度很大，透露出一股骄横的不可一世的气息，他的背影对李先生是一个强烈的刺激，李先生的与之论争到底的念头也就在瞬间突发而起了。

破旧的蓝漆斑驳的自行车发出一阵哐啷哐啷的巨响，李先生现在与肉贩子保持并行的速度，他冷静地对肉贩子侧目而视，就像一个猎人紧紧地盯住狡猾而强悍的猎物。

你跟着我干什么？你要是闲着没事，不如回家睡个回笼觉，盯着我有什么用？

你骗了我，你得把六块钱退还给我。

别瞎缠了，你想跟我回家？跟我回家也没用，我起早贪黑挣几个钱，凭什么白白地还给你六块钱？一分钱一分货，我从来不做赔本的买卖。

我不是缠你，我桌上还堆着学生作业没批，哪有工夫来缠你？问题是凡事都得讲理，我这样的家庭经济素来拮据，你怎么能白白骗去我六块钱呢？

六块钱，六块钱！肉贩子突然不耐烦地叫起来，难道那块肉就不要钱买吗？什么六块钱，最多一块钱。

李先生感到一阵欣喜，事实上肉贩子至此已经承认了他的欺骗。李先生用力蹬了几下他的破自行车，这时候他也换了一种温和的口气，怪我说错了，不是六块，但也不止一块。根据这块肉的重量和价格来推算，你应该退还给我三块，这样我也不用把肉还给你，带回家做红烧肉其实也好吃的。

三块？你认为肥肉就不是肉啦？有时候你想买肥肉都买不到。肉贩子放慢了黄鱼车的速度，侧过脸对李先生说，最多退还你一块五，算我今天倒霉吧。

两块钱。李先生想了想很坚决地说，你最少得还我两块

一个礼拜天的早晨　207

钱,因为那块肉最多值四块钱。

好吧,两块就两块吧,我缠不过你。肉贩子终于失去了耐心,他单手扶着车把,另一只手伸进围裙的大口袋里掏钱,掏出一大把油腻腻的毛票。肉贩子懒得下车,他就抓着那把毛票隔车递给李先生,算我倒霉,白白赔了两块钱。

李先生匆忙跳下车去接钱。李先生将自行车停在香椿树街与龙门路交会的十字路口,人就站在交通红线内侧清点那堆毛票。李先生在点钱之前仍然没有忘记交通规则。

他点了两遍,发现总数都是一块八,肉贩子少给了两毛钱,恰恰就是李先生买那块肉时杀下的价钱。李先生的胸口再次感到沉重的一击,他抬起头发现肉贩子的黄鱼车已经疾速通过了十字路口,从他的背影中李先生再次感受到了嘲谑和污辱。

回来,你少给我两毛钱!李先生举起那把毛票朝马路对面高声大喊,肉贩子没有回头。

李先生突然怒不可遏,他骂了一句粗鲁的下流话,然后飞快地骑上自行车去追赶那个肉贩子,他决定跟奸猾而可恶的肉贩子纠缠到底。李先生不顾一切地骑车横贯路口。这是一个不容选择的灾难的时刻,一辆运送冰冻海鱼的卡车迎面驶来,司机在踩动刹车闸的同时听到一声狂叫,然后是自行车被撞倒后发出的清脆的令人恐怖的声响。

是一个暮春的早晨,并且是一个礼拜天的早晨。阳光散淡地照耀着路口的车祸现场。香椿树街的人们来到路口，看见水泥地上有一摊鲜红的血污，血污的旁边横陈着一辆熟悉的破旧的自行车，现在它已经完全散架了，而自行车笼头上悬挂的一块肥肉却完好无损。在早晨八九点钟的阳光下，那块肥肉闪烁着模糊的灰白色的光芒。

（1992年）

小莫

名叫诗凤的女人有一天来到我们香椿树街，沿路打听联合诊所的莫医生的住址，诗凤步履匆匆，姣美的面孔被一层愁云拉长了，因此街上的妇女起初并没有留意她的美丽。

有人告诉诗凤，联合诊所去年就关门了，诊所现在改为废品收购站了，但莫医生还住在里面。又问诗凤，你找莫医生看病吗？诗凤拎着一只红色的尼龙手袋，把手袋里的一捆青菜往下面塞了塞，她有点焦躁地环顾着香椿树街两侧的房屋，不是我，她说，是我男人病了。

收购站里照例荡漾着各种废品腐臭的气味，最刺鼻的是那些未及晒干就被变卖的鸡毛。诗凤穿过一堆鸡毛朝院子里走，一只手下意识地捏住了鼻孔。收购站里的店员们指点着诗凤，进去喊一声他就听见了。

诗凤就站在院子里高一声低一声地喊起来，莫医生，莫医生。她看见两侧的窗户都应声打开了，似乎两扇窗后都有人答应。一个蓄胡子的男人嘴里嚼咽着什么，木然地打量着诗凤。诗凤扭过脸看看西边的窗子，没有人出来，对着窗子的是一只老式红木床，床上的蚊帐动了一下，但随之又没有动静了。

你是莫医生吗？诗凤转向窗台蓄胡子的男人问。

你有什么事？

我男人病了，都说莫医生治这病有秘方，我从城北找过来，找得我好苦。

他哪里不舒服？

就是，诗凤说话有点吞吞吐吐，两只手绞着尼龙袋的带子，就是，就是喝凉水喝坏了。

喝凉水喝坏了？窗后的男人审视着诗凤的表情，眼睛突然亮了一下，他很快对诗凤作出允诺，我跟你去看看，我带上箱子马上就来。

诗凤在收购站的院子里等了一会儿，莫医生就穿好白褂背了药箱出来了。诗凤的一只手仍然捂着鼻子以抵御鸡毛烂鞋们的臭气，她心急如焚，隐约听见莫医生在西边屋子里跟谁说了句话，你躺着吧。诗凤并不关心那间屋子里的人，也没有察觉蓄胡子的男人与民间名医莫医生的形象是有差距的，因为诗凤的男人正躺在家里呻吟，诗凤心急如焚。

香椿树街的人们对莫医生的儿子普遍抱有厌恶之感。莫医生的儿子好逸恶劳，终年装病在家，春天在街上串门闲逛，夏天去乡下钓鱼，秋天不知在干什么，冬天则像黑熊在家里冬眠睡觉。莫氏父子品行的强烈反差常常使街头的老人感怀身世，嗟叹时人是一代不如一代了。

人们无法猜度小莫那天随诗凤去行医的意图，只听说莫医

小莫　213

生那天有点感冒头晕，静卧在床休息。也许小莫的荒唐的举动是出于对父亲的体恤，但医道不是儿戏，小莫无论如何是不该去替父行医的。

那天恰逢梅雨季节后的七月艳阳天，小莫与诗凤并肩走过嘈杂的香椿树街，一个轻松自得，另一个愁眉紧锁，但小莫似乎不停地用语言排遣诗凤焦虑的情绪，诗凤偶尔露齿一笑，显出少妇特有的腼腆而美丽的风韵。走过铁路桥那边的开阔地时，炽热的阳光直泻行人的头顶，诗凤突然停下来说，等一等，我带着阳伞，诗凤从尼龙包里抽出折叠伞打开，于是小莫就与诗凤合撑一把伞行医去了。

诗凤的家在城北的布市街上，只有一间房子，床、煤炉和马桶也都集中在一起放着。诗凤的男人半倚半躺在床上，两只手捂着小腹，额角上结满了细碎的汗珠子。看见诗凤带着小莫进来，男人的嘴动了动，含糊地叫了声医生然后又轻轻呻吟起来。

小莫站在门口朝床上的男人瞟了两眼，脸上的微笑突然凝结了。小莫想到他马上要做的事，眼神不可避免地有点惶惑和紧张。

诗凤在脸盆里捞起一块毛巾，绞干了替男人擦额上的汗。她说，还像刚才那么疼吗？

男人说，稍好一点，现在是往下坠，好像一块尖的石头在往下坠。

小莫坐在床沿上思考着什么，一只手很鲁莽地朝男人的下腹按过去，是这里疼吗？你说像一块尖的石头？

男人皱着眉头说，疼，像一块尖的石头。

你割过阑尾吗？小莫问道。

割过。诗凤在一旁打断了小莫的问题，她说，是凉水，他口渴，喝了碗凉水。

从床上爬起来喝了碗凉水，男人顺势补充了一句，很明显他不愿意再作更明显的诠释了。他对小莫说，我们听说莫医生治这病是最拿手的。

小莫的表情顿时有点茫然，喝凉水喝坏了？他在心里嘀咕了一句。我知道你是喝凉水喝坏了，问题在于喝凉水怎么能喝坏了呢？小莫这样想着，觉得面前的这个病人确实很滑稽，小莫的嘴上却轻描淡写地说，不用再说了，我知道你这病了，给你开个药方，服上三帖药就会好的。

在打开药箱寻找处方笺的时候小莫很紧张，他的记忆中闪过黄芩、当归、桔梗、车前子这些草药的名字，反正普通的草药都是有益无害的。小莫把父亲的处方笺摊开在油腻零乱的桌子上，使他感到喜出望外的是处方笺的第一页有一张现成的方子，不知是父亲开给谁的。小莫舒了一口气，他镇定自若地把父亲写的方子抄了一遍。

小莫最后拿把蒲扇扇了几下就告辞了。诗凤一边称谢一边把小莫送到门外的布市街上。外面已经是微黑的天色了，小莫突然嘿地一笑，问了诗凤一个奇怪的问题。

他就是你的男人？

是，他怎么啦？诗凤明显不解其意。

他真的是你的男人？

真的是，诗凤惊愕地望着小莫的脸，莫医生你是什么意思？

没什么意思，小莫的手指在药箱上弹出一串音节，朝诗凤做了个鬼脸说，这叫鲜花插在牛粪上，太可惜了。

未及诗凤作出反应，小莫三步两步地跑到街对面去了。诗凤没想到莫医生还是这种调皮的促狭的男人，这与他的名声和身份都不合拍，但诗凤没有时间去细细斟酌了，她要赶在药店关门之前把莫医生开的药方抓来。

最初的问题当然是出在那张药方上。隔天早晨，无所事事的小莫坐在收购站门口与人下棋，他看见那个名叫诗凤的女人急匆匆地走来，小莫的脸立即变白了，昨天的游戏现在终于使他害怕了，小莫开始想往收购站里溜，但转念一想那样事情反而会变得更坏，干脆就站起来迎着诗凤过去了。

怎么样？你男人的病好了吗？

疼倒是不疼了，可是他拉开了肚子，拉了一夜，我怕这样下去他支撑不住了。诗凤赶路赶得气喘呼呼，一夜之间她的红润白皙的脸就变憔悴了，诗凤一把揪住了小莫的胳膊，莫医生，求你再给我男人看看吧。

小莫心里庆幸他的游戏没有出现最坏的结果。没出人命就好，小莫想本来几帖草药也不会出什么人命的，现在他猜父亲留在处方笺上的药方是一帖泻药。她男人拉肚子该怎么办？小莫不知道。小莫不知道是否该及时结束他的游戏，回家问问父亲怎么再给病人开止泻的药。但是现实不允许他暴露真相了，小莫看见诗凤正用虔敬求助的目光凝望着自己，那双眼睛因为数星泪光更添动人的韵味，美丽而感人。小莫情不自禁地拍了拍诗凤的肩膀，劝慰她说，别着急，我这就跟你去。

小莫第二次到布市街的诗凤家里，穿的是白的确良衬衫和肥大的黄军裤，嘴里哼着小调，脚上趿着塑料拖鞋，他的样子与一个著名的中医已经毫无联系。但是诗凤和她的男人可谓病急乱投医，他们被难以启齿的疾病折磨得手足无措，对于小莫没有引起任何警惕。

狭窄凌乱的屋子里弥漫着一股酸臭之气，诗凤的男人坐在马桶上，双手痛苦地抱住了头部，看样子他已经极度虚弱了。男人偶尔松开手看看小莫，目光是绝望而羞惭的，明明想说什么，结果只是一味地唉声叹气。

泻掉就好了，小莫点一支烟对夫妻俩说，治这病都要泻的，泻掉就好了，那块尖的石头已经排出来了。

可是我怕他的身子撑不住。诗凤说，莫医生你有办法替他止泻吗？

止泻？小莫想了想说，先不止泻，你把药停了，也许他就不会再拉肚子了。

小莫那天在诗凤家里呆了整整一个上午，奇怪的是诗凤男人的泻肚渐渐平息了，男人倚在床头用语言和目光感谢小莫，还吩咐诗凤炒菜留下小莫吃午饭。小莫也没有推辞，留下来吃了顿简单但又美味的午饭。诗凤拿了半瓶粮食白酒出来，小莫平时不怎么喝酒，那天却想喝，而且喝得极快，诗凤的男人就在床上为小莫的酒量叫好。酒意上来后小莫心里残存的那点惶恐也就无影无踪了，他对诗凤夫妇夸口说，以后得了什么怪病尽管找我，保证人到病除。然后他随手抓起诗凤家里的一只旧口琴，用娴熟的技巧对着诗凤吹奏了一首温柔动听的情歌。

香椿树街的人们起初并不知道小莫替父出诊的故事，一件荒唐的事情由于偶然的因素完成得天衣无缝，这在生活中也是常见的。小莫作为香椿树街著名的浪荡青年，也很快地把自己的这场危险的游戏遗忘了，而且他确信他父亲对此一无察觉。小莫仍然热衷于下棋、游泳、闲逛，往女孩子堆里钻，到处插科打诨。小莫的生活仍然是属于小莫的生活。

后来的事情是从秋季的一天开始的，小莫有一天从朋友家聚会回来路过布市街诗凤家的门口，看见门口晾衣竿上晾着那件熟悉的桃红色衬衫，小莫突然就想进去看看。下了车从一条木板隔成的夹弄往里走，恰恰看见诗凤坐在门槛上剥毛豆。诗凤一眼认出了小莫，又高兴又慌张，差点踢翻了装毛豆仁的碗。小莫倒是很坦然，寒暄了几句就坐下来帮诗凤剥毛豆。

他还没下班？小莫问。

没有，他六点钟才下班。诗凤说。

他现在没事了吧？

什么？

我是问他那回的病，现在不疼了？

早不疼了。诗凤有点羞赧地扭过身子去拨弄篮子里的毛豆，过了一会儿她又说，够倒霉的，他现在的身体就不如以前了。

是不是又添了别的毛病？

其实那也不算什么病的，诗凤欲言又止，脸上倏地染了一层酡红色，眼睛只盯着地上的黄黄绿绿的毛豆壳。不说那些了，诗凤岔开话题说，莫医生你等会在这吃饭吧。

小病不治养大病，我知道他是什么病了。小莫观察着诗凤的表情，嘴角上浮出一些暧昧的笑意，那病其实是最好治的了，就看你愿不愿意治好，我有现成的药方。

诗凤的眼睛仍然盯着地上的毛豆壳，身子则慢慢地从小莫边上移开。就剥这些吧，诗凤抓过装毛豆的碗走到煤炉边，喉咙里突然响起了一声模糊的哽咽，我真够倒霉的。她把一碗毛豆往锅里一倒，又哽咽了一声，我为什么这么倒霉？有时候想想这日子过得没劲透了。

喂，你没打开炉门，怎么炒菜？小莫原地坐着，冷不防提醒了一句。

诗凤就蹲下来把煤炉的风门打开了。

喂，锅里还没放油呢，小莫又说。

诗凤站起来到桌上去拿油瓶，发现油瓶是空的。倒霉，倒霉透了。诗凤一边嘀咕一边烦躁地晃着那只油瓶。

我去帮你打油吧。你告诉我哪家粮油店最近。小莫站起

小莫　219

来说。

诗凤拿着那只油瓶没有松手,诗凤第一次抬起头直视着小莫,眼睛里已经一半是泪一半是火了,她的一只手很灵巧地背过去撞上了房门。诗凤的一句话出乎小莫的意料,小莫后来对别人说他当时其实并没有思想准备。

诗凤说,他六点钟回家。

小莫与布市街的诗凤相好的消息很快在香椿树街传开了,因为收购站有个女店员在护城河边亲眼看见了他们从树丛里钻出来。每当小莫从收购站进进出出的时候,女店员们都津津有味地盯住他看,说,小莫,又去钻树丛了?小莫就挥挥手说,钻,不钻白不钻,有得钻为什么不钻?

那是秋风渐凉遍地落叶的季节,香椿树街的小莫沉溺在一场意外的爱情游戏中,每天行踪不定,人们在街上不再容易发现他无聊的空虚的背影。德高望重的莫医生被蒙在鼓里,他猜测儿子是在恋爱,但他确实不知道儿子恋爱的对象是布市街的有夫之妇诗凤。

正如收购站的女店员们所预料的,小莫会惹祸的,她们坐在店堂里可以看到一出好戏。她们后来果然就看到了好戏。有一天三个粗壮的脸色铁青的男人闯进收购站,说要找姓莫的医生。女店员们就用手指后面的院子,男人三步两步跳过满地的破烂,嘴里先就骂起脏话,有个男人顺手操起了地上的一根拖把棍。女店员们发现来者不善,赶到后面一看,已经打起来了。令人瞠目的是三个男人袭击的目标是莫医生，莫医生老夫妻俩和来人扭在一起。莫师母尖声叫喊着，莫医生却脸色煞白，捂着额角上的一个血口说不出话来。

女店员们拥上去拉架，一边喊小莫，东屋里没有动静，小莫肯定是出门了。女店员们突然想到来者肯定是打错人了，打的应该是儿子而不是父亲，于是就一齐喊起来，别打了，打错了，你们打错人了。

幸而三个男人很快罢手了，很明显他们也意识到莫医生不像他们要找的莫医生，操拖把棍的人很扫兴地扔了手里的家伙，拍了拍手说，我说有点怪呢，诗凤怎么会跟个老头？又满腹狐疑地问莫医生，你不是莫医生，那么谁是那个流氓莫医生？愤怒的莫医生拒绝回答他这个问题，也许他意识到自己是在替儿子受过。莫医生试图用云南白药敷在额角的伤口上，但这次突如其来的打击使他双手颤索，无法完成他素日熟练的动作。莫医生一气就把药瓶狠狠地砸在地上，他对三个男人喊，滚出去，快给我滚出去。

整个下午莫医生躺在他的红木床上，低声咒骂着儿子小莫，莫师母陪着他落泪。老夫妻俩都侧耳倾听着小莫归家的脚步声，一直到半夜。半夜里外面有了响动，莫医生对着窗外喊，滚出去，快给我滚出去，可是外面原来是邻居家的一只猫。

小莫一夜未归。

小莫第二天浑身湿漉漉地闪进了收购站的后院，几个女店员发现他的衣服是湿的，就跟进来隔着窗子窥视他。小莫啪地关上了窗子,在窗后说,偷看什么?我在换短裤呢。

莫师母看见儿子平安回家,心里的一块石头落了地,但她不知道儿子为什么浑身湿透了回家,莫师母一边敲门一边问,你怎么搞的,是掉河里了吗?

不是掉河里了,是往河里跳了。小莫说。

好好的为什么往河里跳?

她非要让我跳,我就跳了,她不知道我会游水。小莫说。

莫师母大吃一惊,声音就发颤了。

她人呢?她怎么样了?

不知道,我在河里摸了半天,摸到她的一绺头发,可惜又滑脱了,后来就摸不着了。

闹出人命啦。莫师母眼前冒出无数金星,一下子就瘫坐在地上了。

收购站的后院里乱成一锅粥,幸亏几个女店员帮忙,小莫得以把精神崩溃的父母安顿在红木床上,替他们抹上安神醒脑的麝香膏。正在忙乱的时候,偏偏有个女的来找莫医生配药,小莫就粗暴地朝女病人吼起来,都什么时候了你还来配药?我给你配上二两砒霜。

莫医生的中风症就是从这天开始的,多年来一直受人尊敬的一代名医躺在红木床上,眼睛瞪大了怒视着儿子小莫,却只能保持沉默。小莫这时候如梦初醒,他捡起地上的一堆湿衣服,眼前闪过殉情的诗凤在护城河里漂浮的画面,小莫突然问旁边的几个女店员,你们说我会被判刑吗?

不会的，又不是你杀的她，是她自己要死的，这种事情男女双方都有责任。一个女店员好言安慰着小莫。

谁说不会？另一个女店员却捂着嘴边笑边恫吓小莫，她说，不是无期徒刑就是死刑，反正你小莫已经玩到头了。

从布市街拖来的尸车缓缓地经过了香椿树街，人们都离开饭桌跑到街上观望尸车和那群披麻戴孝的人。许多人都是第一次看见那个名叫诗凤的女人，死者的脸部随板车的行驶节奏左右摇晃着，浮肿、苍白，但依然不失美丽。诗凤的名字已经在香椿树街上流传数日，现在终于以溺死者的姿态在人们的视线里暴露无遗。

尸车停在收购站门口，诗凤的男人还有亲友们执意要将死者停尸在莫家，作为对肇事者小莫罪行的揭露。从古老的风俗传统来说这是一种最有效最彻底的手段，莫家人对此无力拒绝。小莫已经悄悄到外地亲戚家避风，而莫医生夫妇则终日躺在红木床上期待命运对他们一家作出裁决，生死两可，老夫妇已经心如死灰。

死者诗凤就这样在莫家停尸了三日。收购站的女店员们和顾客对空气中更加难闻的气味怨声载道。当然这是香椿树街人作出的一种反应。另一种反应是许多居民捂着鼻子疾步穿过收购站，伸长脖子朝死者诗凤看一会，然后又捂着鼻子离开了。

除了死者诗凤，人们还可以看见诗凤的忠厚而可怜的男人，他在向围观者细述小莫作为骗子害死诗凤的全部经过，我们以为他真是莫医生，谁知道他是骗子，诗凤的男人絮絮叨叨地说，谁知道他是个恶棍，谁知道他是个流氓？

那是秋风渐凉遍地落叶的季节，香椿树街的所有话题几乎都贴着小莫展开，人们不得不从小莫的童年时代开始回忆，回忆里几乎全是顽劣和荒唐，小莫从小到大竟没有做过一件值得赞誉的事，如此看来小莫最后惹出人命案子也不足为怪的，小莫假如要吃官司也是活该。可惜的是死者诗凤，一时的糊涂牺牲了自己年轻美丽的生命。收购站的一个热衷于巫术的女店员回忆初见诗凤的情景说，她一进来我就猜到这个女人会大祸临头，我看见她的身后拖曳了一条红光。

（1994年）

纸

他看见老人的手埋在纸堆里，一只苍老的骨节突出的手，一堆或红或白的废纸，当那只手抓起剪刀时，少年听见纸张碎裂的声音，很细微的声音，但他仍然被吓了一跳，似乎觉得室内陈腐凝固的空气被老人剪了一刀。

从墙上撕下来的那张白纸上残留着墨迹，现在它已被老人剪成一种古怪的形状，老人对少年说，他要把它折成一匹马。

纸马最难弄。老人抬起头看了看少年，他用食指蘸了蘸唾液，然后在纸上轻轻地涂抹着，少年发现老人的食指上缠着一条白胶布，白胶布已经变成了脏灰色。老人的手颤动得很厉害，手中的纸因此窸窸窣窣地响着，少年想这并不奇怪，街上的人都说纸扎老人快九十岁了，他快要老死了。从前我的纸扎店里只有两个人会扎这种纸马，我，还有我女儿青青，老人声音哽咽了一下，他的手突然在纸堆上停栖不动了。

怎么啦，怎么不折了？少年说。

我女儿青青，她跟你这么大的时候让街上一颗流弹打死了，她去布店人家送纸扎，扎着满满一箱纸扎走到吊桥下，不知是哪里飞来的一颗流弹,穿过纸箱,正好打在青青的胸口。

那是抗日战争,少年说,是日本鬼子打死了你女儿。

青青那天穿着她母亲的花旗袍,我记得布店要的纸扎都是她折的,她折完了一匹纸马后就用白缎把纸箱子扎好了,我说差人送到布店,但青青非要自己送去,她想顺便到布店给我扯一段棉布做鞋帮,青青,你不知道她是个多么乖巧的女孩,你不知道她是个多么孝顺的女孩。

假如她不去送货,假如换个人去送货,那她就不会死了。少年想着几十年前那个纸扎店女孩被流弹击中的情形,眼前便浮现出一只用白缎捆扎好的纸箱子,似乎看见它从女孩手中坠落,轻盈地跌在从前的吊桥下,纸箱子上有一个焦糊的圆洞,一些颜色鲜艳的纸人、纸马、纸床、纸椅和女孩的血从圆洞中散落出来,散落在从前的香椿树街上。

青青那天穿着她母亲的花旗袍,后来替她换衣服时还有许多碎纸条从旗袍里掉出来,我把旗袍抖了好几遍,抖啊抖啊,抖出许多碎纸条碎纸角,红的、绿的、黄的,你不知道青青多么喜欢做纸扎。她天生就是个纸扎店的女儿,可是一颗流弹打死了青青,我不知道找谁讨还我的青青,我救不活她。有人说我家的纸扎太像真东西了,是阎王爷到我家来订纸扎了,他把青青带去给他扎纸人纸马去了。

他们在骗你,少年打断老人的回忆说,流弹就是流弹,流弹不长眼睛,哪来的什么阎王爷?那是迷信。

我不知道是谁害死了青青。我到棺材铺拖了一口最好的棺

纸　227

材给青青睡，那会儿店里还摆着青青做的许多纸扎，我把它们都放进了棺材，它们就都跟着青青去了。

老人在伤心的回忆中停止了他的工作，他说过他要用这张街头的标语折一匹纸马，少年一直盯着老人那双手和桌上的那堆红白废纸，但他发现老人的手颤得厉害，好像已经无法使用剪刀，无法将一堆纸片改变成一匹马了。少年有点焦躁地等待着老人重新拾起纸和剪刀，但他看见老人的身体慢慢地向藤椅靠过去，那颗花白的脑袋像一块石头压在藤椅靠背上，发出一声钝响。

你不折纸马了？莫名其妙，是你自己说要给我折一匹纸马的。少年愠怒地站起来，顺手把桌上的废纸拍乱了，他说，我以为你会送我一匹纸马，我可不是来听你唠叨你女儿的事的，什么纸扎店，什么死人活人的，都是迷信的玩意，我不要听。

扎一匹纸马其实就是马背马肚上的功夫，其实就是最后撑马的三下子，我只教过青青，青青早不在了，现在只有我了。老人的手在空中无力地划了一下，少年知道那只苍老的手在模仿马的奔跑，老人说，要让纸马有奔跑的样子，一定要看纸扎店撑马的功夫，现在没有人会这个绝活了，孩子你走吧，你不是我的青青，我不想让你偷去我撑马的绝活。

莫名其妙。少年倚着门朝后面冷笑了一声，我只是想要一匹纸马，谁要偷你的东西？

少年长得十分英俊，他的浓眉大眼不管是在学校还是在香椿树街上都备受妇女们的称颂。学校里负责文艺宣传的女教师认为他适合扮演样板戏里的任何一位英雄人物。少年曾经粉墨登场扮演《红灯记》里的李玉和。那一次他在化工厂的露天舞台上初次亮相，台下一片喝彩之声，提篮小卖拾煤渣，他刚刚唱完第一句唱腔，就听见不远处响起惊雷般的一声巨响，化工厂的天空刹那间一片火光焦烟，台下有人喊，别逃，快去救火。台下的人群乱成一团，少年拎着那盏信号灯木然地站在舞台上，看着琥珀色的火光映红了化工厂的烟囱、油塔和厂房，他从来没看见过真实的大火，那个瞬间他把它假设成一种舞台背景，用鼓风机扇动红绸可以制造火的视觉。突然爆发的火使少年想起了洪常青就义那场戏，是《红色娘子军》里的一幕戏，浓眉大眼的党代表洪常青就是被火烧死的。少年放下了信号灯，他的双臂下意识地缚到后面，假设后面就是一棵老榕树，假设前面就是南霸天、还乡团和群众，他应该以洪亮的声音高喊一句口号，少年屏足力气刚想喊出那句口号，学校的女教师冲上来把他往台下拉，不演了，快救火去，女教师对着舞台一侧的化好妆的孩子们说，不演了，大家都去救火。

　　少年记得他被救火的人们撞得东倒西歪的，他拎着那盏信号灯在火场周围跑来跑去，对大火无所畏惧，另一方面对后来扑灭化工厂大火也无所裨益。那天本是他和《红灯记》的好日子，结果却让大火烧走了一场好戏和好梦，少年觉得那是一个奇怪的布景般的日子。他忘了擦去脸上的油彩，回到家里把母亲吓了一跳，母亲一时没认出那个少年就是英俊的儿子。

你去哪里了？母亲把儿子堵在门边。

演出，演《红灯记》，我昨天告诉过你了。

我知道你去演出，可是化妆也没有这样化的，怎么像是被锅灰涂了一层？

我去救火，化工厂失火了。

你到底是去演出还是去救火了？母亲狐疑地诘问儿子，她怀疑他在撒谎。

碰到一起了，戏刚开始化工厂就失火啦。少年突然悲怆地喊叫起来，他的眼睛蒙上了一层不可名状的泪光，你怎么这样蠢？告诉过你了，我没演成李玉和，去救火又找不到水，找到水又找不到水桶和脸盆。我今天什么也没干成，那个化工厂偏偏今天失火了。

一九七一年的夏季，香椿树街以北三公里的郊区稻田一片嫩黄之色，少年脖子上挂满了装蟋蟀的小竹管走在郊区的稻田里。他听见胸前的竹管相互撞击着，撞击声空洞而美妙。另一种声音来自原野上的风，风吹响了柔弱的稻穗，风把稻子灌浆的声音也放大了。少年弯下腰把耳朵贴着一株稻子听，他对自己说，灌浆，它们在灌浆。

这个夏季少年的裤管被母亲接了一截布，白球鞋则被两颗脚趾顶出两个洞，少年突然长高了，他也像一株正在灌浆的稻穗，但他无法分辨自己生长的声音。

穿过稻田少年看见了竹板庄的墓地，墓地上的石碑，坟包,青草和柏树、乌桕树都沐浴在夏日的阳光下,显得静穆而秀美,少年想这里果然是捉蟋蟀的好地方,怪不得街上斗蟋蟀的好手都偷偷地跑到这里来。少年跑进了墓地,他知道脚下的泥土深处埋着死人们的尸骨,那没有什么可怕的,活人不怕死人,更不怕死人留下的白骨了。

至少有一百只蟋蟀的鸣声灌进了少年的耳朵,少年手持三叶草搜寻着蟋蟀王的叫声,他捕捉着那种被称为黑头的蟋蟀的鸣叫,它应该是低沉的略带沙哑的。少年在几块墓碑间转悠了一圈,他觉得他已经发现了一只黑头的藏身之处,它就在一块墓碑下面,没有碎石砖块,那么它肯定藏在草丛下的泥缝里。

少年在坟包上发现了一条缝,他用三叶草伸进去试探了一下,果然有一只黑色的蟋蟀凌空跳起,仅仅凭它的颜色和跳跃的姿态,少年断定那就是凶猛的战无不胜的黑头。他看见它在坟包上跳,他不能让它跳进茂密的草丛里去,于是少年几乎是扑在坟包上逮住了那只蟋蟀。

墓碑差点绊倒了少年,当他把蟋蟀放进竹管用草叶小心地堵上管口时,抬眼之间看见了碑上的一排铭字:小女青青之墓。青青,这个名字少年耳熟能详,青青,坟下埋着的死者名叫青青?少年当时并没有把它与纸扎老人的故事联结起来,他只是觉得这个名字很亲切,就像他认识的香椿树街女孩的名字一样。少年微笑着朝墓碑上吹了一口气,然后他用三叶草在那两个字槽上轻轻地划了一遍。

蟋蟀们在行军床上依然鸣唱，少年在行军床上酣然入梦，借着北窗的月光可以看见墙上挂着的一只信号灯，那是废弃无用的，但却是一盏真的信号灯，是少年的父亲从铁路局的仓库里翻找出来的。当化工厂的那场演出最后变成泡影后，只有这盏信号灯上还散发着《红灯记》和李玉和的荣誉的气息。

入夏以来，少年已经忘了《红灯记》的事，每天白天他为蟋蟀、链条枪、滑轮车忙碌着，夜里则重复着睡眠，即使是在睡梦中，少年的面容仍然是香椿树街最英俊最可爱的，即使是他的梦呓，听来也是清新而独特的。

纸马。

青青。

三十年前的香椿树街空寂而灰暗，街景是模糊的闪烁不定的，少年看见一个穿着肥大的花旗袍的女孩，她手里捧着一只红色的纸箱子，风拂动了女孩的齐耳短发和旗袍的下摆，也拂动了纸箱子上的白色缎带。少年看见女孩捧着红纸箱朝他走过来，她的面容苍白失血，眉眼似曾相识，她确实是在朝他走近，而不是像纸扎老人说的那样朝吊桥走去。少年在梦中惊恐地挣扎起来，别过来，错了，你该往吊桥上走，少年尖声叫喊着从行军床上坐起来，黑暗的室内漾着一片月光，床下的蟋蟀罐里传出一声两声的歌唱，怀抱纸扎的女孩不见了。但少年依稀看见一团奔腾的白影，在北窗上或者在墙上和地上，它酷似一匹白色的纸马，当他打开电灯时，纸马就无声地消遁了。

少年的母亲说纸扎老人大概活不过这个夏天了，这么热的天气他每天紧闭门窗在家里烧纸，许多老人临死前都喜欢这么做。少年说，那是迷信。母亲不置可否地笑了笑，她说，纸扎老人怪可怜的，孤苦伶仃的一个人，哪天死了不知道谁把他送去火葬。少年没说话，他用锤子用力敲打着滑轮车上的滚轴，突然想起什么，问他母亲：纸扎，纸扎用来做什么？母亲说，那是送给死人的东西，扎得再漂亮也要烧掉，烧成了灰就被死人带去了。

少年放下了手中的锤子，他的眼前浮现出一匹高大美丽的纸马被火苗吞噬的情景，心痛的感觉使少年的浓眉皱紧了，他几乎是愤怒地朝母亲嚷着：烧掉？为什么要烧掉？那是迷信，迷信，那都是迷信。

香椿树街很短很乏味，假如只是在街上走来走去，谁也无法消磨富余的夏日时光。午后的太阳在少年的头顶上烤着，少年突然觉得日子过得无聊之极，他听见酱园的楼上开着收音机，收音机里放着李玉和痛斥鸠山的高亢而雄壮的唱腔。李玉和不错，但是李玉和已经与少年失之交臂了，时隔数月，少年回味起这件事情仍然感到惆怅。

少年推开了纸扎老人家的门，纸扎老人似乎是从一场漫长的昏睡中醒来，他那浑浊的眼睛注视着闯入者，青青，你不是青青，老人喃喃地说，你是杂货店刘家的孩子。

纸　233

我们家不是杂货店，少年说，我们家是无产阶级。

你是来看纸扎的？老人指了指屋角的那张红木桌子，他说，掀开布，看看我的纸扎，我的手艺大不如从前了，但是你们谁也不会，我的纸扎仍然是方圆八百里最好的。

少年掀开了那块残破的罩布，他惊讶地发现那种被称之为纸扎的东西赫然在目：五个小纸人，一张纸床，三只纸椅，三只纸柜，它们酷似精美的仿真玩具。最令少年心动的是那匹白色的纸马，纸马足有半人之高，姿态栩栩如生，欲飞欲奔。少年的手不由自主地按了按马背，他听见马背下有细竹条颤抖的声音，但纸马仍然不动，保持着欲飞欲奔的姿态。

纸马，真的一匹纸马。少年大声地说。

你想要吗？老人说，你不能要这些东西，它是给死人的，给我的。

我只要这匹纸马。少年说，我可以用别的东西跟你换，你要什么东西？

我要什么东西？老人突然低声笑了起来，我快死了，什么都不要了，我只要这些纸扎，等我死了有人帮我烧掉它们，孩子，你愿意帮我烧掉它们吗？

不，纸马不能烧。少年说，我帮你烧掉这些纸人纸床什么的，但你要答应把纸马送给我。

你这个不懂事的孩子，我告诉你，你千万不能把它带回家。你假如是个好孩子，就该在我死后帮我烧了它们。

少年咬着下唇，心中突然升起一个大胆的念头，他用眼角的余光偷偷打量着藤椅上的老人，他想老人快要死了，老人的四肢已经像腐蚀的枯木无力行动，他完全可以把这匹马从老人眼皮底下带走，为什么不呢？于是少年突然抱起桌上的纸马，以风一般迅疾的速度踢开门，逃离了老人的屋子，他甚至没有听清老人最后说的那句话。老人最后肯定说了句什么话，但他没有听清。

在蟋蟀的鸣唱中女孩青青再次降临少年的梦中，风吹动着三十年前的那个死于非命的女孩，她怀里的红纸箱子像太阳一样鲜艳欲滴，风吹着女孩青青肥大的花旗袍，风把瘦小的女孩青青吹大了，吹成一个丰满成熟的妇人，吹到少年的行军床上，少年卧在一堆美丽精巧的纸扎中，身体的每一个部分都受到了柔软缠绵的抚摸，然后他被惊醒了，他觉得很凉，梦里发生了一件神秘的事情。

少年光着脚站在地上，情绪仍然在梦中飘荡，他蹲下来察看一遍床底下的东西，链条枪、滑轮车、蟋蟀罐都在，从纸扎老人家抢来的那匹纸马也安然无恙，纸马是白色的，现在它藏匿在最黑暗的床底下，遍体迸发着一种冰雪似的荧光。少年茫然地站在黑暗中，他的身体各个关节正隐隐散发出类似稻穗灌浆的噼噗之声，但少年照例没有发现自己的声音。

学校的女教师在杂货店门口喊住了少年。女教师说，马上就要开学了，开了学就要准备《红灯记》的排练，要参加国庆节的文艺会演。女教师看着少年心不在焉的样子，有点不放心，她拽了拽少年的耳朵问，你没有忘记怎么扮演李玉和吧？少年摇头说，没忘，我记得。

那天下午火葬场的尸车开进了香椿树街，是街西的纸扎老人死了。少年跑到那里时尸车已经呼啸着离去，他看见老人的屋前点了一堆火，几个妇女正在火边忙碌着，一股热气和焦味在四周弥漫开来。少年绕过火堆扒着门框朝屋里看，另外两个妇女戴着口罩正在把屋角的垃圾放进箩筐。一个妇女说，这个怪老头，他把街上的标语全撕回家里来了。另一个说，亏他想得出来，用标语做纸扎，换了前几年，老头早让红卫兵打死了。

少年注意到红木桌上的那堆纸扎，五个纸人，一张纸床，三只纸椅以及三只纸柜，它们在消毒药水的气味中散发着宁静而忧伤的气息。少年在门边犹豫着是否进去，一个妇女朝他扬着手中的扫帚说，孩子家别进来，没见屋里刚死了人？有细菌的。少年反驳了一句，关你什么事？又不是你家死了人。那个妇女在口罩后面骂了句什么，没再理睬他，然后她挥起扫帚把桌上的那堆纸扎扫进了箩筐。

后来少年目睹了那堆纸扎被焚烧的简短的过程，它们混杂于废纸、破布和草席之中，只是一个瞬间，那些美丽精巧的小玩意已化为灰烬。那是少年在这个夏天面对的第二场火。他想化工厂的大火是多么令人惊恐，而这堆火烧去的是纸扎老人的遗物，是形形色色的纸，少年突然觉得以火焚纸是世界上最轻松最简单的事情了。

少年的母亲发现儿子在这个夏天正悄悄长成一个男人，不仅因为少年把他的短裤藏在凉席下面，更重要的是那个暴雨初歇的夜晚，母亲隔着墙听见儿子在睡梦中发出一声狂乱的叫喊，当她匆忙跑过去时却看见儿子睡得正香，儿子英俊可爱的脸上挂着一丝痛苦的表情。母亲知道那其实不是痛苦，因为她已从少年的父亲那儿熟悉了这种独特的表情。母亲在黑暗中笑了笑，她想离开让儿子做他的好梦，但这时候她听见了儿子那一声响亮的梦呓。

儿子说，青青，青青。

第二天少年从墙上摘下了那只废置多日的信号灯，他觉得母亲正在后面窥视自己。少年有点厌烦地说，你老是望着我干什么？我又要排练《红灯记》了，学校宣传队通知今天排练。母亲说，我也没说你去干坏事啊，信号灯上落了层灰，我来帮你擦干净它。

母亲用一块抹布擦拭着信号灯，一边用忧虑的目光打量着儿子，母亲终于忍不住问了儿子：青青，青青是谁？

少年的脸色顿时一片惨白，他的目光躲避着母亲，从行军床的床底下掠过去，最后停留在北窗窗口的鸟笼上，鸟笼里的一只画眉是少年在夏季最后的宠物。

母亲说，告诉我，青青是谁？

少年的表情突然从惊惶变得愠怒，他从母亲手中粗暴地夺过信号灯，告诉你也没用，少年朝他母亲吼道，她是个死人，

纸 237

是个鬼魂。

炎夏之季平平淡淡地过去了,香椿树街上游荡的少年终于回到了学校,空寂的街道便更加空寂了。在距离香椿树街两公里处,在城市唯一的公园里,有一群工人在乒乒乓乓地搭建一座新的露天舞台,路过此地的行人都知道那是为盛大的国庆文艺会演准备的。

香椿树街的英俊少年再次粉墨登场就是在那座新舞台上。少年记得那天舞台上还散发着新鲜木材的清香,台下聚集着黑压压的人群,有一种欢乐的浑厚的气流自始至终挤压着他的耳膜,锣、鼓、钹和人群的掌声喧闹声把无数节日彩球送上了天空。当少年提着信号灯从舞台左侧入台时,他听见人群中有人尖声叫着他的名字,那肯定是香椿树街的欢呼,他意识到这个瞬间他是整条街的荣耀和骄傲。他知道他该亮相了,该唱那段唱词了,提篮小卖——拾煤渣,但是少年的眼前突然出现了那个名叫青青的纸扎店女孩。三十年前的女孩青青怀抱着一只红纸箱子朝舞台跑来,她的身后还跟着一匹纸马,是那匹白色的纸马,它也朝舞台飞驰而来了。少年惊恐地睁大了眼睛,他知道他该唱下去,拾煤渣——担水劈柴,但他的嗓子突然哑了,他的嗓音突然像片枯叶无力地下沉,连他自己也听不清了。他似乎听见台下一片哗然,他想唱下去,脑子里却是一片空白,紧接着他觉得自己朝女孩青青那里倒下去,朝白色纸马的马背上倒下去,他听见手里的信号灯砰然落在节日的舞台上。

少年病倒在他的行军床上，持续的高烧使少年的脸上笼罩着一层不祥的红晕。医生对少年的母亲说，孩子好像没有什么病，或许是那天演出吓出来的，休息几天会好的。母亲对儿子的病疑虑重重，她总怀疑他在夏天经历了某种秘密的事情。有一天她听见儿子在半梦半醒的状态下说，火，点火，把它烧掉。母亲觉得儿子或许泄露了天机，她握住那只汗津津的手，焦灼地问：烧什么？快告诉我点火烧什么？少年无力地指了指行军床的床底，少年说，烧，把它也烧掉吧。

少年的母亲在床底下发现了那匹纸马，白色的欲飞欲奔的纸马，纸马的一半已经被地面的潮气所腐蚀，但它的姿态仍然欲飞欲奔。

（1993 年）

伞

一把花雨伞害了小女孩锦红。锦红的姨妈在伞厂工作，她从出口品仓库里捞了几把花雨伞出来，兄弟姐妹一家送一把。送给锦红家的这把伞尤其漂亮，绿色的绸布面上洒着红蘑菇，伞柄是有机玻璃的，里面还嵌着一朵玫瑰，看上去像是水晶嵌了红宝石。雨伞归了锦红，从那天起锦红天天听有线广播里的天气预报。天气预报存心与这个小女孩过不去，说明天天晴，后天天也晴，再后天是多云转晴，锦红气坏了，她冲着广播骂，讨厌讨厌，为什么不下雨？去年我没有伞，你天天下雨，等我有了伞，你偏偏不下了，气死我啦！

好不容易盼来了雨。那是一个星期天的早晨。屋檐上的雨声一响锦红就冲出去，李文芝在厨房骂女儿，说，死丫头，是短脚雨，下不长的，你急着出去显你的宝。锦红顾不上听母亲的数落，她慌慌张张地把伞打开，听见雨点打在花伞上，啪啪地响了几下，伞面就沉寂了。锦红抬头看了看天色，天气确实像她母亲所说，不像是要好好下雨的样子。锦红很失望，她站在门口，将伞转了一圈，还是没有听见雨的动静，但是下雨前街道上特有的慌乱气氛安慰了锦红。她看见小玉的奶奶抢救晾在外面的被子。不知怎么把三脚杆撞翻了，那老妇人就操着绍兴口音尖叫起来，小玉，快出来收被子了。与此同时，得了肺炎的珠珠正从她父亲的自行车上跳下来，她的头上顶着一只用手帕做的小帽子。珠珠被她父亲拉进家门的时候向锦红这里瞟了一眼。她一定看见了我手里的雨伞。锦红举着伞走到街道中央，向前后左右张望着，她想雨也许会下大的，这么多天不下雨，也该下一场雨了。

锦红打着雨伞向小玉家走了几步，夸张的步态像一只开屏的孔雀。有人注意到了锦红的伞，冯明的姐姐倚靠在门边说，锦红，在哪儿买的伞呀？这么漂亮！锦红犹豫了一下，机灵地撒了个谎，北京，在北京买的。冯明的姐姐很惊讶，追问道，你们家谁去北京了？锦红没有来得及把她的谎言编造下去，一阵大风不知从何而来，风的大手蛮横地掰开锦红的小手，那把雨伞竟然跳了起来，它在空中翻了一个筋斗，然后开始在街道上奔逃，锦红尖叫着，伞，我的伞，快帮帮我。她回头向冯明的姐姐求援，但冯明的姐姐只是弯着腰咯咯地笑。锦红就去追她的伞，伞毕竟是伞，它只有一条腿，跑不快，锦红看见它最终卡在春耕家的门洞里，不跑了。锦红松了一口气，叉着腰教训雨伞说，看你跑，看你还跑！锦红后来回想起来都是教训雨伞惹来的祸，她如果当时赶快把雨伞抓在手里就好了，可她偏偏多嘴，站在那里叉着腰教训雨伞，结果雨伞在她的眼皮底下被人抢到了手中。

春耕抢了她的雨伞。春耕把雨伞高高地举起来，端详着有机玻璃的伞柄，不让锦红接触她自己的伞。锦红跳几次，都没有够到她的雨伞，她说，你把伞还我，你不还我就叫你妈妈来。春耕说，谁说是你的伞？伞在我手里就是我的。锦红急红了眼，锦红一急就把春耕他母亲的绰号叫出来了，大屁股，她跺着脚叫道，大屁股，你儿子抢我的伞！屋里没有回应，很明显只有春耕一个人在家。锦红对包丽君的不敬把春耕惹恼了，春耕推了锦红一把，瞪着她说，好呀，我看你是不想要这把伞了，你敢骂我妈是大屁股？你妈才是大屁股，你妈不光屁股大，×也大，你妈是大×！锦红惊恐地看着春耕，更准确地说是看着春耕的手，她预感到一种危险，春耕可能会在狂怒中把她的雨伞撕成碎片。锦红的头脑中一片空白，锦红忽然尖叫了一声，然后就抱住春耕的腿，在春耕的腿上咬了一口。

现在已经很难鉴别是什么导致了锦红最终的灾难了。锦红记得春耕的腿上已经长出了男人才有的黑黑的汗毛，这本来会让锦红吃惊的，但是锦红来不及吃惊了，春耕的拳头把锦红打出去很远，撞在墙上，锦红便失去了知觉。此后的事情是锦红所有记忆中的一个黑洞，她记得是私处强烈的疼痛唤醒了她，她浮出一个深不可测的黑洞，看见春耕抓着他的短裤，坐在她身边发呆，锦红起初不知道发生了什么事情，她竭力想看清楚包围着她的幽暗的房间，依稀看见春耕家的那个笨重的五斗橱，五斗橱上的台钟，一只玻璃花瓶里插着一束塑料花，还有春耕父母的一张结婚照。锦红叫了一声妈妈，妈妈不在，她便想到了她的雨伞，她扭过头寻找着雨伞，可是春耕的黝黑的身体挡住了她的视线。春耕坐在地上发呆。锦红呻吟起来，我的雨伞，我疼。她说，疼死我了，我的雨伞呢。春耕动了一下，往上拉他的短裤，于是锦红从春耕的双腿缝隙中看见了她的雨伞，她的雨伞，伞面上的红色蘑菇闪烁着红色的光芒。

起初香椿树街上的人们不知道锦红的遭遇。

包丽君带着老母鸡、金华火腿来找李文芝谢罪。李文芝拒不见客。李文芝在里面咬牙切齿地说，我们法庭上见。包丽君在门外哭。李文芝在里面静静地听，听了一会儿，冷笑一声，说，你也哭？你哭什么？包丽君说，我哭我命苦呀，生了这么个没出息的儿子。李文芝说，现在哭迟了，你那个杂种儿子，畜生儿子，就不该让他生出来，生出来那天就该把他掐死。李文芝把话说到这份上，包丽君在门外也站不下去，掉脸就走了。

隔了一天，包丽君又来了，这次除了老母鸡和金华火腿，还推来了一辆新的永久自行车。包丽君在门外说，文芝呀，你去年托我买的自行车我一直放在心上，这回总算是弄到手啦。快开门，让我把车子推进去。李文芝仍然不开门，而且李文芝在里面呜呜地哭起来，说，该死，包丽君你也该死，你用自行车换我女儿的贞操，你该死，我要了你的自行车我还是人吗？不是人，是畜生！包丽君估计到了这个局面，她似乎有备而来，包丽君说，文芝你别嚷嚷呀，让街坊邻居听到了多不好。你就让我进来，我进来说一句话就走，行不行？包丽君的这招数奏效了，李文芝开了门，让人进来，让贿赂之物都留在了外面。

包丽君进去以后就看见了那把雨伞，雨伞挂在墙上，锦红坐在雨伞的下面，茫然地看着她。包丽君伸手摸锦红的头发，锦红闪开了，包丽君就顺势去摸那把雨伞，讪讪地说了一句，好漂亮的雨伞。李文芝把锦红推进了里屋，行啊，让你说一句话，她冷冷地看着包丽君，忽然转过身，说，其他的话都到法庭上说去。包丽君涨红了脸，说，我就说一句话。可是这一句话包丽君似乎难以出口，包丽君叹了一口气，又叹了一口气，终于憋出了那句话。其实，她说，其实，我们家春耕不满十八岁。李文芝没有什么文化，她没有听懂包丽君的潜台词，说，你就说这句话？这是什么话？不满十八岁怎么的？该杀就得杀，该剐就得剐！包丽君尽管对李文芝的愤怒有所准备，但她还是被她决绝的态度激怒了，该杀该剐由不得你，也由不得我，法院的法官同志说了才算，包丽君开始不卑不亢了，而且她用一种异常冷静的语气告诉李文芝，你再怎么闹我儿子也死不了，你再这么闹下去，锦红以后就嫁不出去了，文芝，你好好考虑考虑呀。

李文芝直到后来才彻底明白包丽君的底牌。原来底牌是春耕的年龄。李文芝听说春耕被送去少年管教所，当场就哭了，她说，这是什么王法，这个小畜生，光是管教一下就行了吗？包丽君开后门开到法院来了，她本事通天！早知道这样我就不告了，我自己动手，看我不把这小畜生给阉了！

纸终于没能包住火。很快春耕和锦红的事情在街上传得沸沸扬扬的，人们在市场和杂货店看见包丽君便左右为难，不知说点什么好，所以打量她的眼神显得有点鬼鬼祟祟的，看见李文芝，则更加不知所措，自从发生了这件事情以后，热情爽朗的李文芝就像变了一个人，走在街上，谁也不理，而且铁青着个脸，好像随时准备要杀人。

春耕是从街上消失了。锦红也不容易看见，据说李文芝后来给锦红定了规矩，除了上学，锦红不能迈出家门一步。这就像不允许猴子爬树，不允许猫捉老鼠一样，对锦红是一个天大的惩罚。邻居们常常听见锦红在家里的哭闹声，有一天他们看见李文芝怒气冲天地跑出来，把一柄绿绸面的花雨伞砸在地上，她在雨伞上踩了一气，还不解恨，又捡起来，把雨伞扔到了她家的屋顶上。

锦红惊天动地的哭声使整条香椿树街颤抖了，许多人都向李文芝家跑，等他们到达李文芝家，事件已经结束，李文芝关上了她家的门，而锦红的哭声也突然沉寂下来。看热闹的人不甘心，他们凑到李文芝家临街的窗户上向里面张望，正好遇到李文芝在窗玻璃上糊报纸，有人眼尖，看见锦红一边抹着眼泪，一边帮她母亲糊窗子。可怜的锦红，她哭过了就做事，替母亲扶着凳子，手里还端着一碗糨糊。

锦红的故事也是一把折断的雨伞，随着有人修好雨伞，再次把伞打开已经是二十年以后了。

一个人在二十年中可以经历许多事情，对于锦红来说，她的履历写满了不幸。她的不幸五花八门：早年丧父（她父亲是卡车司机，有一年除夕急着从外地赶回家过年，出了车祸），童年受辱失身（这事大家都知道了，不宜再提），少女时代得过腮腺炎、甲状腺炎，还得过肝炎（这使锦红的肤色灰暗，眼睛像鱼一样向外面鼓起来。不适宜体力劳动，招工的时候勉强进了油品仓库当保管员，仓库在很远的郊外，每天上下班恰好最需要体力）。最主要的不幸当然是她的婚姻。锦红的丈夫是李文芝相中的，是个干力气活的建筑工人，李文芝认定女婿忠厚可靠，对锦红会好，李文芝的判断没有什么错误，那男人的品德没有问题，问题是出在难于启齿的方面，女婿天天要做那件事，锦红天天拒绝那件事。女婿恼羞成怒，就开始打锦红，起初是威吓性质的，打得不重，后来看锦红在这事情上毫不妥协，就开始大打出手。锦红也古怪，情愿受皮肉之苦，也不愿意与丈夫行房事，那个建筑工人头脑简单，也不知道打听一下锦红的身世，一味地用暴力解决问题，有一次用皮带襻子把锦红的额头打出了一个洞，锦红用一块手帕捂着额头跑回了家，浑身上下都是血，一进家门就说，妈，看你给我找的好人家！李文芝又急又气，替锦红包扎伤口时，随口问了几句，都问在点子上，于是就知道是怎么回事了，李文芝也不净是护犊子，她说，你这个死脾气，也是找打，天下哪对夫妻不做那号事，他打你，一半是他错，一半是你错。锦红一听这话就呜呜哭开了，说，那你让他把我打死算了，打死我我也不跟他做！锦红把母亲推开了，李文芝站在一边，恨铁不成钢地看着她，过了一会儿，她醒过神来，卷起袖子说，不行，得去找他算账，否则他以为我们孤儿寡母好欺负，打上瘾了还得了？

李文芝集合了几个身强力壮的亲戚去找女婿算账，走到铁路桥那里，正好看见春耕的修车铺子，春耕正在替人修理自行车。李文芝的腿一软，就蹲下来了，李文芝突然发现了一个祸害的根源，她蹲在路上，被痛苦压得站不起来，亲戚们问她，不去找小张算账了？李文芝摇摇头，眼泪一下溢满了她的眼眶，二十年以后李文芝再也无法在众人面前藏匿那段往事，李文芝指着春耕说，该打的是那个畜生，你们上去打他，往死里打，把他打死了，我去替你们偿命！

那些亲戚看见春耕向李文芝这里瞟了一眼，立刻就钻回到他的修车棚里去了。亲戚们都没有丧失理智，他们虽然记得那段令人难堪的往事，但谁会为了往事去侵犯一个街坊邻居呢，况且谁都沾过春耕的光，人家现在学好了，给邻居们补胎打气，一分钱也不收。亲戚们后来就本着大事化小的原则，把李文芝从春耕的修车棚那里劝走了，一直劝回了家，他们的态度很清楚，该打的要打，不该打的不打，如果李文芝原谅了她女婿，该打的也可以不打。

锦红的婚姻不伦不类地维持了好几年，她一直住在娘家，丈夫不答应，来拽她回去，李文芝出面调停，说回去可以，但有个条件，那件事情，一个星期最多做一次，女婿答应了，锦

伞　249

红却涨红脸叫起来，说，一次也不行，要做你跟他去做！李文芝气得扇了锦红一个耳光，李文芝说，你这个死人样子，结什么婚，世上女人结婚都要做那事的，你这么犟，只好嫁太监！锦红还是很冲动，说，谁要嫁，是你逼我嫁的！李文芝是做惯了女儿主的，偏偏在这种事情上没法做她的主，李文芝又气又急，听见炉子上水煮开了，正要走过去的时候人突然不会动弹了，李文芝僵硬地站在那里，眼睛愤怒地斜视着锦红，嘴巴也是歪斜的，锦红尖叫起来，上去抱住母亲，她丈夫这时候反应倒是很快，说，大概是中风了。你看你，把你妈气中风了。

所以锦红的不幸好比六月的梅雨，梅雨一场一场地下，她却没有了那把雨伞，不幸的雨点每一点都瞄准她，及时地落下，不让锦红有任何走运的机会。锦红是认命的，冬天邻居们看见锦红扶她母亲出来晒太阳，喂她吃饭，夏天锦红把母亲抱到一只大木盆里，为她擦洗，洗好了还要搽上一脖子的痱子粉。锦红做这些事情时无怨无恨，邻居们突然记起锦红是嫁了人的，怎么光是伺候母亲，丈夫也不要，家也不要了，他们绕着圈子问锦红，锦红从不回答不该回答的问题，倒是李文芝，虽然说话很不利落了，还是用简短的回答打发了那些好事的邻居，离——了，她说，畜——生。后面这句话当然是骂她女婿小张的，别人不会见怪。

锦红也许是世界上最应该离婚的人。她的离婚因此倒不能算是不幸。锦红有时候愿意和她的小学同学小玉说点知心话，锦红向小玉描述了她离开丈夫的最后时刻，她说她回家正好撞见她丈夫和一个女人在做那件事,丈夫和那个女人都很慌张,他们盯着她,防备她做出什么举动,但锦红什么也没做,她从床边绕过去,拿了东西就走了。小玉听了很惊讶,问锦红,你回家拿什么东西?锦红说,雨伞,拿一把雨伞,我最喜欢那把雨伞。

二十年过去以后锦红仍然酷爱雨伞,也许这是锦红的故事能够讲到最后的唯一的理由。

李文芝去世之前人很清醒,口齿也突然变得清楚了,她嘱咐自己的兄弟姐妹照顾锦红。人之将死,其言也善,李文芝却特别,她对兄弟姐妹说,你们如果亏待了锦红,我变了鬼魂也不会放过你们。一边的亲人都听得倒吸了一口凉气。

锦红一个人留在了世上。锦红的头发上别着一朵白花在香椿树街上来来往往,面容有点憔悴,肤色还是粗糙而焦黄,但看她的样子也没有什么受难的迹象,她一个人住在她出生长大的房子里,似乎一生从来没有离开过这间房子。她的舅舅和姨妈信守诺言,经常带着吃的用的来看她,锦红却嫌烦,而且从来不掩饰她的厌烦情绪,你们别来,她说,你们不来烦我就是照顾我了,有空去照顾照顾你们自己的孩子。锦红的一个舅妈来给锦红说媒,锦红居然把她从门里推了出来,舅妈见不得这种不知好歹的脾气,拍腿跺脚地说,我再管她的闲事我就是狗,让她妈妈的鬼魂来找我好了,鬼魂怎么的,鬼魂也要讲道理!

没有人知道锦红对未来的生活有何打算。她的亲戚同样也

伞 251

不知道。锦红对她的同学小玉是比较亲近的，她告诉小玉别再为她介绍对象。我迟早是要结婚的，锦红说，没你们的事，我心里有主张。小玉曾想打探那个人选，费尽了口舌也没成功，只是听锦红说，妈妈反正不在了，我的事我自己做主。

谁也猜不到锦红心里的那个人。也许这会儿有聪明的读者已经猜到了那个人，猜到了也没关系，反正锦红的故事说得差不多了。

锦红生命中值得纪念的第二个雨天很快来临了。那是一个大雨滂沱的日子，傍晚时分下班的人群顶着雨披骑着自行车仓皇穿越雨雾，街上一片嘈杂。锦红扶车站在铁路桥的桥洞里，她没带任何雨具，看样子她是在躲雨，小玉路过桥洞时看见锦红，她停下来要把雨披借给锦红。锦红摇头，她说是自行车的车胎被扎破了。小玉顺手指了指旁边春耕的修车棚，说，那赶快去补胎呀。锦红笑了笑，说，是呀，得去补胎。小玉骑上车以后才意识到自己的建议不合理，她也是知道锦红和春耕二十年前的过节的，小玉回头看看锦红，正好看见锦红在桥洞里打开一把雨伞，一把玫瑰红色的尼龙伞，小玉还纳闷呢，她带着伞，离家又这么近，为什么站在桥洞里躲雨呢？

二十年以后锦红打着一把玫瑰红的雨伞向春耕的车棚走去。春耕对即将发生的传奇毫无觉察，他看见一把雨伞突然挤进了他的局促的修车棚，许多水珠洒落在地上，然后他看见一个女人的脸从雨伞后面露出来，是锦红的脸，锦红的神情很平静，但她的嘴唇在颤动，锦红枯瘦的面颊上很干燥，没有淋雨的痕迹，可是她的眼睛里积满了水，她的眼睛里在下雨。

锦红坐了下来，坐在一只小马扎上，身体散发着隐隐的雾气。她的目光省略了春耕的脸，在他的膝盖和手之间游移不定。

春耕不敢相信自己的眼睛，他的手上还抓着一团擦油用的纱团，你来干什么，春耕没法掩饰他的慌乱，他把纱团塞进了裤子口袋，你要修车吗？

锦红仍然盯着春耕的膝盖，锦红说，今天我送上门来了，我们的事，得有个结果。

什么结果？什么结果不结果的。春耕嘟囔着，向后面缩了缩，他说，都过去二十年了，你没看见这二十年我是怎么过来的？你还要什么结果。

你在装傻？锦红说，我送上门来，难道是找你来算账的？你这样装傻可不行。你一直是一个人，我现在也是一个人过，我的意思，你要我先开口吗？

春耕这回听清楚了，春耕还是不相信自己的耳朵，二十年的往事在这个瞬间全部浮上了心头。春耕有点害怕，有点茫然，有一点惊喜的感觉，也有一点虫咬似的悲伤。春耕不敢相信自己的眼睛，他看见锦红的一只手迟疑地解开了衬衣的第一颗纽扣，锦红浅短的乳沟半掩半露，一颗暗红色的疣子清晰可见。春耕突然嘿嘿地笑了，你是糊涂了？他说，你没听说我跟冷娟的事？卤菜店的冷娟。我们好了两年了，别人都知道，你不知道？

伞　253

锦红湿润的身子颤动了几下,她的胸腔内部一定发出了尖叫声,只是春耕没有听见。她没有叫出声音来。锦红的目光变得僵直,一点一点地下坠,落在春耕的鞋上,是一双穿破了的旅游鞋,鞋上沾了一块湿泥。锦红慢慢地伸出一只手,把那块湿泥抠掉了。锦红突然清了清嗓子,说,如果我和冷娟都愿意,愿意跟你,你会选谁?

春耕用一种近乎好奇的眼神看着锦红,很明显他想笑,因为忍着不笑,他说话的声音听来有点轻佻,选你——春耕模仿某种笑话的程式,拉长了声调说,那是不可能的。当然选冷娟,她长得漂亮。

春耕说完就后悔自己的言行了。他看见锦红跳了起来,锦红满脸是泪。锦红抓着雨伞像抓着一把复仇之剑向春耕扑来,伞尖直刺春耕,第一下刺到了春耕的胳膊,第二下刺到了春耕的大腿,第三下却扑了空。锦红栽倒在一堆废弃的自行车轮胎中,一动也不动。春耕吓坏了,正要去拉锦红,锦红已经爬了起来,敏捷地躲开了春耕的手。锦红脸色煞白,站在门口整理着衣服,她向车棚的外面张望着,东面看一看,西面看一看,前面也看一看,然后飞快地冲了出去。

大概是一个星期以后,锦红的姨妈到春耕这里来补胎,小玉恰好也来打气。春耕听见两个女人在谈论锦红的再婚。提起锦红,春耕便觉得胳膊上和大腿上的伤处隐隐作痛,幸亏她们谈得更多的是锦红的新丈夫。姨妈说锦红是瞎了眼睛,挑那么个男人,快五十了,还有糖尿病!小玉依然是为她的朋友说话,她说,锦红自己有主张,她早就选好老梁了。老梁会对锦红好的,锦红看人的眼光,不会错的。

春耕没说什么。女人说话时春耕从不插嘴。他一直耐心地听两个女人说话,等到事情都做完了,春耕从车棚里抓出一把雨伞来,塞给锦红的姨妈,说,是锦红的伞,替我还给她。

(2001年)

人民的鱼

春节临近，鱼的末日也来临了。我们街上的傻子光春热爱垂钓，有一天他从铁路那边的鱼塘回来，棉裤是湿的，裤腿上结了一层冰碴，他扛着一根用晾衣竿做成的竹子鱼竿在街上走，沿途告诉别人一个古怪的消息。他们把抽水机搬去了，鱼塘里的鱼就哭起来了，他说，鱼塘里有好多鱼，都在水底下哭！

没有人在意傻子光春的话，大家已经在街上看见了鱼，已经有好多鱼告别了河流和池塘，来到了我们香椿树街，让智力正常的人们感到纳闷或者不公的是鱼的去向，干部居林生的家似乎变成了一口鱼塘，那么多的鱼都游到他家里去了。

善妒的邻居们倚门传播着这件事情，他们指着几只在街上疾奔的猫说，看见了没有，居林生家快成鱼塘了，街上的猫都在往他家跑呢。

鱼和送鱼的人在香椿树街一百二十七号门口来来往往。多少鱼呀，有的鱼很威风，是从红旗牌小轿车上下来的，有的鱼坐着面包车、卡车、拖拉机来，也有的鱼被人随便挂在自行车车把上，很委屈地晃荡了一路，噘着个嘴来到了居林生家的天井。居家的天井里荡漾着鱼类特有的甜蜜的腥气。青鱼、草鱼、鲤鱼，还有黑鱼，几乎都是五斤以上的大鱼，它们水淋淋的，嘴上被人拴了根草绳，有的绳子上还绑着纸条，未及腐烂的纸条上那个"居"字还清晰可见，含义很明显，这是一条属于居林生的鱼，那么多鱼，躺着的挂着的，都是居林生收到的年货。鱼与鱼之间本来素不相识，来到这么个神秘陌生的地方，死去的鱼保持沉默，幸存的活鱼大多瞪着迷惘的眼睛：这是什么地方？他们要拿我们怎么样？可惜鱼儿们都只能躺在地上，连呼吸都困难了，也就不能交谈。也许有几条聪明的鱼知道自己是一种年货，但再聪明的鱼也无法了解近年来人们送礼的时尚，这时尚可说是抬举鱼类，也可说是与鱼类为敌，不知是从哪个部门哪个区域开始的，鱼流行起来了。本地人将鱼作为最吉祥最时髦的礼物，送来送去，在春节前寒风凛冽的街头，随处可见人与鱼结伴匆匆而行，这景象使冬天萧瑟冷寂的香椿树街显出了节日喜庆祥和的气氛。鱼不懂事，年年有鱼，年年有余，连小学生都懂得其中的奥秘，鱼类自己却不懂。鱼不认识字，不懂谐音，不懂灾难为何独独降临到鱼类身上，它们悲愤地瞪着眼珠子，或者不耐烦地甩着尾巴，有的用最后一点力气在人的手下跳跃着，抗议着，但我们知道，失去了水以后鱼的所有愤怒都是徒劳的，怎么跳也跳不回池塘里去了。

一到过年，居家宾客盈门，我们也就有机会看见我们街上最大的干部居林生了。尤其是傍晚时分，居林生夫妻经常站在

人民的鱼　259

门口送客人,有时候是柳月芳送,有时候是居林生送,有时候客人明显来头不小,夫妻俩就一起出来送客。居林生当时尽管只是个科级干部,但他的肚子已经像领导一样鼓得规模很大了,他剔牙齿剔得厉害,大家看见他挺着将军肚,一手叉腰,另一只手随意地向客人挥着,眼睛尖的邻居会注意他的另一只手上还抓着一根牙签呢。相比之下,柳月芳送客有送客的礼数,她笔直地站在门口,脸上堆满了热情的笑容,大家都能听见她清脆的声音,过年来吃饭,一定要来啊,不来看我以后怎么骂你!

好东西多了也棘手,那么多鱼把柳月芳忙坏了。她是个街道办事处的妇女干部,与人打交道的,现在却被迫与鱼群打成一片。所有鱼种中柳月芳最喜欢黑鱼。黑鱼是唯一体贴主人的鱼,柳月芳把它们扔在一只水缸里,黑鱼翻一个身便游开了,好像说,你忙你的,我好养,随便什么时候处理我。其他的鱼都是一副英雄主义的模样,悲壮地瞪着柳月芳和她手里的刀,好像说,来来,杀我,怕死我就不是鱼!那些鱼不能养,也养不活,非杀了不可。柳月芳把鱼一条条地提到厨房里去,刮鳞,剖鱼,都是她一个人干。她让居林生帮忙刮鳞,居林生笨手笨脚的,鱼没怎么样,自己的手倒割破了,也难怪,从来不做家务的男人,怎么会刮鱼鳞?柳月芳只好把丈夫赶回房间里去看电视。她叫儿子出来,儿子在里面恶声恶气地说,让你送人你不舍得送,弄这么多鱼在家里,天天吃鱼,吃得头发上都是腥味,现在看见鱼我就犯恶心!

柳月芳只好一个人对付那么多鱼。柳月芳脾气虽好，也不是圣人，干着干着就发牢骚了。她说，这些人也是死脑筋，怎么光知道送鱼？就不能送点别的？现在的社会风气——真是的，今年过年我们家缺只鸭子，就是没有人想到送只鸭子来。

外面时兴送鱼，我有什么办法？居林生说，我总不能告诉别人，家里鱼太多，缺只鸭子，不让人家笑话？

鸭子也不好，宰起来麻烦，柳月芳说，有人送礼送得聪明，不送别的，送金华火腿，送干货。

居林生听得不受用，在里面讥讽妻子说，好，我明天就告诉他们，别送鱼，让他们送火腿送干货！

柳月芳叹着气说，怎么就时兴送鱼的呢？鱼当然是好的，市场上买条大青鱼起码四五十块，可也不能一窝蜂都送鱼呀，送一条鱼，不如直接送五十块钱实惠呢。

居林生听得火了，冲出来对妻子嚷道，好，我让他们送五十块钱来——你还有没有一点觉悟了？你是要让我犯法蹲学习班去吧？

看丈夫一脸怒气的，柳月芳知道自己牢骚过了头，居林生误会了，以为她在埋怨他无能，柳月芳扑哧一笑，赶紧站起来用肩膀将丈夫往房间里拱，她说，你这人，干什么这么正经，在家里随便说说的话，你也当真？还嫌我没觉悟，没觉悟我就把鱼拎给鱼贩子了，这么大一条青鱼，他们起码给我五十块钱。

即使是能干的柳月芳，忙过了头也会发昏，她出去倒掉了

人民的鱼　261

一大盆鱼内脏，突然想起来家里腌鱼的缸不够用，就跑到隔壁张慧琴家去借缸，说是要腌雪里蕻。张慧琴撇着嘴说，什么雪里蕻，你们家的鱼腥了一条街了，没看见街上的猫都往你家门口跑？柳月芳有点尴尬，但还是死撑着说，就送来那么几条鱼，哪能腥一条街呢，我们家老居最反感别人给他送年货了，他也不爱吃鱼。不骗你，是腌菜用的。柳月芳忙昏了头，借回了缸，却把装鱼内脏的盆扔在门口，后来隔壁的张慧琴就来敲门了。

张慧琴拿着那只盆站在门口，侧着身子看天井里的那排鱼，那排鱼挂在一条绳子上，整整齐齐的，像一支有组织有纪律的自缢殉命的队伍，张慧琴捂嘴笑起来说，腌这么多雪里蕻呀？吃一年也吃不光。

人家亲眼看见了鱼，柳月芳也就不瞒她了，说，不瞒你，这都是内部价买的鱼，便宜，不买可惜。

张慧琴也不点破，仍然站在那里笑，指着一只腌鱼缸说，你怎么把鱼头扔了呢，鱼头可以一起腌的。柳月芳说，我一个人对付这么多鱼，哪里忙得过来？说着突然想起来张慧琴做事手脚是最麻利的，干脆请张慧琴帮她的忙，在开口之前柳月芳就想好了，要送张慧琴一条三斤重的鲤鱼。

张慧琴这人大家知道的，没什么优点，就是热心肠，天生喜欢参与别人家的事务。后来张慧琴就蹲在居家的天井里，和柳月芳一起组成一条流水线，一个刮鳞，一个剖鱼，两个女人并肩劳动，免不了要说些与劳动无关的闲话。

这么大一条鱼,够一大家子吃两天。张慧琴抚摸着一条大青鱼隆起的鱼脊,她说,你好福气呀。

什么好福气?柳月芳明白她的意思,偏要装傻。

你好福气呀。张慧琴叹了口气,说的还是那句话。

柳月芳在昏暗的灯光下偷偷地瞟了她一眼,看见的与其说是一张充满妒意的脸,不如说是女邻居哀伤自怜的表情,柳月芳没说什么,站起来从煤堆后面拖出一个麻袋,拎出了那条鲤鱼往张慧琴脚下一扔,说,别跟我客气,这条鱼你带回去,红烧,给孩子们吃。

张慧琴没有推辞,但也没有接受,只是扫了一眼那条鱼,说,你不要跟我客气的。

烧鲤鱼一定要多放黄酒,鲤鱼虽然土腥味重了点,鱼肉还是很嫩的。柳月芳说,我们这里人不大吃鲤鱼,到了北方,北方人还就爱吃鲤鱼呢。

再怎么腥也比不上冰冻黄鱼腥。张慧琴说,不瞒你说,我们家老孙和孩子都是属猫的,穷命偏偏长个富贵胃,不吃蔬菜,吃鱼,只要是腥的,什么鱼都吃。我们家老孙爱吃鱼眼睛,老三更绝,爱吃鱼泡泡。

鱼价钱贵,你要是再去照顾他们的胃口,当这个家就更不容易了。

可不是嘛。不瞒你说,我买过猫鱼给他们解馋的,张慧琴说,没办法,也是让他们逼的,我拿肉膘熬油,炸猫鱼给他们吃,放一点干辣椒,哎,味道就是好,你要是不嫌弃,哪天我

人民的鱼　263

端一碗过来让你尝尝。

这倒是的，不值钱的东西也能做出好味道的菜来。柳月芳表示同意，不过她对吃猫鱼心里多少有点障碍，就没接女邻居的话茬，看看几天来积存的鱼处理得也差不多了，房间里居林生已经关了电视，还夸张地打了个哈欠，大概是提醒妻子他要休息了。柳月芳下意识地看了眼门后的洗脚盆，突然发现盆里还堆了一堆鱼头，那些鱼头原来准备送给王德基家的，一忙就忘了这事。柳月芳急着把盆腾空，决定把鱼头改送张慧琴，她说，鱼头你们家吃不吃？本来是送王德基的，他老是帮我家拉煤，你如果要，干脆就给你算了。

怎么不吃？张慧琴说，鱼身上的东西，除了苦胆，都能吃，不瞒你说，我最爱吃鱼头了。

就这样，柳月芳把一堆鱼头也给了张慧琴。隔天柳月芳走过张慧琴家厨房的窗口，闻到一股扑鼻的鲜香，她隔着窗子随口问了一声，你做什么菜做得这么香？张慧琴在里面说，你给我的鱼头呀，进来尝一尝？柳月芳说，我不吃鱼头的。话一出口柳月芳便觉得自己有点缺心眼，何必把这事告诉人家呢，她听见张慧琴在里面哦了一声，恍然大悟的声音，柳月芳后悔自己嘴快，把好好的一份人情弄薄了。

鱼在很大程度上促进了柳月芳和张慧琴的邻里之情。没有鱼，两个女人的关系也是和睦的，但有了鱼之后，她们的关系几乎可以说是亲如姐妹了。

她们互相赠送自己的拿手好菜。柳月芳善于做腌鱼，这大家也能想见，每年收那么多鱼，一时吃不了，腌起来，这么吃那么吃，熟能生巧，自然就有心得体会，但张慧琴不一样，这个女人是巧媳妇能做无米之炊，她送过来的什么东西柳月芳都觉得好吃，菜肉馄饨好吃，盐水炝毛豆好吃，白切肚肺好吃，有一回柳月芳去串门，看见张慧琴一个人在吃饭，没有菜，只有一碗汤，是海带葱花汤，点了几滴麻油，柳月芳是好奇，拿了勺子尝了一口，味道居然也很好！

那时大家还不说发掘人才这种时髦话，柳月芳尽管自己也很能干，但她是真心赞赏女邻居的厨艺，加之居林生在外面结交的朋友多，家宴便也多，凡是有一定规模的家宴，柳月芳必然央求张慧琴来帮忙。张慧琴从来不推辞，大家知道她这个人的，你看不起她她在你背后吐唾沫，你敬她一尺她还你一丈，柳月芳跟她要好，她用自己的发卡为柳月芳掏过耳垢。张慧琴在居家厨房里忙碌就像在自己家一样，柳月芳无形之中沦落为她的助手，自己还不知道。张慧琴爱听表扬，她这边忙着耳朵还竖着，听桌上客人对她手艺的反响，反响当然是不错的，大家对居林生大夸柳月芳的厨艺，张慧琴也不计较，只是捂着嘴对柳月芳咯咯地笑，倒是柳月芳不好意思贪功，她要把女邻居推出去引见给客人们，张慧琴死也不肯，她说，人家都是头头脑脑的，我又不认识人家，我又不能提干，出去见面算哪一出？

就像餐馆里的厨师一样，等到宴席散了，便轮到两个女人吃工作餐了。工作餐以残羹剩饭为主，柳月芳总过意不去，她建议张慧琴带这个回去，不要，带那个回去，人家也不要，张慧琴说，我把那个大鱼头端回家就行了。

柳月芳知道张慧琴爱吃鱼头，这不奇怪，还有爱吃蚕蛹爱吃鸡屁股的人呢，柳月芳自己的饮食是比较雅致清淡的，她的饮食风格自然也影响了丈夫和儿子，他们一家人都忌讳吃牲畜鱼禽的头部，也不知道为什么，好像觉得吃那些东西有点低贱，有点野蛮，下不了嘴。张慧琴多次怂恿她尝一筷子红烧鱼头，柳月芳能够想象她做的鱼头有多么美味，可就是不敢接过张慧琴递过来的筷子。张慧琴说，你不吃鱼头就别吃，吃里面的雪菜和粉皮。柳月芳不好拂人好意，夹了一筷子粉皮，味道果然是无比鲜美，但人的心理作用是很强大的，柳月芳莫名地觉得那粉皮的美味也来路不正，美味得有点下贱。

据柳月芳后来告诉邻居，那几年她送给张慧琴的鱼头可以装一卡车了，邻居们清楚她说得有点夸张，但基本上是符合事实的。大家都记得鱼的风光岁月也是居林生的风光岁月，而居林生风光，张慧琴作为居家最亲密的邻居跟着沾光，沾的主要是食物的光，除了春节时候的鱼头，平时张慧琴的炒青菜碗里会盖着两三只鸡头、鸭头什么的，别人好奇，张慧琴也不在乎，指着隔壁说，柳月芳送过来的，她家人嘴刁，什么头都不吃，拿过来我们吃——怎么不吃？鱼头、鸡头、鸭头，都很好吃的！

很可惜，张慧琴与柳月芳两家以鱼为媒的友情后来趋于冷淡了，两家的主妇仍然来来往往，但没有了鱼的穿针引线，这友情好像一件贴身的旧衣服，不知道哪里有点松，随时会绽线，谁也不敢穿。如果我们有心以此为例来考查邻里关系在新形势新时代的嬗变，时尚恐怕是个罪魁祸首。对的，首先要归咎于时尚的变迁让大家摸不着头脑，不知从哪年开始，人们送礼不送鱼了，除了甲鱼偶尔可见，过年时候人们送来送去的东西开始与世界接轨，以西洋参、龟鳖丸、螺旋藻、脑白金一类的营养保健品为主，辅之以包装精美携带方便的山珍海味——都是些华而不实的东西，鱼呢，好像被人遗忘在池塘里了。这是鱼的幸运，但却是张慧琴的不幸——此话是背着张慧琴说，当她面说非挨她骂，不吃饭会饿死，不吃鱼头死不了的。谁都知道张慧琴家的儿女都长大了，挣钱了，有个儿子做个体户，发了财，买多少鱼都买得起。我没有看轻张慧琴的意思，只是要说清楚这其中的变故原因是多方面的，另外一个原因与居林生仕途失意有直接关系。我们香椿树街的人一直以来都对居林生的官运抱有一种盲目的信心，后来却听说他爬不上去了，不仅爬不上去，还因为年龄偏大、没有学历、缺乏政治理论修养和专业领导才能等诸多因素，掉下来了，至于那个谣言，说居林生下台是因为喜欢拧女同事的屁股，拧多了把自己拧下台来，可信度就不高了，从来就没听说过有人因为拧屁股把自己的政治前途拧掉了的事，一定是那些忌妒居林生的人编派出来的谣言。道听途说不足信，不过邻居们相信居林生确实是掉下来了，他们得出这个结论依据的是自己的观察，每年过年前夕送礼高峰的时候，居林生家门前冷冷清清的，有时候迎着暮色看见一个人拎了东西站在他家门口,细看一下,是居林生自己。

好像又换了个人间。居林生一家失意了,张慧琴家的日子却开始红火起来。回顾张慧琴后来的幸福生活的源头,大家一致认为是靠了她的大儿子东风。靠的是东风的什么呢,说起来不那么顺嘴。不是东风有多孝顺,不是东风学历高,也不是东风天生有一颗商人的精明脑袋,是东风有一年捅了人,差点闹出人命,上了"山"去劳改,后来从"山"上下来,没有工作,就干了个体户,结果偏偏靠这名不正言不顺的个体户发了家!东风和几个朋友合伙从海上走私香烟,虽然有一定的风险,风险背后是巨额的利润,东风每次从海上回来,人晒得像一根木炭,一身汗臭和海腥味,但是他怀里揣着一个黑色塑料袋子,里面都是钱。张慧琴提心吊胆地数儿子的钱,数得怕起来,她在丝厂挡车,挡一辈子车不如儿子辛苦一天的钱多,怎么能不怕?她怕儿子再出事,死活不让儿子再到海上去接香烟,一定要他做一件什么安稳的事情,这件事情是什么,一时没想起来,儿子没什么脑子,当然也没生意。有一天夜里张慧琴路过百货商场前的灯光夜市,看见好多人夜里跑出来吃螺蛳吃臭豆腐什么的,夜空中回荡着一片吃的声音,吮螺蛳的声音像一种表达爱情的电子音乐,炸臭豆腐的气味远处闻着是臭,走近了却是香气四溢。那么多人呀,他们在一个国泰民安的夜晚尽情地吃,什么都吃,吃了那么多!张慧琴站在一个卖炒年糕的摊子前,情不自禁地抓住了摊主篮子里的年糕,拿一条年糕去敲另外一条年糕，她眼睛发亮，站在那里敲年糕，摊主不干了，夺下年糕说，你吃什么快说，别敲我的年糕。张慧琴是不愿受人抢白的人，瞟了眼对方摊子上的配料，脸上立刻浮现出了一丝鄙夷之色，你这么炒年糕的？她说，炒年糕不用菠菜能好吃吗？可以这么说，离开了那个炒年糕的摊子后，一个新的张慧琴就诞生了。这个女人虽然没有多少文化，却在无意中发现了一个朴素而永恒的商机，不管时代怎么样变化，人长了一张嘴，总是要吃的呀！有人爱吃，有人爱烹饪，怎么也犯不了法，这不就是天下最安稳的生意嘛。

张慧琴的儿子东风后来就开了那个餐馆，也就是现在我们街上大名鼎鼎的东风鱼头馆。用餐饮业的行话来说，东风的餐馆是特色餐饮，家常风格，主打产品是鱼头。我因为有一点美术功底，被东风拉去为餐馆画了几个鱼头，写了一些美术字，现在大家在鱼头馆看见的玻璃橱窗上的大鱼头，还有菜单第一页上的四行大字，都是我的作品。

　　白汤鱼头
　　红烧鱼头
　　酸辣鱼头
　　五味鱼头

至于东风鱼头馆的厨师是谁，不用我说大家一定已经猜到了，厨师就是东风他妈张慧琴。

我一直对我们香椿树街的落后风貌直言不讳，这个现代化进程异常缓慢的街区，至今有人在偷国家的电，有人在水表上做了手脚，一滴一滴地偷国家的水——恕我不在这里点他们的名了。令人费解的是大家捂自己的钱包捂这么紧，却都愿意去捧东风鱼头馆的场，这几年来，鱼头馆做的居然是高难度的街坊生意！冷静地探讨一下，此事也许不那么奇怪，是个健康的人都会嘴馋，更何况张慧琴每天在灶上炖那个白汤鱼头，炖得奇香扑鼻的，大家住在附近，天天从那儿经过，总不能掩着鼻子吧——说句题外话，这对餐饮业的从业人员或许会有所启发，好广告不用花什么钱，不用到电视上去做，不用到报纸上做，就在空气里做，大家听到的是更加具体更加可信的广告词：挡不住的诱惑挡不住的诱惑！

大家都挡不住来自东风鱼头馆的诱惑，加上街坊邻居能够享受八折优惠，很多从不上馆子的居民都去鱼头馆品尝了张慧琴拿手的鱼头菜。只有柳月芳一家挡得住，也许是过去鱼吃多了，柳月芳一家从来没去过鱼头馆。邻居知道柳月芳和张慧琴关系好，都纳闷柳月芳为什么不去，有人还自作聪明地分析，是不是张慧琴现在发了，居林生现在无权无势了，张慧琴就那个什么了，柳月芳最不爱听别人提她丈夫的失意，一句话堵住了别人的嘴，她说，你们不知道的，我们不吃鱼头，我们一家人，不吃头，什么头都不吃！

张慧琴是被冤枉的，其实只有柳月芳知道，张慧琴是多么诚心地邀请他们一家去东风鱼头馆做客，当然说好是一切免费。张慧琴一直在劝说柳月芳去她的鱼头馆,她说,我知道你们不吃鱼头,我做别的给你们吃不行吗?柳月芳还是固执地微笑着,她这人有特点,微笑代表了否定,说,你不用客气的,你们做生意,又不是开慈善会,怎么能白吃?张慧琴说,别人不能白吃,你们一家人来是可以白吃的,我以前吃过你们家多少东西,不也是白吃的嘛。柳月芳还是摆手,以前是以前,现在是现在,不一样,不一样了。这句话让张慧琴听出了一点别的味道,她也是聪明人,能够体谅对方的心境,柳月芳这几年不如意,就像鸡群中的一只鹤,突然变成一只鸡,而她张慧琴,虽不能说从一只鸡变成了鹤,但在别人眼里她现在就是发了,念及这些,张慧琴也就不能动人家的气,她抓住柳月芳的手,用力晃了晃,说,我不管你说什么,反正我这客是请定了,你给面子就自己来,不给面子我让店里的小伙子准备上麻绳,五花大绑的也要把你们一家绑来!

也是张慧琴的一片诚意打动了柳月芳,有一天柳月芳终于带着居林生和儿子居强,还有居强的女朋友去了东风鱼头馆。张慧琴把他们一家请进了刚刚装修好的包厢。一桌子冷菜就可以看出张慧琴对这次宴请的重视程度,不光是丰盛,是张慧琴的有心让柳月芳一下领了情。柳月芳一进去就瞥见了糯米糖藕,那是她最爱吃的,白切猪肝,那是居林生爱吃的,甚至儿子爱吃凉拌豆腐,张慧琴也记得。柳月芳知道女邻居是用一颗真心在还过去的情,人就有点走神,想起过去的那许许多多的鱼,许许多多的鱼头,不由得百感交集起来,她对丈夫和儿子还有他的女朋友说，人家是真心的，吃，来了就不要客气了，吃！

正如张慧琴事先许诺的那样，他们的桌上没有鱼头。他们本来是不会吃鱼头的，可是当张慧琴亲手端上一锅老鸭汤时，居强的女朋友小声地向居强嘀咕，怎么是鸭汤，我以为是鱼头汤呢，这家馆子不是鱼头最有名吗？

大家都听见了那姑娘的疑惑。这疑惑后面显示了她对鱼头的向往，听得出来的。张慧琴抿着嘴笑，还偷偷地看了柳月芳一眼。柳月芳不知是恼还是窘，躲着张慧琴的目光，看看丈夫，又看看儿子，最后就看着沙锅里的老鸭——老鸭的鸭头也让细心的主人拿掉了。对面的居强此时有点尴尬，他用手盖着嘴向女朋友解释着什么，柳月芳猜得出来，一定是说，我们一家人不吃鱼头的。那姑娘却有个性，什么场合都敢于撒娇，学的是电视里的还珠格格，她好像在桌子底下踢了居强一脚，桌子上的碗盏猛地一颤，她抓着居强的耳朵说悄悄话，嗓音却天生的尖利，柳月芳听得清清楚楚：你前天还吃鱼头的！居强有点急了，慌乱地向父母这里扫了一眼，仍然压低了声音说话，但逃不过柳月芳灵敏的耳朵，儿子说，我是陪你吃的！

张慧琴就是这时候咯咯地笑起来，或许是感谢一对青年维护了鱼头的荣誉，她用疼爱的目光看着柳月芳的儿子和未来的儿媳妇，什么陪你吃陪他吃的，这叛徒当得好！她用手指戳着居强的脑袋说，鱼头最好吃，吃过了你就知道了吧？你不光要陪女朋友吃，还应该陪你父母吃！

宴席的格调突然急转直下，鱼头变成了某种态度的象征，涉及对姑娘的关爱，对张慧琴的尊重，也隐隐涉及到当事者对变革的态度。张慧琴把握了时机，眼睛发亮，盯着柳月芳说，怎么样，看清形势了吧？这鱼头不吃不行，我今天非破你这个戒不可。

柳月芳更窘了，她一定是意识到自己的决定不仅关系到鱼头，责任重大，便有点像踢皮球似的，把皮球踢到居林生那里去了，她对张慧琴说，我吃东西哪有这么挑剔？问老居吃不吃，鱼头，他吃不吃？张慧琴知道这是柳月芳让步了，当然乘胜追击，她说，老居呀，你疼不疼儿子，疼不疼儿媳妇，就看你的表现啦！居林生当时正在剔牙，年龄不饶人，他现在吃一点东西就得剔剔牙，听到要他表态，下意识地扔掉了牙签，人也坐端正了，居林生毕竟是居林生，能够认清形势，也善于表态，他的表态豁达而仁慈。这又不是什么原则问题，他说，上鱼头就上鱼头吧，谁爱吃谁吃，什么事都应该百花齐放百家争鸣嘛，鱼头又不是其他什么头，本来就可以吃的。

后来就给居林生一家上了鱼头。上鱼头不吃也不算张慧琴的什么胜利，让张慧琴感到骄傲的是居林生柳月芳最后终于没能抵挡住红烧鱼头的香味，吃了红烧鱼头，再给他们上一盆鱼头白汤，夫妇俩也没推辞！张慧琴后来绘声绘色地向别人描述那场特别的晚宴，她说，我也不知道怎么回事，着了魔似的，就是要让他们吃我的鱼头，看他们一家吃了鱼头，我就心安了。当然张慧琴这么多年来始终没学会谦虚，她借居林生一家之口赞美自己制作鱼头的厨艺，听听她怎么学人家说话的——

居林生是这么说的,鱼头,味道很不错嘛。

柳月芳是这么说的,好吃的,没想到鱼头这么好吃。

居强的女朋友是那么说的,明天要减肥了,这鱼头汤,不要太好吃哦!

居强近来迷上了文学创作,时常即兴地念出一些诗句让女朋友鉴赏,那天在鱼头馆他偶得小诗一首:

  年年有鱼
  年年有余
  有鱼的世界多么美丽
  有鱼的世界多么富裕

平心而论,居强那首诗是有感而发,连张慧琴都听出了诗句中饱含着作者的感情和世事沧桑,她在一边为居强拍手,柳月芳没有什么表示,但看得出来她对儿子的才华是很自豪的,居林生听出来儿子的诗韵脚整齐,他说,有一点进步,这首诗还是押韵的。居强那女朋友却很扫兴,她只顾滋溜滋溜地喝鱼汤,一边喝一边说,别念了别念了,什么破诗!

(2002年)

哭泣的耳朵

哥哥比弟弟大三岁，天经地义的，哥哥应该照顾弟弟。但那年夏天哥哥交了几个不三不四的朋友，人像水一样地往低处流。他的喇叭裤勒紧了屁股，看上去随时会绽线，他的军帽歪着戴，帽檐下滋出几簇长头发，油腻腻的，抹过发乳，散发着一丝堕落的香气。他天天带着象棋到铁路桥下的公厕去，一边方便一边和人下棋，是赌残局的。这个哥哥，你还让他照顾谁去？人不学好的另一个标志就是懒惰，而哥哥的懒惰正在损害弟弟的利益。就说去白铁铺取水壶的事，早晨母亲出门前把它写在厨房的小黑板上了，注明是哥哥做的事，注明要带上五毛钱，还写了一句：别忘了盛上水试试。弟弟在厨房吃早饭的时候看得清清楚楚的，可等他去了一趟公共厕所回来，发现黑板上母鸡变了鸭，春风的名字已经改成了春生，是弟弟的名字了。弟弟知道是哥哥做的手脚，他想也没想，随手就把那个"生"字擦掉，又把名字改回去了。

整个夏天弟弟看上去都愁眉不展，不为别的，是为了游泳的事。母亲有一天路过护城河的酒厂码头，亲眼看见有人从那里捞起了一个溺水的男孩,母亲在那儿看了会儿,突然产生了许多不必要的联想,看见河对岸一群孩子还在水里打闹,母亲便春风春生地狂叫起来,对岸有人呼应道,春生刚刚还看见的,春风没看见!母亲就慌慌张张地往家赶。还好,路上看见了春风,春风和他的朋友坐在菜场卖豆制品的架子上,鬼头鬼脑的,不知道在干什么。母亲没心思去调查他们在干什么,她问大儿子,你弟弟呢?哥哥先说不知道,马上改口说,在家呢。母亲骑着车赶到家门口,一眼看见门口的晾衣竿上挂着弟弟的游泳裤,是两条红领巾改制的,还滴着水,母亲才松了口气。弟弟迎出来为母亲例行公事似的拿饭盒,母亲脸上仍然是一副劫后余生的表情,她看着弟弟头发上残留的水滴,说,好,上来了就好。但她的脸还是白着的,不得了啦,酒厂码头又淹死一个,肚子胀得那么高!她向弟弟描述了那个男孩膨胀的孕妇似的腹部,还说男孩的嘴里塞满了泥沙,泥沙里还长了一堆水草。弟弟不相信什么泥沙什么水草的事,那只是母亲在吓唬人,为她下达禁令添油加醋罢了。

弟弟愁眉不展。他再也不能下护城河游泳了,这道禁令,弟弟知道违抗不得。但他不能不游泳,去年夏天他刚刚在护城河里学会了游泳。弟弟偷偷地跑到工人文化宫的游泳池去游,游了没几天,不巧,得了红眼病,一双眼睛躲避着光线和别人的目光,依然红得令人心痛。母亲大怒,一口咬定是游泳池传染的红眼病。怎么能不传染?她说,你难道不知道,有人在游泳池里小便的!红眼病也来和弟弟作对,这样一来,母亲连游泳池都不准兄弟俩去了。

禁令对哥哥没什么影响,他对游泳不感兴趣,他和那些不三不四的人混,其他事都偷懒,这么热的天,哥哥洗澡也偷懒,拿水在身上胡乱抹两下,就骗母亲说是洗过了。弟弟夜里闻得到哥哥身上强烈的汗臭,像熏醋的气味,弟弟埋怨哥哥比猪还臭,但他不敢嚷嚷,许多事情上他也要哥哥替他打埋伏。比如游泳的事,弟弟红眼病一好就违抗了禁令,偷偷去阀门厂游泳,母亲不知情,但哥哥知道弟弟藏游泳裤的地方,瞒不了他。就像一个山头的强盗和土匪,他们谁也不能要挟谁,弟弟也捏着哥哥的把柄,哥哥和冯青他们在家里赌博,赌香烟,赌光屁股,赌吃牙膏,还赌钱,好几次都被弟弟撞见了。

下午弟弟去阀门厂游泳时路过了白铁铺子,一顶草草搭制的遮阳棚从门檐上挑出半米多远,没有挡住多少毒辣的阳光,他经过那儿的时候觉得四周翻腾着一股热浪。那五个老头坐在闷热的铺子里,叮叮当当地敲着白铁,一台破旧的台式电扇坐在地上,摇晃着脑袋,向五个老头公平地分配着热风。好多铁皮桶花洒烧水壶堆在地上,有的挂在墙上。弟弟不认识他们家的水壶,认识他也不拿,那不是他的事,是哥哥的事。五个老头在炎热的午后集体劳动的景象倒是有趣,弟弟看见瘦的历史反革命分子刚刚修好了一只铝盆,他用油漆在盆底写着什么字,其他几个都在敲,胖的历史反革命分子在补弄谁的铝饭盒,他的脸热得通红,白背心被汗弄湿了,紧贴在身上,透出两个像妇女一样的乳房。逃亡地主背对着街道,他在用锤子敲一块圆形的白铁皮,弟弟只能看见他的裸露的后背上贴着一张膏药,他穿着长裤,却把长裤挽成了一条短裤;由于严重的静脉曲张,他的小腿看上去好像爬满了蚯蚓,让人反胃。资本家看上去最年轻,他戴眼镜,头发还是黑的,身上的军用衬衫不知从哪儿弄的,这么热也不肯脱;他还模仿炼钢工人,在脖子上系了一条白毛巾,好像这么一打扮别人就忘了他是资本家了。他们四个人都埋着头劳动,没有注意弟弟,只有门边的老特务抬起花白的脑袋,疑惑地看了他一眼,他的眼睛让弟弟吃惊,左眼角有一块淤青,好像被人打的,肿着,睁不开的样子,右眼安然无恙,但弟弟清晰地看见眼眶里盛满了莫名其妙的泪水,弟弟说了一句,又不枪毙你们,哭什么?说完他就走了。

七月炎热的天气把人都赶到阀门厂的游泳池来了。游泳池不正规,长度宽度都不够,水有点发绿,也许好几天没消过毒了。来的人大多成双成对,男男女女的年轻人在一起,男的看上去便很骄傲,也不管他带来的女朋友是美是丑。女孩子不一样,有的害羞,像个木桩似的插在水里不动,有的就一点不害羞,靠在池边上东张西望搔首弄姿的。他们都不怎么游,好像是来泡冷水降温的。弟弟不甘心,在人堆里钻来钻去地游,结果不小心撞到了几个人,其中一个是烫头发的姑娘,撞她撞得部位不巧,那姑娘竟然尖叫起来,小流氓,小流氓!她骂人弟弟不在乎,弟弟不怕女的。他回敬一句你是女流氓就继续游,但有个家伙突然冲过来拧住弟弟的耳朵,瞪着眼珠子吼,你活

哭泣的耳朵 279

腻了？你敢调戏我的女朋友？那家伙手劲好大，弟弟好不容易才挣脱了他的手，觉得耳朵很疼，疼得快从脑袋上掉下来了。他懂好汉不吃眼前亏的道理，没有盲目地与那个家伙正面交锋，回头去寻找那个烫头发的姑娘，她靠在池边上，一边咬着指甲一边冲着弟弟这里笑，看上去很自豪的样子，把弟弟气坏了，弟弟从小嘴不干净，一张嘴就骂了句最脏的，姑娘听没听见他不知道，反正那个家伙一定听见了，他后来发疯似的，一手继续揪住弟弟的耳朵，另一只手掐住弟弟的脖子，把他往游泳池外推。就那样当着游泳池里那么多人的面，好像小偷被警察当场捉拿一样，弟弟被一个力大无比的家伙推出了游泳池。

弟弟捂着耳朵。剧烈的疼痛使他丧失了任何报复的念头，他很想找到一面镜子看看耳朵的情况。他自觉颜面扫地，也没勇气再跳回游泳池了，所以他向那个家伙匆匆喊了一声我认得你，然后就跑了。

弟弟回到更衣室时发现他的拖鞋没有了。进来的时候他没有租到小箱子，只好把拖鞋毛巾肥皂放在角落里，好多没租上箱子的人都把东西放在角落里，可他的拖鞋失踪了。不知让谁穿走了。弟弟气冲冲地跑去质问那个女管理员，那女人一点也不肯承担责任，她说，告诉你人满了别进，你非要进，鞋子丢了怪谁？你倒是教教我，我一双眼睛怎么照看三十几双鞋子？女人一边发牢骚一边嚼着一块糍饭糕，弟弟怨恨地瞪着她的嘴，忽然想起母亲描述的那个溺死的男孩，弟弟浮想联翩，就冲女人骂了那句没头没脑的话，嘴里全是泥，嘴里还长草！

只好回家去。弟弟后来用一块毛巾和一条裤头裹着脚，穿过阀门厂外面那条长长的砂石路，向香椿树街走。七月毒辣的阳光不仅把路上的砂石烤得滚烫，折磨着他的双脚，它还像无数针尖戳着他受创的耳朵。弟弟的心中充满了受辱后尖锐的仇恨。仇恨主要针对游泳池里的那对男女，也有针对空中的太阳的，还有针对一些不明事物的，比如那个不负责任的女管理员，那个穿了他拖鞋的人，无论是偷鞋还是错穿都令他痛恨，还有东风他叔叔，他恰好骑着自行车经过那条砂石路，经过他身边，弟弟拉住他的自行车后架，想搭坐着回家，没想到他反应敏捷，后腿一蹬，倒踹了弟弟一脚。弟弟追着他跑了几步，他头也不回，说，滚！全世界的混账东西都让弟弟碰上了，怎么能让弟弟再讲文明礼貌？弟弟一张嘴又骂了起来，李三年，你强奸过幼女，东风说的！东风他叔叔还是不回头，他很冷静地回击了弟弟一句，我强奸过你妈妈！弟弟没捞到什么便宜，只能怀着满腔的仇恨在滚烫的路上走，他一跳一蹦地走，突然想起来街上是曾经出过一个强奸幼女的人，不是李三年，是谁呢，就住在化工厂旁边的，他的名字，弟弟怎么也想不起来了。

其实搭不上自行车也没什么大不了的。弟弟走了没多久就看见了桥。走过桥头他就得救了，街上开始有树阴，路面是青石板的，光脚走路也不怕。弟弟在桥头拆下了脚上的裤头和毛巾，突然听见哥哥的声音。他在喊弟弟的名字，准确地说是喊他的绰号，粉皮，粉皮，你下来。粉皮这种绰号起得没什么水平,不过就是影射弟弟拖鼻涕的历史,谁小时候不拖点鼻涕呢?弟弟本来不和哥哥计较这些事,但那天下午哥哥一喊弟弟的绰号,他觉得好像一支冷箭射来了,射的不是别处,是他的耳朵,他的耳朵一阵剧痛。弟弟抓着自己的耳朵,寻找哥哥的影子,四周都没有,原来在下面。弟弟看见哥哥和黄瓜正坐在阴凉的桥洞下面下军棋。粉皮你跑哪儿去了?哥哥仰着头说,妈让你去白铁铺取水壶,怎么还不去?还不快去,铺子快关门了!

弟弟对他这一套并不意外,他说,放屁。

你说谁放屁?哥哥说,你说妈放屁?吃豹子胆了?

你放屁!我说你放屁。

黄瓜他们在桥下面都笑起来,哥哥手里攥着一只棋子从下面冲上来,铁青着脸在弟弟头上刷了一下,你敢在外面拆我的台?小心我揍你。他从裤子口袋里掏出一张皱巴巴的纸塞给弟弟,说,别废话,你没看见小黑板?快去白铁铺子取水壶,否则妈今天就烧不了开水了!

烧不了也不关我的事。弟弟说,那是你的事。

什么你的事我的事,是家里的事。哥哥瞪着眼睛说,你比猪还懒,吃得比谁都多,还不肯干事,你要不去拿水壶,以后就不准喝开水!

不喝就不喝,反正我从来不喝开水。弟弟说,我喝冷水的。

你是猪脑子,冷水是用开水凉出来的,你不知道?好像是弟弟的智商激怒了哥哥，弟弟看见哥哥的脑袋开始斜过来，目光直直地盯着自己的脸部——主要是耳朵，哥哥开始抖动手腕，弟弟知道他的目标和游泳池那家伙是一样的，目标是他的耳朵。这个夏天哥哥不知道拧过多少次弟弟的耳朵了。弟弟下意识地大叫一声，滚开。弟弟来不及思考，身体首先后退了一步，双手拢紧了他的耳朵。哥哥的目光好奇地在弟弟全身上上下下地跳了几下，你慌慌张张的，又去游泳了？还干什么坏事了？他瞪着弟弟的耳朵，说，你耳朵怎么啦？松手，让我看看，你的耳朵怎么啦？好呀，你还光着脚，你的鞋怎么也没了！

不知道是缘于耳朵还是脚，还是一种手足无措的慌乱，或者是从游泳池归来后的辛酸，弟弟差点哭出来，幸好他把眼泪忍住了。他垂着头，看见父亲从上海捎来的新拖鞋在哥哥脚上闪烁着宝蓝色的光芒。弟弟决定向哥哥妥协。弟弟说，我替你去拿水壶，可以，那你把你的拖鞋给我。哥哥说，你穿我的鞋我穿什么回家呢？你还没说清楚呢，怎么把鞋弄没了？难以解释的事情用不着解释，弟弟没有多嘴，弯下腰去把哥哥的两只脚从人字拖鞋里强行搬了出来。哥哥毕竟大了三岁，任弟弟扒走自己的拖鞋，你要是把拖鞋弄坏了，我敲死你。他推了弟弟一把，快点，快点去，妈回家以前一定要把水壶取回来。

弟弟穿上了哥哥的蓝色人字拖鞋，好像穿着两条船下了桥。一种响亮的声音从他的脚下传出，回荡在午后的香椿树街上，嗒，嗒，嗒，节奏清晰明快，听上去类似宣传队敲小竹板的声音。蓝色人字拖鞋带给弟弟一丝莫名其妙的快乐。弟弟一路跑着，一路看着脚上的拖鞋，他的心情被脚上的一小片蓝色照亮了。弟弟不知道自己是否微笑了，只知道他看着脚走路时耳朵不那么疼了。但他走过诊所旁边的向阳院时，他的同学金桥看见了他的微笑。金桥倚着门怪叫起来，你这个傻货，穿人字拖有什么了不起的？走路还看着它，走路还在笑！弟弟站住了，他说，谁在笑？你才是傻货，小心我敲你！他们一个倚着门，一个在路边站着，两个人的眼睛都骨碌碌转着，一边对峙一边思忖着什么。金桥先骂起来，谁敲谁？你敢敲我？弟弟说，那你敢敲我？你来，来敲，我就站在这里，你有种来呀。金桥朝身后的向阳院里瞟了一眼，看见一个男人在收晾衣竿上的衣服，金桥就改口说，你有种我们约地方，明天下午三点，酒厂码头见，你不来就不是人！弟弟也向院子里瞥了一眼，他认出那个收衣服的男人是金桥的父亲，弟弟鼻孔里哼了一声，说，码头见就码头见，你不来的话，我以后看见你就不叫你金桥，叫你大便！弟弟骂得有点得意，走了几步，仿佛看见金桥正浑身紫胀，挺着孕妇般的大肚子躺在酒厂码头上。于是他又回过头，一脸神秘地对金桥喊道，嘴里塞满泥，嘴里长满草！

　　离开了向阳院，弟弟才发现天色已经暗下来了，有三个刚刚下班的女人各自提着一个网袋在他前面走，无意中做成一排人墙挡着道，网袋里的饭盒让弟弟一下想起了水壶的事。他从三个女人的缝隙中穿过去，把女人手里的饭盒撞得都当当响起来。女人们在后面骂，弟弟头也不回，向白铁铺的方向一路奔跑过去。

弟弟正好赶上白铁铺关门的时间,敲白铁的声音早已平息,弟弟远远地看见一个瘦老头在用叉杆把凉棚上的塑料布收下来,抱着那堆东西进去了。

白铁铺的排门已经依次上好,只剩下最后一片了,五个敲白铁的反动老头,也只剩下了老特务一个人。弟弟看见老特务抱着一片门板,正从里面狭窄的门缝里挤出来。弟弟堵在了他身前,掏出那张纸条,高喊了一声,取水壶!老特务缓缓地移动了一下身子,脑袋从门板后面探了出来,他眼角的青肿在暮色中看起来就像一条黑色的虫子在蠕动,他的另一只眼睛睁开着,仍然泪汪汪的。他就用那只泪汪汪的眼睛瞟了一眼纸条,瞟一眼又闭上了,弟弟注意到他抬起胳膊擦了下眼睛,还是抱着门板不放。

明天来取。他说,我们下班了,你没看我在上门板了吗?

不行。弟弟说,明天取,我们今天拿什么烧开水?

那我管不了。他说,我不负责取货。取货要找老孙。老孙已经走了。

放屁。弟弟说,取个水壶哪有这么多规矩?

你这孩子怎么说话呢?他说,我这把年纪了,我七十多岁的人了,犯得上跟你一个孩子斗气吗?

那你就把我家的水壶给我。弟弟说,要不我自己进去找,我认得我家的水壶。

我们这儿也有规章制度的。他说,取货是老孙负责的,他不在，我们就不能把壶给你，这是我们的制度。

你们牛鬼蛇神还讲什么制度？弟弟的脑袋探进门去，四处搜寻着，他说，我不管你们那一套，我得把水壶拿回家去。

是牛鬼蛇神就更加要守制度了，你是孩子，还不懂。他摇了摇头，取水壶也要讲制度，破坏制度就犯错误，你们小孩子，不懂里面的道理的。

不懂就不懂，你把水壶给我就行了。弟弟不耐烦了，整整一天的失败让他对最后这件事情认真起来，他把老特务往旁边推了一把，一猫腰钻进了白铁铺，铺子里没有灯，弟弟看见许多的桶、盆、壶和花洒，或者堆在地上，或者吊在空中，一时找不到他家的那只水壶。弟弟说，老特务，你把我们家的水壶放哪儿了？

可是弟弟的行为把老特务惹恼了。滚出去！老特务抱着那块门板，对着地面撞了好几下，滚出去，他对弟弟叫喊着，你再不出去我就不客气了。

弟弟没想到老特务会如此愤怒，即使在幽暗的白铁铺里，他也能看到老头的烂眼睛里迸发出愤怒的火花。老头怀里的门板也调整了方向，老头抱着门板好像抱着一件武器。弟弟有点慌，但弟弟的嘴不饶人，你对我不客气？你个老特务也敢来惹我！弟弟说，你吃了豹子胆了，看我不收拾你？弟弟从来没有和一个老人干仗的经验，老特务到底还有多大的力气，心里没底，他就试着去拍拍那块门板。这一拍把老特务彻底惹毛了，老头突然地把门板抡到了半空，弟弟感觉到一股风，他迅速地向后跳了跳，蹲了下来，弟弟说，你干什么，用门板砸我？你吃豹子胆啦？老特务说，我就吃豹子胆了，今天就砸死你这个小兔崽子，本来就活腻了，砸死你我偿命，我还赚一命！弟弟这时候意识到了某种危险，他抱着脑袋向门那边退，退到门边他觉得安全了，正想说句什么，脖子上突然被一个人啪啪扇了两下，原来是哥哥来了。

哥哥怒气冲冲的，哥哥的脚上穿的不知道是谁的鞋，是一双破了口的解放鞋。我就知道你什么事也做不成，取个水壶也不会，哥哥几乎是吼着问，妈已经到家了，让你取的壶呢？

不怪我。弟弟闪避着哥哥的手，他指着里面的老头说，你问他去，是他不让我取。

哥哥向里面扫了一眼，看见老特务正把门板放下来，靠到墙上。哥哥很冷静地说，他为什么不让取，你不跟他说清楚，妈等着壶烧开水洗澡呢！

你问他去！弟弟尖叫起来，他说什么也不让取，还用门板拍我！

哥哥的眉头皱了起来。哥哥把弟弟向外面一推，自己闯了进去。你用门板拍我弟弟？哥哥问老特务。老特务冷笑了一声，似乎是表示不屑，也似乎是表示否定，他不吭声。哥哥说，你不让我弟弟取水壶，还用门板拍他？你这种人，还敢欺负小孩子？哥哥逼到了老特务面前，在一片幽暗中与老头脸对着脸，你这把年纪活到狗身上去了？哥哥在老特务的肩上戳了一下，你个四类分子，也敢欺负小孩子？老特务还是沉默不

哭泣的耳朵　287

语,不过他的手开始行动,他去抓门板,哥哥傲慢地让开一条路,说,我让你抓。哥哥让他抓,老特务偏偏又把门板扔掉了,站在门边的弟弟看见老特务突然向哥哥身上扑去,然后他们就扭打在一起了。

　　滚出去,滚出去!弟弟听见老头一迭声地怒吼着,他的声音听上去已经变调了,比女声更加尖利更加单薄。他的声音让弟弟体会到一种模糊的快感,弟弟凑上去,看见哥哥强壮的身体把老头压在墙角,很像一块岩石压着一段枯木,在这次真实的格斗中弟弟发现了哥哥惊人的青春的力量。力量对比很悬殊,老头其实没有什么力气了,只剩下一只手颤抖着,顽强地在空中抓挠着什么,弟弟意识到那只手袭击的目标,于是他大声提醒哥哥,小心,他要抓你的耳朵!哥哥喘着粗气对弟弟喊,你去找我们家的壶,赶紧送回家去!弟弟只当没听见,他瞪着老头的手,突然一下,按住了它,我让你揪耳朵!弟弟忿忿地说着,自己的手抓到了老头的耳朵,老头的耳朵很薄很大,也很柔软。我让你抓耳朵!弟弟说着将手里的耳朵拧了一圈。我让你揪耳朵!弟弟说着又把老头的耳朵转了一圈,这次他听见了老特务的一声尖叫,那尖叫声凄厉得令人心惊,哥哥和弟弟一下都愣住了。哥哥猛地松开手,有点慌乱,问弟弟,你干什么了?我让你别在这儿,去拿水壶!弟弟说,我没干什么,就揪他耳朵了,他是装死吧。

　　老特务跌坐在地上,他的脑袋顺着一只水桶向右下方倾斜,然后枕在一只花洒上。他的喉咙里先是发出了含糊痛苦的呻吟，随后呻吟声完全变成了另外一种声音，哥哥和弟弟听得很清楚，是笑声。老头竟然笑了，尽管笑声嘶哑而短促，但仍然是笑声。哥哥和弟弟一时不知所措，哥哥问弟弟，他怎么啦？弟弟说，他疯了，肯定是装疯。然后他们听见老特务开始说话，由于喘着粗气，声音也微弱，听不清楚。哥哥和弟弟都弯着腰凑上去听，总算听清了，老头其实没说什么，他说，我这把年纪是活在狗身上了。老特务仰着头，望着白铁铺低矮的顶棚说，我这把年纪是白活了，我怎么活的？我和小孩子打起架来了！

兄弟俩看见一张扭曲的老人的脸浸在白铁铺幽暗的角落里，一动不动。除了三个人的喘息声，铺子里静下来了，剪切过的白铁皮零乱地扔在地上，长条形的，圆的，方的，都保持安静，修理好的器具大多挂在墙上，没有修理的都堆在墙角，脸盆，洗脚盆，水桶，花洒，都闪着淡淡的白光，保持安静。哥哥和弟弟弯着腰研究老头的脸，没有得出什么结论，他们无法确定那是一张笑脸，还是一张哭泣的脸，老头看上去是笑着的，但泪水正像泉水一样从他的眼睛里涌出来，涌出来。

外面却有动静了，有人从外面探头向白铁铺里面张望，探了探又走了。一定是察觉到白铁铺的异常，那个人走过去又返回来，敲了敲白铁铺的门，老孙，你还没走？老孙不知道是谁，兄弟俩不知道老特务的姓名，只知道他是个特务。敲门的是个女人，弟弟以为是母亲跑来了，弟弟说，不好，妈来了。哥哥立刻用手盖住了弟弟的嘴。但女人只是嘀咕了一声就走了，说明不是母亲。兄弟俩都松了口气，然后他们开始在满地的杂物中寻找他们家的那把水壶。他们找到了，水壶的壶底已经换过，哥哥用手摸了摸，弟弟也伸手上去摸，摸到的是一块平滑崭新的铝皮。弟弟说，妈关照要盛上水试试，要不要试？哥哥摇头，向老头那边歪了歪嘴，低声命令弟弟，拿上壶，赶紧走！

他们挤出白铁铺狭窄的门洞时，听见老头喉咙里喀地响了一下，然后是一阵寂静，然后便是一阵急促而奔放的恸哭声在白铁铺里炸响了。

我至今还记得我们家的那只烧水壶，现在各地的铝制品厂不再生产这么大的水壶了，一壶水烧开了，能够灌满三只热水瓶，你想想它有多么实用吧。我记得那只水壶的提手上缠着红布条，壶身平时是黑乎乎的，但到了逢年过节前我母亲会用粗盐把它擦得干干净净的，一擦就像新的了，壶底却是个例外，由于让白铁铺子的老家伙们换过，补上去的白铁皮多少有点让人放心不下，我母亲害怕会把壶底擦薄了，只能让它黑着。

他们都骂我懒。我母亲说我懒，我哥哥自己那么懒，他居然也口口声声骂我懒。我不是懒，我只是怕烧开水，他们偏偏最喜欢让我去烧开水。我不能告诉他们我为什么怕烧开水，告诉他们他们也不相信的。当我提上水壶去自来水龙头上接水，听见水柱落入壶底的喷溅声，我会想起白铁铺的老头们敲白铁的声音，冬冬冬，哐哐哐，我的耳膜受不了。等我再把壶提到炉子上，听见火苗吞噬壶底的水迹时发出咝咝的声音，一切就更令人难以忍受了，我会耳朵疼，火苗会蹿进我的耳朵，我会感到一种细微而尖锐的灼痛袭来，那灼痛感发生于壶底的圆形白铁皮，终止于我的耳朵。

壶里的水，壶里的日子，好多冷水烧成了开水，日子也一天天过去了。我们街上的白铁铺有一天关门大吉，据说是给里面的老头们落实政策了。就我的理解，这对于白铁铺里的五个老头是一种解放，对于我母亲这样节俭成性的家庭妇女却是一种不公，那五个老头不敲白铁，苦了街上所有勤俭持家的妇女，后来他们只好把坏了的盆啊桶啊都拿到河对面的小柳树街去，那条街上的人倒是敲白铁的世家，手艺比老特务他们要好得多，但是带着那些东西走那么多路，毕竟是不方便的。

我最后一次见到老特务是在体育场旁边的街心花园里，大约是八十年代的一个春天。有一群老人在街心花园里打纸牌，我看见一个戴耳朵套子的老头坐在人群里，格外醒目。那是一对紫红色的绒布做的耳朵套子，这稀奇的东西逼你向他的主人多看两眼，我认出了他。老头气色不错，模样没有变得更老，当然也没有变年轻，我认出他以后就下意识地躲开了。多少年来我一直害怕撞见这个老人，但是他的那副耳朵套子确实太滑稽太招惹人了，我走过去又退回来，假装看他们打纸牌，目光忍不住地落在那副耳朵套子上。我在猜老头为什么要戴这么个玩意儿，春天了，天气一点也不冷，别人的耳朵都大大方方地沐浴着阳光和春风，他为什么非要戴着这个怪模怪样的东西？

我对老头的耳朵套子很敏感，敏感了就会多虑，会不会我们兄弟俩当初把他的耳朵揪坏了呢？这份疑虑使我的心情沉重起来。我和我哥哥曾经谈起老特务和他的耳朵套子，他居然是一副惘然不解的样子。我是记得那老头，他敲白铁嘛，手艺不错。我哥哥瞪着我，眼神中充满了被羞辱后的恼怒，你说我打他，打过他的耳朵？造什么谣？我什么时候扁过老头的？我以前是好打架，可怎么打也打不到个糟老头身上，怎么打也不会去打人家的耳朵呀！

我不敢确定我哥哥是健忘还是故意抵赖。往事都一样蒙着岁月的灰尘，有的部分清晰，有的部分模糊，就看风吹过后灰尘是越积越厚还是悄然消失了。我哥哥的态度起初让我吃惊，最终却是令我感到轻松的。既然他已经把那年夏天在白铁铺发生的事情忘了个精光，我何苦非要对一次青少年时代的恶行耿耿于怀呢？我们兄弟俩的感情一直很好，不仅如此，在许多事情上我们是同盟，比如对待家里的那些破烂，母亲怎么也不舍得扔，谁扔就要跟谁拼命的样子，而我们兄弟俩经常在一起密谋，如何让那些破烂自然而必要地消失，又不伤害母亲的感情。

消灭旧水壶的事情是我干的。有一天我在厨房里帮母亲准备未婚妻第一次登门的晚餐，我母亲的目光落在那把水壶上。春生，去烧点水。在母亲的命令发出之前，我突然感到了一种极度的冲动。我冲出门去，骑上车到百货商店买了一把新上市的不锈钢水壶。回家后我就把那只黑乎乎的旧水壶沉到了护城河里,母亲追在后面骂我,我不管,我蹲在河边的石阶上,听见沉重的旧水壶坠入深水时泛出了无数的水泡,我感到自己沉浸在某种残酷的享受中。说起来奇怪,人们对特定事物的恐惧其实可以找到解决的途径,有时只是举手之劳,自此以后我再也不怕水壶烧开水的声音了。

(2003 年)

图书在版编目（CIP）数据

骑兵/苏童著.-上海：上海文艺出版社.2020
（苏童作品系列：新版）
ISBN 978-7-5321-7464-5

Ⅰ.①骑… Ⅱ.①苏… Ⅲ.①短篇小说—小说集—中国—当代 Ⅳ.①I247.7

中国版本图书馆CIP数据核字(2020)第027376号

发 行 人：陈　徵
责任编辑：李　霞
装帧设计：谢　翔

书　　名：	骑　兵
作　　者：	苏　童
出　　版：	上海世纪出版集团　上海文艺出版社
地　　址：	上海绍兴路7号　200020
发　　行：	上海文艺出版社发行中心发行
	上海市绍兴路50号　200020　www.ewen.co
印　　刷：	崇明裕安印刷厂
开　　本：	890×1240　1/32
印　　张：	9.25
插　　页：	2
字　　数：	184,000
印　　次：	2020年4月第1版　2020年4月第1次印刷
Ｉ Ｓ Ｂ Ｎ：	978-7-5321-7464-5/I·5937
定　　价：	42.00元

告 读 者：如发现本书有质量问题请与印刷厂质量科联系　T: 021-59404766